Nikolina Drum

Million Dollars Between Us

Damien & Birdie

Nikolina Drum

Million Dollars Between Us

Damien & Birdie

Roman

PIPER

Mehr über unsere Autorinnen, Autoren und Bücher:
www.piper.de

Bei »Million Dollars Between Us« handelt es sich um eine bearbeitete Version des auf Wattpad.com von NikolinaDrum ab 2014 unter demselben Titel veröffentlichten Textes.
Wenn Ihnen dieser Roman gefallen hat, schreiben Sie uns unter Nennung des Titels »Million Dollars Between Us« an *empfehlungen@piper.de* , und wir empfehlen Ihnen gerne vergleichbare Bücher.

ISBN 978-3-492-50530-7

Redaktion: Diana Napolitano
Satz auf Grundlage eines CSS-Layouts
von digital publishing competence (München)
mit abavo vlow (Buchloe)
Druck & Bindung: CPI Books GmbH, Leck
Printed in the EU

Für meine Leser:innen, meine Familie und all diejenigen, denen das Schicksal einen Strich durch die Rechnung gemacht hat.

Prolog

Als ich meine Augen öffne, starren mich die 215 Kreuze auf dem roten Holz an. Der frische Morgenwind umhüllt meine Waden wie eine unsichtbare Decke. Ich richte mich vorsichtig auf, um aus dem schmalen Fenster zu spähen, aber der dichte Nebel nimmt mir die Sicht. Es ist noch zu früh, um Besucher im Vauxhall Park zu erwarten.

Ich reibe mir die Augen und suche den Waggon der Eisenbahn nach meinem Stoffbeutel ab. Doch egal wie oft meine Augen den Holzboden absuchen, ich kann ihn nicht finden. Panisch steige ich aus dem Waggon und lande auf dem grünen Rasen. Ein Blick auf meine nun mit dunkelblauen Spritzern verzierten Stoffschuhe verrät mir, dass es in der letzten Nacht geregnet hat und der Boden noch feucht ist.

Mit einer Mischung aus Erleichterung und Angst stelle ich fest, dass der Stoffbeutel aus dem Waggon gefallen sein muss und klitschnass ist. In einer raschen Bewegung hebe ich ihn auf und setze mich zurück in den trockenen Waggon. Zum Glück ist der Pappbecher noch ganz, und die Taschenlampe funktioniert auch noch.

Als Nächstes greife ich nach dem Taschenmesser. Mit dem 216. Kreuz beginne ich den 216. Tag des Jahres. Das bedeutet, es sind exakt noch 120 Tage übrig, bis offiziell der Winter beginnt. 120 Tage, bis ich an den Ort zurückkehre, an dem Lucas vor 234 Tagen gestorben ist. Er liebte Eisenbahnen.

234 Tage ohne Lucas. 234 Tage ohne meinen Bruder, das letzte Stück Familie, das mir nach Mums Tod geblieben war.

Wie werde ich diesen Winter bloß ohne ihn überstehen?

Kapitel 1

Ich vermisse das hoffnungsvolle Himmelblau meiner Stoffschuhe. Der Schnee hat sie dunkelblau gefärbt. Dunkelblau wie der Himmel, sobald die Nacht den Tag ablöst.

Ich zucke vor Schreck zusammen, als sich eine weiße Taube vor meinen Füßen niederlässt und gierig die Reste meines Brötchens vom Boden aufpickt. Immer wieder schaut sie dabei zu mir auf, als erwartete sie eine Reaktion von mir.

»Hätte ich es bloß so einfach wie du«, seufze ich leise, bevor ich mich links und rechts von mir auf dem rutschigen Boden aufstütze und mühevoll aufrapple.

Mein Körper erstarrt. Ich bin so unbeweglich wie ein Stock. Jeder Knochen in mir gibt ein elendes Knacken von sich. *Die Innenstadt ist nicht mehr weit!* Ich habe kaum noch Kraft, um mich auf den Beinen zu halten. *Die Innenstadt ist nicht mehr weit!*

Während ich den ersten Schritt in den Schnee setze, sehe ich die weiße Taube bereits vor mir fliehen, bevor sie in der Ferne mit dem Himmel verschmilzt. Die Brotkrümel sind ebenfalls verschwunden, und ich erspähe einen schwarzen Fleck auf dem durchweichten Karton. Erst sich nehmen, was einem nicht zusteht, und dann auch noch diese unhöfliche Botschaft auf meiner Notmatratze hinterlassen. Na herzlichen Dank auch!

Ich bücke mich nach meinem Stoffbeutel und werfe ihn über meine Schulter. Am liebsten würde ich in einen tiefen Schlaf fallen und nie wieder aufwachen, anstatt diese kleine Reise quer durch London auf mich zu nehmen. All meine Sorgen wären in der einen entscheidenden Sekunde vergessen, und den Winter gäbe es nicht mehr.

Nachdem ich zur vollen Stunde am Big Ben vorbeigegangen bin, um mir das Glockenspiel anzuhören, komme ich eine halbe Stunde später am Chinawhite-Club an, vor dem sich meine Eltern zum ersten Mal über den Weg gelaufen sind. Das Chaos aus lauten Autohupen und Gelächter dröhnt in meinen Ohren. Singende Engel sammeln Spenden auf den Straßen. Leise summe ich ihre Lieder mit. Der leckere Duft der Funky-Fudge-Brownies und ein Hauch von Zimt liegen in der Luft. Es ist alles, wie ich es in Erinnerung behalten habe. Ich kenne die Oxford Street nur mit Schnee und Weihnachtsdekorationen, denn im Sommer komme ich nicht her. Mit gesenktem Blick setze ich meine Reise fort.

Das finstere Schild ist mit einer Schicht weißen Schnees bedeckt. Hier werde ich meinen Winter verbringen – eingehüllt in die warme dunkelrote Decke von Chaplin, dem Hund der Eisdielenbesitzerin, der im Sommer in der Nische sitzt, um den Laden zu bewachen. Während ich die kleine Nische betrachte, die mich vor dem Wetter schützen soll, erinnere ich mich an den schlimmsten Wintertag meines Lebens. Ich sehe das Zittern seiner blauen, vollen Lippen und die Angst in seinen grünen Augen, die er niemals zugegeben hätte. Lucas hatte es nicht verdient, auf diese Art und

Weise diese Welt zu verlassen. Ich vermisse meinen Bruder …

Die dunkelrote Decke reißt mich aus meinen Gedanken. Der weiche Stoff duftet angenehm nach Vanille, als ich sie mir gegen meine wahrscheinlich von der Kälte gerötete Nase halte. Ich lasse mich auf die Knie fallen, derweil landet mein Stoffbeutel in der anderen Ecke der Nische.

Doch als ich meinen Blick hebe, bleibt mir die Spucke im Hals stecken. Ich verfolge die unendliche Fensterfront mit meinen erschrockenen Augen. Dann beuge ich mich ein wenig vor, um das neue Gebäude unter dem Schild hindurch in voller Pracht betrachten zu können. Es ist wahnsinnig hoch. Die Säulen, welche den mit silbernen Ornamenten verzierten Eingang kennzeichnen, ragen mindestens zehn Meter in den Himmel. So hoch, dass – wenn ich auf einer von ihnen stehen könnte – mir schwindelig werden würde. In den Etagen befinden sich bestimmt edle Büroräume. Die amerikanische Flagge erstrahlt in Silber unter dem Namen der Firma. Ich würde zu gern wissen, warum es in London – auf der anderen Seite des Ozeans – seinen Sitz gefunden hat.

Als ich meinen Blick wieder senke, fällt er auf zwei Männer in Anzügen. Ein grauhaariger Snob und sein jüngeres Abbild. Ich verziehe mein Gesicht. Anzugträger. Der jüngere Mann starrt mit seinem eiskalten Blick zu mir auf die andere Straßenseite, und es versetzt mir einen Stoß, den ich nicht erklären kann. So etwas Intensives habe ich noch nie während eines Blickkontakts gespürt, und es bereitet mir große Sorgen, weil ich die Kontrolle verliere. Mein Körper reagiert auf sein eindeutiges Interesse an mir, aber ich dränge diese Annahme aus meinem Kopf und versuche, meinen Blick von ihm abzuwenden, was mir aber nicht lange gelingt. Neugierig schaue ich erneut zu ihm hinüber. Sein perfekt liegendes Haar verändert sich auch nach dem stärksten Windstoß nicht. Die Symbolik der Situation ist kaum zu ignorieren. Er in seinem feinen Anzug, der bestimmt mehrere Hundert Dollar gekostet haben muss und wahrscheinlich eine Maßanfertigung aus den Staaten ist, vor diesem noblen Gebäude. Und dann ich: eine in eine Hundedecke eingewickelte Obdachlose. Der junge Mann schaut auf mich herab und findet es wahrscheinlich höchst amüsant, mich auf dem Boden kauernd zu beobachten. Dies würde zumindest meine Mum behaupten. Nun bemerkt auch der ältere Mann meine Existenz. Jedoch ist ihm die wertvolle Zeit auf seiner glänzenden Armbanduhr wichtiger, bevor er seinen Arm um die Schultern meines Betrachters legt und sie sich gemeinsam dem Eingang des noblen – wie mein Bruder es genannt hätte – »Imperiums der Sünden« nähern. Doch die Körpersprache des Mannes, der seine Augen nicht von mir nehmen konnte, spricht Bände. Es scheint ihm unangenehm zu sein, dass der ältere Mann seinen Arm um ihn legt. Er versteift sich und entflieht der nahezu aufdringlichen Geste, bevor er kaum merklich über seine Schulter blickt, als wollte er ein weiteres Mal nach mir sehen. Aber dann verschwinden sie endgültig in dem gläsernen Gebäude. Ich wette drauf: Das waren der Boss und sein Sohn. Die Ähnlichkeit war nicht zu übersehen. Ich frage mich jedoch, warum er sich in der Gegenwart seines Vaters so unwohl zu fühlen schien und warum zum Teufel er mich so anstarren musste. Die Kälte seiner Augen brennt mir jetzt noch unter der Haut. Wie ein Eiswürfel, den man in den

Händen zum Schmelzen bringen möchte, der jedoch steinhart und kalt bleibt. Warum interessiere ich ihn ... das interessiert mich.

Doch ich versuche lieber, die Spekulationen aus meinen Gedanken zu verbannen, welche ich nicht an solche Menschen verschwenden möchte. Also greife ich nach meinem Pappbecher aus dem Stoffbeutel und stelle ihn vor mir auf den Asphalt.

Es wird Zeit, mir mein Frühstück zu verdienen. Aber sein Blick will mir einfach nicht aus dem Kopf gehen.

Kapitel 2

Ich lausche der leisen Ballade meines Magens, die mit der Zeit lauter und immer hektischer wird. Die Gier nach einer Stärkung ist nicht zu überhören. Mein Körper ist schwach und mein Hunger umso stärker. Den Menschen scheint ihr Geld zu kostbar zu sein, um es in den Pappbecher einer nicht mehr existierenden Tankstelle zu werfen. Sie laufen den Blick in die Ferne gerichtet an mir vorbei. Ich setze mich ein wenig auf, blicke ihnen direkt in ihre Gesichter. Aber sie sehen mich nicht. Ich bin unsichtbar, und irgendetwas sagt mir, dass ich diesen Winter allein nicht überstehen werde.

Wahrscheinlich war es eine blöde Idee, an diesen Ort zurückzukehren. Jeder Zentimeter der Nische erinnert mich an meine Familie. Jeder Zentimeter erinnert mich an Lucas.

»Haben Sie ein wenig Geld für mich übrig?«, lautet meine Frage an einen klein gebauten Mann, dessen Körper von einem langen Mantel eingehüllt wird. *Was ich bloß für diesen Mantel tun würde ...*

»Hätten Sie bitte etwas Restgeld für mich übrig!«, korrigiert er mich, bevor er an seinem dampfenden Becher schlürft und zu mir herabschaut. Sein Kinn verdreifacht sich, während die großen von der Kälte geröteten Ohren von seinem runden Kopf abstehen.

»Vergessen Sie's«, murmle ich in meinen Schal und ziehe die Knie zu meiner Brust. Sogar ein kleiner Schluck aus seinem heißen Becher könnte mir den Tag versüßen.

Hoffnungslos starre ich das Logo meines Pappbechers an, welches einst *Bolder's Gas Station* lautete, doch nun ist nur noch die Hälfte der Buchstaben zu erkennen. Anhand dieses Namens brachte mir meine Mutter den Umgang mit Zahlen bei. Damals war ich ihrer Meinung nach jedoch noch zu jung, um bereits das Lesen und Schreiben zu lernen. Dann ging sie von uns. Ich würde lügen, wenn ich mir einredete, dass mein Bruder und ich es einfach hatten. Nie wussten wir, aus welchen Zutaten die Nudelsuppe aus dem Supermarkt bestand oder welche Bahn die richtige war. Wir spielten das Spiel »Errate die Zutaten«. Egal, für welche Suppe wir uns entschieden, es war immer eine Überraschung. Der alte Laden in der Nähe des Vauxhall Parks hatte lediglich Etiketten ohne Bilder, aber die Suppen waren die besten in ganz London. Jeden Freitag nutzten wir die Überreste unserer Einnahmen und gönnten uns einen Eintopf. Erst dann, wenn ich mit dem Taschenmesser die Dosen geöffnet hatte, konnten wir den Gewinner küren. Und in diesem Fall war es meistens mein kleiner Bruder. Lucas war darin immer besser als ich. Und als er mich dann vergangenen Winter verlassen hatte, war ich komplett auf mich allein gestellt, und zum Spielen blieb keine Zeit mehr. Ich kann es nicht fassen, dass meine Familie mich auf dieser verkümmerten, egoistischen Erde allein zurückgelassen hat.

Der Mann mit den überdimensional großen Ohren ist mit seinem heißen Becher verschwunden, und ich wette, dass sich unter seinem langen Mantel ein feiner

Anzug versteckt hat. Aber das wird nur eine Vermutung bleiben.

»Entschuldigen Sie, haben Sie zufälligerweise ein wenig Restgeld für mein Mittagessen?« Ich hasse es, aufdringlich zu sein, aber ich sehe keinen Ausweg mehr. Die Ballade in meinem Bauch hat sich inzwischen zu einem lauten Rockkonzert ausgewachsen.

Die Mutter der beiden Kinder, die mich auf Augenhöhe von Kopf bis Fuß mit weit aufgerissenen Augen beobachten, schaut sich um, bis auch sie mich auf dem Boden kauernd in der schmalen Nische der Eisdiele entdeckt. Vorsichtig hebt sie ihre runde Sonnenbrille, um mich mit geneigtem Kopf nachdenklich zu mustern. Der kleine Junge mit den rosa Wangen beugt sich zu meinem Pappbecher hinunter, wird jedoch sofort von seiner Mutter zurückgehalten. Ich erschrecke wegen der unerwarteten Schnelligkeit in ihrer Bewegung.

»Fass das nicht an, George! Das fasst man nicht an!«, höre ich sie nur wiederholt fauchen.

»Was kannst du denn?«, fragt er mich, und die runden braunen Augen betrachten mich erwartungsvoll. Die sanfte Stimme ist Musik in meinen Ohren, und auch seine Schwester scheint ihr Interesse nun mir zu widmen. Ihr unsicherer Blick fällt auf mich und dann wieder auf ihren Bruder.

»I-Ich ... also ...«, stottere ich und bekomme keinen einzigen Satz heraus. *Was kann ich denn schon?*

»Komm, George!«

Ja, ja, ich weiß ... Dinge, die man auf dem Boden findet, lässt man besser liegen.

Als die Frau ihren Sohn weiter die Einkaufsstraße entlangzieht, höre ich ein dumpfes Geräusch, welches aus meinem Becher ertönt. Mit großer Neugier spähe ich auf den Boden des Pappbechers und finde tatsächlich zwei Geldstücke darin. Meine Brust zieht sich zusammen. Er hat es nur für mich – im wahrsten Sinne des Wortes – weggeworfen. Sie existieren also tatsächlich noch. Menschen wie er besitzen ein weitaus größeres Herz. Menschen wie er denken an Menschen wie mich.

Aber als ich die Zahlen auf den funkelnden Kreisen zusammenrechne, wird mir abermals unwohl im Magen. Das Geld reicht höchstens für ein Brötchen vom Bäcker, aber immerhin habe ich nun sicher etwas, das meinen Magen fürs Erste beruhigen wird. Eilig stehe ich von meinem Platz auf und spüre die wacklige Unsicherheit in meinen Knien. Der Bäcker ist gleich um die Ecke, also ist es nicht allzu weit.

In dem überfüllten Geschäft, wo jeder zweite Kunde einen Funky-Fudge-Kuchen in Form eines Weihnachtsbaumes vorbestellen möchte, stelle ich mich ganz ans Ende der Schlange. Vor mir steht eine kleine Frau, die Unmengen an Gepäck auf ihrem Rücken trägt. Wie hält sie das bloß aus? Die zwei Plastiktüten in ihren Händen erwecken den Anschein, sie wären mit Steinen gefüllt. Erst dann wird mir bewusst, dass sie wahrscheinlich genau wie ich ist – obdachlos.

Vorsichtig tippe ich auf ihre Schulter, bevor sie sich mit plötzlichem Schwung zu mir umdreht. Ihre pechschwarzen Haare reichen bis zu den Ohrläppchen. Die glasigen Augen schauen durch enge Schlitze misstrauisch zu mir auf.

»Na, du? Auch endlich dein Frühstück zusammenbekommen?«, fragt sie mich mit einem Sarkasmus, der mich nicht anspricht. Aber ich nicke trotzdem. »Woher kommst du?« Nun hat sie sich mir ganz zugewandt. Der riesige Rucksack ragt hinter ihrem Kopf hervor.

»Ich komme von der Eisdiele, gegenüber dem neuen amerikanischen Unternehmen«, antworte ich und muss an die hohen, schwindelerregenden Säulen und die amerikanische Flagge aus Silber denken.

»Redest du von Hamilton & Sons Inc.?« Sie hebt fragend ihre Augenbrauen.

Ich beiße auf die Innenseiten meiner Wangen. *Zeige Fremden nie deine größte Schwäche!*

»J-Ja. Genau! Ich bin nicht gut darin, mir Namen zu merken«, lüge ich.

»Sicher.« Ihr Blick wird immer skeptischer. »Mein Name ist Meredith. Ich hoffe, dass du dir den merken kannst.«

Meredith wird von der Frau hinter dem Tresen aufgerufen. »Eine Tüte frische Brötchen, bitte.« Ich wundere mich, wo sie ihr Geld auftreibt, denn meines reicht nicht für eine ganze Tüte aus, und wäre der kleine Junge nicht gewesen, dann hätte ich mir nicht einmal dieses eine Brötchen kaufen können.

»Für mich ein Brötchen, bitte«, sage ich, als ich an der Reihe bin.

»Heute keinen großen Hunger?« Ich blicke in die unschlüssigen Schlitze hinab und würde ihr gern mit »Nein, heute nicht!« antworten, aber ich würde sie nur ein weiteres Mal anlügen.

»Ich heiße übrigens Birdie«, versuche ich, das Thema zu wechseln, und zwinge mich zu einem einigermaßen freundlichen Lächeln, nachdem ich mein Brötchen bezahlt habe und wir daraufhin gemeinsam die Bäckerei verlassen.

Auf dem Weg zur Eisdiele weicht Meredith mir nicht mehr von der Seite. Einerseits bin ich froh, fast ein Jahr nach Lucas' Tod mal nicht allein zu sein, andererseits ist mir in ihrer Gegenwart etwas mulmig zumute.

Sie setzt sich neben mich auf den Boden und begutachtet die dunkelrote Decke, die ich rasch um meinen Körper wickle. Hastig beiße ich in mein Brötchen, doch viel zu schnell ist es in meinem Magen verschwunden. Meredith knabbert seelenruhig an ihrem ersten Mittagsbrötchen aus ihrer prall gefüllten Tüte, die sie fest mit ihrem linken Arm an sich drückt. Ich räuspere mich, als mein Magen ein weiteres gieriges Grummeln von sich gibt. Ein Brötchen scheint ihm nicht genug. Sie bemerkt meinen Blick, greift nach einem zweiten Brötchen ... und steckt es sich lieber in den eigenen Mund. Anscheinend ist sie nicht zum Teilen bereit. Ich wusste doch, dass an ihr etwas faul ist.

Ich lehne mich zurück, trinke etwas aus der drei Tage alten Wasserflasche und blicke auf das einschüchternde Gebäude direkt vor uns. Hamilton & Sons Inc.

Plötzlich fährt ein schwarzes Auto mit verdunkelten Scheiben vor, und ich beobachte, wie ein Mann aus dem Gebäude eilt. Er trägt einen grauen Anzug, hat perfekt sitzende Haare und einen starren, eiskalten Blick.

Er ist es: der junge Anzugträger von heute Morgen. Der feine Typ, der es so amüsant fand, mich grundlos anzustarren. Wo hat er denn seinen Daddy gelassen?

Mit seinem Smartphone am Ohr steigt er in die protzige Karre und verschwindet hinter den verdunkelten Scheiben. Das Auto fährt mit Karacho davon, und ich bleibe mit Meredith in der Nische der geschlossenen Eisdiele zurück.

»Ich denke, ich werde ein kleines Nickerchen machen.«

Abwesend hauche ich ein »Okay« in die Luft, welches sich zu einer kleinen Wolke formt und sich schließlich vor meinen Augen wieder in Luft auflöst.

Zum Schnorren fehlt mir die nötige Kraft, also werde ich mich wohl Meredith anschließen.

Nachdem ich meine Augen geschlossen habe, kann ich nur noch darauf hoffen, dass ich meinen Hunger in meinen Träumen vergessen werde.

Kapitel 3

Als ich meine Augen öffne, starre ich die langweilige graue Wand an. Die unerträgliche Kälte hat mich aus meinen Träumen gerissen.

Von Meredith oder meiner dunkelroten Decke ist keine einzige Spur zu sehen. Panisch setze ich mich auf und entdecke kleine Fußstapfen, die an meinem Becher von *Bolder's Gas Station* anfangen und wahrscheinlich irgendwo in der Ferne enden. Mist!

Neugierig, aber mit einer Panik, die mir über den Rücken läuft, spähe ich nach dem Inhalt, finde jedoch nur den dreckigen Papierboden vor, der genauso leer aussieht, wie mein Magen sich anfühlt. Meredith hat mir nichts außer der Kleidung am Leib und den für andere Menschen wertlosen Kaffeebecher zurückgelassen.

Jetzt verstehe ich auch, woher sie das ganze Geld für die Brötchentüte hatte und warum sie nicht mit mir teilen wollte. Nur Diebe handeln auf diese Art und Weise. Und jetzt hat Meredith, falls dies überhaupt ihr richtiger Name ist, auch mich im Schlaf beklaut. Plötzlich ist es mir egal, dass ich sie in der Bäckerei belogen habe. Dank ihr werde ich jeden Tag des Winters, von morgens bis abends, schnorren müssen, um das Geld für eine Decke zusammenzubekommen. Jeden! Verdammten! Tag!

Mit einem langen Seufzer hebe ich den Becher aus dem matschigen Schnee und lehne mich zurück gegen die kalte graue Wand. In der Stille meiner Gedanken vergesse ich für einen Moment das Elend, das mich stets zu begleiten scheint, und schaue hinauf zum Himmel. Aber das riesige Gebäude von Hamilton & Sons Inc. nimmt mir die Sicht.

Manchmal, an den schlimmsten Tagen, da stelle ich mir vor, dass ich einer dieser Anzugträger wäre und mich nicht um das Bett für die Nacht oder das Brot am nächsten Morgen sorgen müsste. Andererseits möchte ich niemals einer von ihnen werden, egal, welche Autos ich fahren könnte oder aus welchem seidigen Stoff meine Kleidung dann wäre. Ich bin froh, nicht so zu sein wie sie – und ich bin mir sicher, dass auch Mum stolz auf mich wäre. Sie erzählte mir von den Machenschaften der feinen Businessmänner, und wie sie wirklich ticken. Aber vor allem, dass wir ihnen egal wären. Und das könnte ich niemals. Niemals könnten mir Menschen wie ich egal sein. Ich würde alles dafür tun, zu helfen, wo ich kann, wenn ich die Privilegien eines Anzugträgers genießen dürfte. Mum wollte mir jedoch nie erzählen, woher sie diese Informationen hatte, und nun bleibt es für immer eine Frage, deren Antwort ich niemals erfahren werde.

Während meine Augen den langen Säulen folgen, bleiben sie nach dem ersten Drittel stehen, als ich einen Mann in einem der unteren Büros am Fenster stehen sehe. Sein Blick wandert in der belebten Straße umher, zumindest verraten dies seine umherschweifenden Kopfbewegungen, bevor er wieder an mir Interesse findet. Vielleicht überlegt er sich nur, welche Eissorte er sich kaufen wird, sobald die Eisdiele wieder öffnet, oder er sehnt sich auch so sehr nach dem Sommer wie ich. Aber ich weiß ganz genau, dass das nicht der Grund für seine Aufmerksamkeit ist. Er muss sich in seinem schicken, warmen Büro ja keine Sorgen um die eisige Kälte machen. Seinem herabschauenden Blick kann ich trotz allem nicht widerstehen. Er macht mich so wütend … lässt mich so hilflos wirken.

Schaue niemals auf jemanden herab, dem du nicht aufhilfst, denke ich voller Frust, den ich ihm am liebsten ins Gesicht schleudern würde … oder auf seine perfekt sitzenden Haare. Er verdient meinen Blickkontakt nicht. Ich wende meinen Blick zurück in die chaotische Menschenmasse zwischen uns. Nur ab und zu gehe ich auf Nummer sicher und schaue zurück in sein Büro, ob er noch am Fenster steht und mich weiterhin beobachtet. Das letzte Mal, als ich nachgesehen habe, hatte sich seine Körperhaltung nicht verändert. Er wirkte wie eingefroren, während ich seine Aufmerksamkeit erregte. Nun ist er vom Fenster verschwunden.

Ich höre ein Geräusch aus meinem Becher und bemerke eine ältere Dame, die sich langsam, aber sicher wieder vor mir aufrichtet. Ihr buntes, mit Blumen besticktes Tuch hat sie um ihren kleinen Kopf gewickelt, und die grauen Haare ragen an einigen Stellen heraus. Die Frau steht gebeugt vor mir, ihr Rücken bereitet ihr wohl schon länger Probleme.

»Hier, mein Liebes.« Bei ihrem freundlichen Lächeln wird mir warm ums Herz. »Frohe Weihnachten, mein Liebes!« So viel Glück im Unglück hatte ich noch an keinem einzigen Tag, seitdem ich allein auf den Straßen unterwegs bin. Ich erinnere mich noch an den Tag, wo Lucas Chaplin in der Nische der Eisdiele entdeckte, und er sich sofort mit Jamie, der Tochter der Eisdielenbesitzerin, anfreundete. Es war kurz nach Mums Tod, und wir suchten nach einer Bleibe für den harten Winter. Wir hatten Glück im Unglück, und Jamie bot uns Chaplins Decke an, während die Eisdiele geschlossen hatte – ohne dies ihrer Mutter zu verraten, die es laut Jamie nicht erlaubt hätte. Und auch wenn die Decke uns warm hielt, war es der kälteste Winter, den unsere Herzen ohne Mum an unserer Seite durchstehen mussten.

»D-Danke! Danke schön!« Ich würde gern noch so viel mehr zu ihr sagen, wenn ich nur könnte. »Fröhliche Weihnachten!« Meine Stimme ist kaum zu hören. »Danke!«

Das Geld reicht für weitaus mehr als nur für eine warme Mahlzeit. Ich kann meine Freude kaum verbergen. Mein Herz hat seit Langem nicht mehr so schnell geschlagen wie in diesem Moment.

Ich werde nicht verhungern. Nicht heute ...

Die Hotdogs liegen mir immer noch im Magen, und nach der Coke, die süßer schmeckte, als ich es in Erinnerung hatte, muss ich die ganze Zeit aufstoßen. Es ist eine Weile her, seitdem mich wirklich etwas satt bekommen konnte.

Die Straßen leeren sich, und die Nacht bricht an. Die kreischenden Stimmen der Kinder und die rumpelnden Geräusche der Motoren verfliegen mit dem Wind. Und ich – ich bleibe hier sitzen. Jeden Abend. Selbst nachdem die Geschäfte geschlossen haben, sitze ich hier im Eingang der Eisdiele und hoffe, dass ich am nächsten Morgen wieder aufwachen werde. Ich sitze hier, während mir all das präsentiert wird, was ich nicht haben kann. Ich sehe es ... direkt vor meinen Augen.

Bei all den Autos, die ich heute Abend bereits habe wegfahren sehen, fällt mir auf, dass ich *ihn* dabei noch nicht entdecken konnte. Zahlreiche Schlitten mit verdunkelten Scheiben hatten bereits am Gebäude gegenüber von mir angehalten, aber wäre er in einen von ihnen eingestiegen, dann hätte ich dies doch bemerkt. Oder etwa nicht?

Was kümmert es mich überhaupt? Er ist doch genauso ein Anzugträger wie die anderen auch.

Ich blicke hinauf zu den Büroräumen, als sich gerade das letzte brennende Licht ausschaltet und mit den anderen, bereits schlafenden Räumen eine Einheit bildet. Ich bin mir zu hundert Prozent sicher, dass es *sein* Büro ist, und ich kann mich noch genau daran erinnern, wie er aus diesem Fenster zu mir herabsah. Obwohl ich seine Augen aus dieser Entfernung nicht genau erkennen konnte, kann ich mir gut vorstellen, wie er mich mit seinem kalten Blick der Ignoranz eines jeden Geschäftsmannes angeschaut haben muss. Meine Mum nannte es »das unantastbare Pokerface«.

Ich warte auf das vorfahrende Auto, welches ihn in wenigen Minuten am Eingang abholen müsste, aber es kommt nicht. Ich warte auf sein Gesicht, wenn er als Letzter durch die Tür kommt, aber auch ihn kann ich nirgendwo kommen sehen. Wahrscheinlich gibt es eine Art Hintereingang oder eine dieser Tiefgaragen.

Was kümmert es mich überhaupt?

Ich werde von meiner Observation abgelenkt, als ein Jogger mit Kapuze, die einen dunklen Schatten auf sein Gesicht wirft, an mir vorbeiläuft und meinen Becher mitgehen lässt.

»HEY!«, schreie ich ihm nach.

Meine Augen kleben auf seinem Rücken, als er sich plötzlich umdreht und mir entgegenläuft. Ach du Scheiße! Die Angst prickelt unangenehm auf jedem Zentimeter meiner Haut, und ich schnappe hastig nach Luft. Ich höre seine schnellen Schritte, wie sie mir immer näher kommen. Mein Herz hämmert gegen meine Brust. *Was will der von mir? Was will der mit meinem wertlosen Becher?*

Meine Augen weiten sich, als er an mir vorbeisprintet und ihn wieder vor meine Füße wirft. Ich bin so verwirrt, dass ich ihm noch nachschaue, wie er in die nächste Straße abbiegt. Ich greife nach dem Becher im Schnee. Er ist völlig durchnässt und dreckig. Was sollte das? Vorsichtig ziehe ich mit meinen zitternden Fingern zwei Scheine heraus. Queen Elizabeth II und ihr Zwilling lächeln mich an.

Fünf und fünf ... macht ... zehn!

Ich würde mir in die Wange kneifen, um sicherzugehen, dass ich nicht träume, aber der kalte Boden fügt mir schon genug Schmerzen zu. Ich kann meine Oberschenkel kaum mehr spüren. Das muss ein Traum sein! Und wenn nicht, dann muss heute mein Glückstag sein! Zuerst gibt mir diese nette Dame genug Geld für ein Festessen, und nun habe ich sogar genug Geld, um Chaplin eine neue Decke zu kaufen.

Zehn ... Nun kann ich beruhigt schlafen gehen.

Kapitel 4

In der Dämmerung mache ich mich sofort auf den Weg zum billigsten Textilgeschäft der Oxford Street. Ich habe kaum geschlafen.

Zehn ... Ich kann es immer noch nicht fassen.

Bestimmt sehe ich wie eine wandernde Leiche aus. Eigentlich würde ich in diesem Zustand niemandem über den Weg laufen wollen. Die schulterlangen, zerzausten Haare wehen mir ins Gesicht. Ich muss grinsen. Meine Freude kann mir keiner nehmen. Nachdem Meredith mir das genommen hatte, was mir auch diesen Winter das Leben retten sollte, dachte ich nicht, dass ich so schnell wieder das Gefühl der Erleichterung und des Glücks spüren würde.

Ich stehe unmittelbar unter dem grellen, blau leuchtenden Schild. Als ich mir mal meine Schuhe hier gekauft habe, bin ich diejenige in der Schlange zur Kasse gewesen, die mit Abstand am wenigsten in den Händen gehalten hat. Ich erinnere mich noch an die Tüte, die ich nach meinem Einkauf bekommen habe. Ich habe versucht, sie als »Lernmittel« zu benutzen, um das ausgesprochene Wort mit den Buchstaben zu vergleichen und mir so vielleicht das Lesen und Schreiben selbst beizubringen. Aber schon nach nur wenigen Versuchen habe ich voller Verzweiflung aufgeben müssen.

Von Weitem sehe ich, wie eine Mitarbeiterin gerade die Tore zum Paradies aufschließt. Bisher sind außer mir weit und breit noch keine potenziellen Kunden zu sehen. Ob ich jedoch tatsächlich wie eine potenzielle Kundin aussehe, weiß ich nicht so genau. Ich betrete das Geschäft mit hohen Erwartungen und begebe mich sofort in die Textilabteilung. Als ich an einem Paket mit weinroten Bett- und Kissenbezügen vorbeigehe, werde ich von meiner Fantasie aufgehalten. Ich sehe ein komplett eingerichtetes Zimmer, welches im trüben Licht eine angenehme Wärme ausstrahlt und ein riesiges Kingsize-Bett, das meinen Namen ruft. Die weinrote Bettwäsche sieht verlockend aus ... aber ich besitze weder Bett noch Kissen, geschweige denn eine Bettdecke. Es ist sinnlos, mein Geld für etwas zu verschwenden, was ich nicht brauchen kann. Außerdem bin ich nicht zum Stöbern hergekommen – das würde mir nur den Tag vermiesen. *Also hör auf, Birdie. Hör auf, sinnlos für etwas zu schwärmen, was du dir nicht leisten kannst! Das kannst du dir nicht erlauben.*

Ich zwinge mich weiterzugehen. Nach einer weichen Fließdecke für Chaplin suchend, gehe ich die wenigen Gänge entlang, werde aber einfach nicht fündig. Ich bin mir sicher gewesen, dass es hier definitiv eine dunkelrote Decke geben würde.

»E-Entschuldigen Sie? Ich suche die Fleecedecken!«, spreche ich eine kleine blonde Verkäuferin mit einer viel zu großen Brille auf der Nase an, die einen Gang weiter Weihnachtsdekorationen in eines der Regale räumt. Der seltsame Blick, der ihr Gesicht ziert, erinnert mich stark an Meredith, die an all dem schuld ist. Wäre sie nicht gewesen, dann hätte ich nun nicht das Problem, mich nach einer neuen Decke umschauen zu müssen. Hätte ich doch bloß von Anfang an auf mein Gefühl gehört.

»Das tut mir leid. Die Fleecedecken mit Weihnachtsmotiven sind alle aus, und wir haben auch keine neue Ware geliefert bekommen.« Sie zuckt entschuldigend mit den Schultern. »Der ganze Kram ist ja auch bald wieder vorbei.« Dann verzieht sie angewidert ihr Gesicht.

Ich werde nervös. In der Oxford Street werde ich sicherlich keinen billigeren Laden finden ...

»Ich bin so gar nicht in Feierstimmung«, knurrt die Verkäuferin augenrollend.

Ihre seltsame Art verunsichert mich.

»Vielen Dank für Ihre Hilfe ... und trotzdem schöne Weihnachtstage.« Ich zwinge ein Grinsen auf meine Lippen, obwohl ich viel lieber heulen würde.

Als ich entlang der Oxford Street wieder zurück zu meinem Schlafplatz gehe, nähert sich mir wieder einer der protzigen Schlitten mit verdunkelten Fenstern. Es ist *sein* Wagen. Ich erkenne ihn, ohne ein zweites Mal hinschauen zu müssen. Größer als jeder der anderen, mit matten statt glänzenden Rädern, folgt er mir wie ein Schatten, bis ich den Windstoß spüre, den er hinterlässt, als er schließlich an mir vorbeizieht. Ich schaue hinunter auf meine in der Nacht getrockneten Stoffschuhe. Diesen Moment erlebe ich nur mit Anzugträgern. Der Moment, in dem während eines einzigen Augenaufschlags Arm und Reich vor meinen Augen präsentiert werden. Erst sehe ich seinen teuren Wagen und nur Sekunden später meine billigen Schuhe. Und genau diesen Moment werde ich so schnell nicht wieder los. Es ist fast, als würde ich mich dafür schämen, während ich die Stimme meiner Mum in meinen Kopf schreien höre, dass ich mich niemals unterkriegen lassen solle.

Das Auto hält vor den Türen von Hamilton & Sons Inc. und spiegelt sich in der glänzenden Fensterfront. Wie ich es erwartet habe, steigt *er* mit dem Smartphone am Ohr aus, um mit selbstbewussten, großen Schritten durch die Eingangstür wieder von der Bildfläche zu verschwinden. Wie kann man nur so arrogant und selbstverliebt sein ...

Mein knurrender Magen lenkt mich von den Ereignissen am frühen Morgen ab, und ich begebe mich wieder einmal zum Bäcker, um mir eine volle Tüte Brötchen zu gönnen. Ein Becher warmer Kakao hört sich auch verlockend an. Dies ist meine kleine, bescheidene Sünde, und ich stehe dazu.

Ich komme an einem kleinen Geschäft vorbei und remple beinahe einen Kleiderständer um. Doch ein genauerer Blick verrät mir, dass es sich nicht um Kleidung handelt. Ein breites Farbsortiment aus verschiedenen Fleecedecken hängt sauber zusammengefaltet auf dem Ständer, und ich lasse fast meinen Becher fallen, als ich eine dunkelrote entdecke. *Das muss es sein!* Das wird das Geschäft sein, in dem die Eisdielenbesitzerin Chaplins Decke gekauft hat. Sie sieht haargenau wie meine alte aus. Die feine Naht an den Enden, und das weiche Material – das ist sie.

Mit einem Kribbeln unter der Haut schaue ich neugierig und ängstlich zugleich auf das Preisschild. *Fünfundzwanzig ... zu teuer! Mist!* Plötzlich bereue ich, dass ich mir von meinem Geld unbedingt etwas zu essen und einen Kakao kaufen wollte.

Als ich wieder an meinem Schlafplatz angekommen bin, setze ich mich auf den kalten Boden der Nische. Ich darf einfach nicht mehr daran denken. Chaplins Decke hat schließlich noch Zeit, versuche ich mir einzureden. *Du hast alles richtig gemacht, Birdie!*

Während ich in mein Mittagsbrötchen beiße und zwischendurch den mittlerweile lauwarmen Kakao schlürfe, locken die hohen Säulen meine Augen zu *seinem* Büro, und es wundert mich nicht, dass er wieder einmal am Fenster steht und auf mich herabschaut, als wäre ich der Dreck unter seinen Füßen. Eigentlich weiß ich gar nicht, ob er böse Absichten hat oder es ihn einfach amüsiert, mich so zu sehen – ich merke nur, dass er offensichtlich nicht damit aufhören kann, mich zu beobachten. Diese kühlen Augen, auf die ich einen kurzen Blick werfen durfte, als er mit seinem Vater vor Hamilton & Sons Inc. stand, haben den eindringlichsten Blick, den ich je gesehen habe.

Kapitel 5

Während das verschwommene Bild langsam scharf wird, wird mir bewusst, dass es kein Blut ist. Ich blinzle und richte mich auf. Das Dunkelrot hat mich zuerst in Panik versetzt.

Eine weiche Decke schützt meinen Kopf vor dem harten Boden. Die Decke, die ich gestern vor dem Laden entdeckt habe, die viel zu teuer war. Ich muss träumen. Und sie fühlt sich viel kuscheliger, viel wärmer an als die, die nun Meredith mit sich rumschleppt. *Birdie, wach auf!* Aber ich träume nicht.

Millionen Bilder schießen mir durch den Kopf. Genauso sehr, wie ich meine Stirn in Falten lege, strahle ich auch über beide Wangen. Ich kann es kaum glauben, dass mir überhaupt jemand diese Freude machen wollte. Meine Gedanken vertiefen sich in die Suche nach dem warmherzigen Helfer, und ich denke sofort an den Jogger, der mir vorgestern das Geld in den Becher getan hat. Vielleicht ist er gestern Abend wieder an mir vorbeigejoggt. Aber woher kann er denn wissen, dass ich mir gestern genau *diese* Decke vor genau diesem viel zu teuren Laden angesehen habe?

Das muss mein frühzeitiges und einziges Weihnachtsgeschenk sein.

Mit einer prickelnden Freude wickle ich die Decke um meinen Körper und greife nach meinem Pappbecher von *Bolder's Gas Station.* Ich habe immer noch ein wenig Wechselgeld übrig, damit ich mir auf jeden Fall zwischendurch ein neues Wasser kaufen kann. Sicherheitshalber greife ich auch nach der Brötchentüte, da ich nach Merediths Aktion wirklich niemandem mehr vertraue. Ich teile gern, aber nicht, wenn man dies auf hinterhältige Weise auszunutzen weiß. Hätte ich gewusst, dass mein diesjähriger Aufenthalt in der Oxford Street solche Gesten der Nächstenliebe auslösen würde, dann wäre ich schon im Herbst hierhergekommen. Meine Fingerkuppen vergraben sich in den dunkelroten Fasern, während ich ein Stechen in meinen Wangen spüre, weil ich ununterbrochen grinse – etwas, was ich schon lange nicht mehr spüren durfte.

Meine blauen Stoffschuhe rutschen auf dem Asphalt umher, während ich die Straße entlangschlurfe und mich von einigen Ständen vom Weihnachtsmarkt aufhalten lasse. Es sind die wunderschönen Lichter, die im Nebel funkeln und mich magisch anziehen. Ich trete näher heran und betrachte die lodernde Flamme, die durch das dichte Muster der Papierlaterne nur schwer zu erkennen ist. Ich bin wie verzaubert. Feuer ist viel mehr als einfach nur gefährlich. Es hat uns das Leben geschenkt, das wir heute führen können – die meisten Menschen zumindest. Meine Mutter erzählte mir immer, welchen Einfluss das dynamische Element, welchem ich mich als Kind nie nähern durfte, auf unser Leben hat. Die Flamme erinnert mich an das chaotische, aber vertraute Flackern in ihren Augen, ihre warmen, beruhigenden Hände und das ständige Lächeln in ihrem Gesicht. Sie war so wunderschön …

»Gefällt es Ihnen?« Ich blicke auf in warme braune Augen.

»N-Nein. I-Ich meine ... ja!«, stottere ich unbeholfen und weiche einen Meter zurück.

»Kein Grund, gleich die Rentiere zu erschrecken!« Der junge Verkäufer mit den dunkelblonden Haaren, die zu einem Zopf zusammengebunden sind, lächelt mit nur einem Mundwinkel. Er trägt einen dicken Wollpulli mit einem Muster, welches um Aufmerksamkeit buhlt. Es ist eine Mischung aus Schneeflocken und bunten Farbspritzern. Seine breiten Schultern verzerren die Rentiere, die auf seiner Brust ruhen, zu Wesen, die eher einem Dackel ähneln als den Zugtieren, die den Weihnachtsmann durch die Lüfte befördern sollen.

»Wie viel kostet die hier?«, frage ich vorsichtig und zeige mit meinem Finger auf die strahlende weiße Laterne, die auf Augenhöhe neben mir in der Luft hängt.

»Ich glaube, das kannst du nicht bezahlen, Liebling.«

Wie bitte? Was fällt diesem Rentierfanatiker bitte ein, mich so anzusprechen?

Ohne ein Wort zu sagen, gehe ich einen Stand weiter, wickle meine Decke wie ein Schutzschild um meine Schultern, bis mir schließlich die Lust vergeht. In Gedanken rege ich mich über den Mann und seine verurteilende Antwort auf. Doch tief in mir weiß ich, dass er einfach nur die Wahrheit laut ausgesprochen hat. All diese hübschen Laternen, Sterne und Weihnachtsdekorationen zu sehen, ist eine Qual. *Warum tue ich mir das überhaupt an?*

Ist es die Hoffnung? Die süße Hoffnung, dass ich mir vielleicht eines Tages auch Schmuck für meinen eigenen, ersten Weihnachtsbaum leisten könnte? Vielleicht ist es genau das. Obwohl ich weiß, dass am Ende des

Tages sowieso nur die bittere Enttäuschung auf mich wartet.

»Hey!«, ruft mir jemand nach, dessen Stimme ich noch nicht vergessen habe. »Warten Sie!« Ich drehe mich zu ihm um, als das hübsche Muster der Laterne auf seinen weichen Gesichtszügen leuchtet. Er hält die Laterne zwischen uns hoch in die Luft. »Die ist für Sie!«

Verwirrt nehme ich sie entgegen.

Doch seine Geste bringt mich wieder zum Nachdenken. Er ist ziemlich sportlich, und auch die Größe stimmt. Dazu kommt dieses plötzliche Geschenk. Es gibt nur eine Person, die mir laut meinen Vermutungen bisher Geschenke dieser Art gemacht hat. Ist er der Jogger? Er muss es sein, oder?

»Danke!«

Eine unangenehme Stille herrscht zwischen uns, und als er sich von mir abwendet, bin ich mir nicht mehr sicher, ob er es wirklich war, der mir bereits zweimal den Tag gerettet hat. Es hätte jeder gewesen sein können. Und damit spreche ich von denen, die noch ein Herz besitzen und dazu bereit sind, dies auch zu beweisen. Ich zweifle an meinen Gedankengängen, als sich *seine* kühlen Augen wieder in meinen Sinn schleichen. Einerseits wünsche ich mir, dass ich einen näheren Blick auf sie hätte werfen können, andererseits spüre ich allein bei dem Gedanken wieder den unangenehmen Schauer, der mir die Wirbelsäule hinunterläuft. Ich habe ihn heute noch nicht kommen sehen. Wahrscheinlich sitzt er gerade in irgendeinem Flieger, der ihn zu seinen reichen Eltern und Geschwistern in die Staaten bringen wird.

Ich habe mich schon immer vor diesen Anzugträgern gegraust, aber bei ihm kennt meine Abneigung keine

Grenzen. Zu gern würde ich ihm meine Meinung direkt ins Gesicht sagen, obwohl ich ihn dabei nicht ansehen könnte ... weil ich mich trotzdem zu sehr für das schäme, was ich bin. Und wieder höre ich die Stimme meiner Mum in meinen Ohren.

Ich bin ein Nichts für ihn! Ein Nichts für die Menschen auf den Straßen! Ein Nichts für London, Europa, die Welt! Und ich höre mich an wie mein Bruder, bin gefangen in meinen aufgewühlten Gedanken, sodass ich ganz und gar die brennende Laterne in meinen Händen und den Schutz der dunkelroten Decke vergesse. Lucas war wie Mum. Er hatte einen großen Hass gegenüber den Geschäftsmännern entwickelt, als sie ihm damals all das erzählte, was sie auch mir mit acht Jahren anvertraute. An mir sind ihre Worte natürlich nicht einfach so spurlos vorbeigegangen. Ich vertraue den Worten meiner Mum. Jeden Tag kämpfte sie um unser Wohl. Jeden Tag verzichtete sie auf etwas, nur damit sie uns einen Wunsch erfüllen konnte.

»Birdie, lass dich niemals auf einen Anzugträger ein. Sie benutzen dich, treiben falsche Spielchen mit dir, und sie interessieren sich nicht für dich. Niemals.« Ihre Stimme schmerzt in meinem Kopf. Mittlerweile weiß ich nicht einmal mehr, ob es wirklich ihre Stimme ist oder nur eine Version ihrer Stimme, die ich mir aus den Erinnerungen an sie zusammengebastelt habe.

Wenn meine Mum also recht hätte, warum interessiert sich der Anzugträger von gegenüber dann so für mich?

Kapitel 6

Ein zerfetztes Hemd, Hose mit Löchern und keine Schuhe. Der Mann auf der gegenüberliegenden Straßenseite wirkt wie der Apfel in einem Süßigkeitenregal. Gierig starrt er auf die noch leuchtende Laterne vor mir, die dem dunklen Eingang der Eisdiele eine gewisse Vollkommenheit verleiht. Mit einer Handbewegung versuche ich, ihn zu mir zu locken, er ignoriert jedoch meine Geste. Das gelbe Licht hat ihn in den Bann gezogen. Es ist hoffnungslos, er ist so verzaubert, wie ich es war, als ich es zum ersten Mal gesehen habe.

Schließlich rapple ich mich auf, kralle mich mit einer Hand an der Decke fest und nehme in die andere die Laterne. Ich gehe in der Menschenmasse unter, aber selbst inmitten all der Weihnachtsbeleuchtungen finden seine Augen nur das strahlende Muster meiner Laterne.

Als ich ihm näher komme, fällt mir zuerst wieder die beängstigende Höhe des Firmengebäudes auf, und mir wird beim Hochschauen schwindelig. Dann sehe ich blaue, zitternde Lippen, die mühevoll von Zähnen gezähmt werden, sodass sie an einigen Stellen bereits angefangen haben zu bluten. In diesem Moment erinnert er mich an Lucas, und ich muss schwer schlucken. Er ist viel älter, als Lucas es war, und demnach auch umso gebrechlicher, dennoch schätze ich ihn nicht älter als vierzig. Der alltägliche Stress, den ich nur zu gut nachvollziehen kann, hat ihn bereits an einigen Stellen seines überwiegend dunklen Haarschopfes ergrauen lassen, was meine Einschätzung seines Alters auch verfälschen könnte. Aber die tiefe Falte zwischen seinen Augenbrauen und die Lachfalten um seine Augen herum sind nicht zu übersehen. Ich sehe auf seine Füße, dic sich einfach so auf dem kalten Asphalt befinden, ohne jeglichen Schutz. Sie sind blass und bewegen sich kein einziges Stück, als hätte ihnen die Kälte jegliches Leben entzogen. Sofort reiße ich die Decke von mir und lege sie über seine Beine. Erst als ich mich zu ihm setze, bemerkt er meine Anwesenheit. Ich stelle die Laterne neben ihm ab und schaue ab und zu rüber zu meiner Brötchentüte und dem leeren Pappbecher, damit ja niemand in Versuchung gerät, die wenigen Sachen, die ich besitze, in den Müll zu werfen.

»Was ist mit deinen Füßen passiert?«, frage ich den Mann vorsichtig, daraufhin blickt er zu mir auf.

»Ich hätte eine andere Frage erwartet«, schmunzelt er. »Ich weiß es nicht. Ich spüre meine Beine nicht mehr.« Er hebt meine Decke an. Der Anblick seiner blauen, leblosen Füße bereitet mir ernste Sorgen.

»Was ist passiert?«, frage ich ein weiteres Mal.

»Leonard und ich haben einen Hunderter auf der Straße gefunden. Er zog los, um uns davon Decken, eine warme Mahlzeit und etwas zu trinken zu kaufen.«

Wow ... Ich habe noch nie einen Hunderter zu Gesicht bekommen. »Versuchst du mir gerade zu sagen, dass du hier seit Stunden ohne Schuhe auf dem kalten Asphalt herumläufst?« Ich kann mir schon denken, dass dieser Leonard einfach mit dem Geld abgehauen ist. Leider muss ich immer wieder miterleben, welch hinterhältige

Menschen es in dieser Stadt gibt. Ratlos versuche ich, den Mann zu beruhigen.

»So gesehen ja ...« Die kalten Schweißperlen und die aschfahle Gesichtshaut deuten auf einen lebensbedrohlichen Zustand hin. »Und w-wie ist dein Name?«

Den Satz kann ich zwischen seinem unaufhaltsamen Keuchen kaum verstehen. »Birdie, ich heiße Birdie!«

»Alf ... oder A-Alfie, wenn du auf Reime stehst.« Ich lausche seinen zittrigen Atemzügen. »Du wohnst also dort drüben?«, haucht er.

»Vor der Eisdiele, ja.« Unsere Blicke wandern zu meinem kleinen provisorischen Lager. »Wann hast du das letzte Mal etwas gegessen, Alfie?«

»K-Keine Ahnung.« So kann das nicht weitergehen ... Alfie braucht Hilfe, und zwar dringend!

»Wir müssen Sie bitten, Ihren Platz zu räumen!«, fordert jemand Alfie mit einer Stimme auf, die mir eine Gänsehaut bereitet.

Ich vergesse ganz und gar, dass ich Alfie in diesem Moment verteidigen müsste, denke sogar zuerst daran, lieber zu fliehen, als mich diesem großen, mächtigen Mann vor uns, dessen Augen eine Eiszeit in mir auslösen, gegenüberzustellen. Es ist nicht irgendein Anzugträger. Es ist *mein Beobachter* von Hamilton & Sons Inc. Aber als ich Alfies leblose Beine in meine dunkelrote Decke eingehüllt sehe, fühle ich mich, als würde ich mich selbst hintergehen. *Das bist nicht du, Birdie!*

»Noch jemand von seiner Sorte ...«, höre ich ihn murmeln, und unsere Blicke treffen sich für einen kurzen Moment. »Bitte stehen Sie auf, wir müssen hier einige Baumaßnahmen durchführen!«, erklärt »Mr Hamilton & Ich bin ganz weit oben, um auf euch dort unten herabzuschauen« mit genervtem Blick.

»Ticken Sie noch richtig?! Dieser Mann kann nicht einfach so aufstehen!«, platzt es aus mir heraus, und ich wette, dass mein Gesicht vor Wut so rot ist wie eine Tomate. »Schauen Sie sich ihn doch nur mal für einen Moment genauer an!«

»Gibt es ein Problem?« Seine Augenbrauen heben sich spöttisch. »Ich denke, es gibt noch viele weitere Gebäude, vor denen Sie sich niederlassen können.«

Ich traue meinen Ohren kaum, wäre da nicht dieser Anzug, der schicke Schal und das erhobene Kinn. Eigentlich dürfte es mich nicht überraschen. Scheißkerl! »Sehr wohl gibt es hier ein Problem! Dieser Mann kann seine Beine nicht mehr bewegen, und Sie haben nichts Besseres zu tun, als sich um Ihr blödes Luxusunternehmen zu kümmern, statt um einen Menschen, der Hilfe benötigt?!«

Die erhobenen Augenbrauen senken sich zu einem Stirnrunzeln, und es herrscht eine lang anhaltende Stille. Alfie sagt kein Wort, starrt nur die fast erloschene Laterne an, die neben seinen reglosen Beinen steht und bei jedem Windzug flackert. Ich würde diesen Mann am liebsten wegstoßen, als er sich zu Alfie hinabkniet. Aber als ich die Sorge in seinen sonst so kühlen Augen sehe, wird mir klar, dass er vielleicht zur Abwechslung mal keinen dummen Spruch auf Lager hat. »Wie lange spüren Sie Ihre Beine schon nicht mehr?«

»S-Seit ein paar Stunden.« Alfies Stimme bricht, und er muss sich dazu zwingen, nicht die Augen zu schließen, während er versucht, ihm seine Beine zu präsentieren. Die langen Finger des Anzugträgers fahren über die weiche dunkelrote Decke, bevor er sie wieder fallen lässt und den Kopf schüttelt.

»Sie müssen sofort in ein Krankenhaus gebracht werden. Der unterbrochene Blutkreislauf wird Sie sonst in ernste Schwierigkeiten bringen.« Der Ton in seiner Stimme ist herrisch und ... fordernd. Aber irgendwie kann ich nicht anders und muss jede seiner Bewegungen genauestens unter die Lupe nehmen. Ich komme aus dem Starren nicht mehr raus. Die Situation fasziniert mich. Das habe ich so noch nie erlebt. Nun bin ich wohl sein Beobachter und kann meine Augen nicht mehr von ihm nehmen.

»Was habe ich schon groß zu verlieren ...«, murmelt Alfie, und Mr Hamilton verharrt für einen kurzen Moment, während er zu mir aufschaut und unsere Blicke sich treffen. Wieder muss ich schlucken, aber diesmal ist es die Nervosität. Ja, er macht mich nervös, und das ist gar nicht gut. Meine Mum hatte recht, sie spielen Spielchen mit einem – und das Schlimmste ist, er muss nicht einmal wirklich etwas tun. Einzig und allein seine Präsenz, dieser Blick und die selbstsichere Körperhaltung ... der raue Ton in seiner erfolgsverwöhnten Stimme sowie der edle Duft, der über den Wind seinen Weg in meine Nase findet, lassen mich stutzig werden, und ich verliere meinen Fokus wieder und wieder.

Aber bevor ich Alfie vom Gegenteil überzeugen kann, meldet sich der Anzugträger zu Wort. »Ich werde Sie fahren.«

Kapitel 7

»Fangen Sie schon mal an. Ich muss vorher noch etwas erledigen!«, ruft er einem Mann im blauen Overall zu, der sich seelenruhig gegen einen Laster vor dem Firmengebäude lehnt, während der Rauch einer Zigarette aus seinem Mund entweicht. Ich werde Zeuge, wie Mr Hamilton ihm einen bitterbösen Blick zuwirft.

»Kann ich irgendwie helfen?«, frage ich und fühle mich wie das fünfte Rad am Wagen, während der Anzugträger Alfie, der meine Laterne fest in den Händen hält, hoch in seine Arme hebt und ihn zu seinem schwarzen Luxusschlitten bringt. Ich eile ihnen hinterher, greife nach der Decke, die beinahe auf den Boden gefallen wäre, und lege sie über Alfies Beine, sobald er auf der Rückbank seinen Platz gefunden hat. Mr Hamilton möchte mir eine der Türen aufhalten, aber ich bin schneller und setze mich zu Alfie nach hinten ins Auto. Er meinte es wahrscheinlich nur gut, und es hat mich tatsächlich sehr überrascht. Es bleibt jedoch keine Zeit für höfliche Gesten!

»Wir fahren zum Royal Hospital, dort habe ich einen Freund, der wird sich sofort um Sie kümmern.« Ich sehe Alfie neben mir nicken, lasse ihn nicht aus den Augen und lausche dem Geknister meiner Laterne, während er nervös mit seinen Fingern spielt.

Als mein Blick zu Mr Hamilton im Rückspiegel schweift, rümpft er seine Nase. Ich rieche unauffällig an meiner dünnen Sommerjacke und erröte.

»D-Die werden sich nicht um mich k-kümmern ... Ich habe keinen gültigen Ausweis ... und versichert bin ich auch nicht«, stottert Alfie mit zusammengebissenen Zähnen.

Ich betrachte sein schmerzverzerrtes Gesicht.

Es ist das erste Mal, dass ich in einem Auto sitze, und ich bin ehrlich gesagt ein wenig nervös, sodass Alfies Worte zwar durch meine Gedanken fliegen, ich sie aber im nächsten Moment wieder vergessen habe. Als der Motor anspringt, zucke ich erschrocken zusammen.

»Keine Sorge, ich werde mich darum kümmern«, antwortet Mr Hamilton mit Tunnelblick auf die Straße.

Es lässt sich nicht leugnen, dass Alfie und ich uns gerade in einer Situation befinden, die Menschen wie wir nicht oft – oder besser gesagt nie – erleben dürfen. Ich kann es in seinen Augen sehen, die weit aufgerissen aus dem Fenster starren und versuchen, sich einen Überblick über die verschwommenen Bilder außerhalb der Fensterscheibe zu verschaffen – es ist auch sein erstes Mal in einem Auto.

Ich erinnere mich nur an meine erste Fahrt in der U-Bahn. Meine Mutter hielt Lucas fest in ihren dünnen Armen, die ihm kaum Schutz gaben. Er schrie sich die Lungen aus dem Leib. Damals war er noch klein und zerbrechlich. Ich habe es geliebt, Mum dabei zuzusehen, wie sie Lucas mit einer einzigen, liebevollen Berührung zum Schweigen bringen konnte. Sie faszinierte mich so sehr, dass ich die Bahnfahrt nicht einmal als interessant empfand, weil ich viel zu sehr auf meinen Bruder und die Frau, die uns in die Welt gesetzt hatte, konzentriert war. Viel habe ich wiederum nicht verpasst. Schließlich gibt es außer den dunklen Tunneln und Stationen nichts Besonderes zu sehen.

Die angenehme Wärme im Auto verleiht mir ein wohliges Gefühl. Der Geruch von Aftershave und neuem Leder beruhigt mich und überdeckt die schlechte Luft im Wagen, für die Alfie und ich verantwortlich sind. Ich bin aufgeregt, erleichtert ... glücklich. Ich hätte nie gedacht, dass eine Autofahrt diese eigenartige Mischung in mir hervorrufen könnte. Das Kribbeln in meinem Bauch fühlt sich unglaublich an. Ich habe nie zuvor etwas Derartiges erlebt. Mit der Bahnfahrt ist das nicht einmal ansatzweise zu vergleichen.

Plötzlich klingelt es lautstark durch die Lautsprecher. Mr Hamiltons Finger drückt auf einen aufleuchtenden Knopf am Lenkrad, und es ertönt ein leises Rauschen.

»Hamilton, mit wem spreche ich?« Er setzt wieder das Pokerface auf.

Sein ausdrucksloser Blick findet meinen im blitzblanken Rückspiegel, und kaum bemerkt er mein Starren, bilden sich kleine Falten auf seiner Stirn. *Mist! Er hat mich erwischt.*

»Wir haben mit den Bauarbeiten begonnen! Wie viel Zeit geben Sie uns?«, spricht die Stimme aus dem Lautsprecher mit ihm.

»So schnell wie möglich. Ich möchte, dass Sie bis heute Abend die Arbeiten abgeschlossen haben.« Während er spricht, nimmt er den Blick nicht mehr von mir.

Ich erröte und schaue verstohlen aus dem Fenster. Ich mag es nicht, beobachtet zu werden.

Mir ist nie wirklich aufgefallen, was für eine wunderschöne Stadt London doch ist, da ich seit meiner Kindheit nicht viele Orte gesehen habe, außer einen sich immer ändernden Schlafplatz, der aus nicht viel mehr als Kartons, Brücken, Büschen, Wiesen, und ein oder zwei Unterkünften bestand. Und viel mehr werde ich in meinen kommenden Jahren wahrscheinlich auch nicht zu Gesicht bekommen. London kann so schön, so weiß und noch so heiß sein, mir bereitet es nur Probleme. So ist es immer schon gewesen, und so wird es auch immer sein. Ich sollte diesen einmaligen Moment genießen.

»Ich kann Ihnen nichts versprechen ...«

»Die Firma bezahlt Ihnen viel Geld, also erwarte ich, dass Ihr Team nicht herumtrödelt«, unterbricht Mr Hamilton den Mann am anderen Ende der Leitung. Ich vermute, dass es der Mann im blauen Overall ist, der noch vor wenigen Minuten vor Hamilton & Sons Inc. eine Zigarette geraucht hat.

»Ich ...«

»Verschwenden Sie meine Zeit bitte nicht mit billigen Ausreden. In diesen wertvollen Minuten hätten Sie bereits arbeiten können. Ich erwarte das Ergebnis in wenigen Stunden.«

Wie kann man nur so direkt und dabei selbstsicherer denn je sein?

Mr Hamilton beendet das Telefonat, und leise Musik durchbricht die Stille. Ich überlege, das Fenster herunterfahren zu lassen, aber ich habe Angst, etwas kaputt zu machen. Das Lied gefällt mir. Es beruhigt mich. Die Stimme der Frau ist rau und hell. Ich höre nicht oft Musik, aber Alfie scheint das Lied zu kennen und summt seinem Zustand entsprechend mit.

Ich versuche, mir mein Grinsen zu verkneifen, was mir relativ leichtfällt, als ich abermals in die klaren blauen Augen im Rückspiegel blicke, die mich mustern, als wäre ich einer seiner neuen Sportwagen und er müsste sich noch entscheiden, ob ich ihm gefalle oder nicht. Ich will ihm aber nicht gefallen! Es könnte jedoch auch nur Phase zwei seines Pokerface sein. Die Phase, in der er vorgibt, interessiert zu sein, in Wirklichkeit aber über etwas ganz anderes nachdenkt.

Wir halten vor drci Blöcken aus einem Chaos aus Fensterglas. Das Gebäude ist riesig. Ich bin froh, dass ich noch nie ein Krankenhaus von innen sehen musste. Heute ist wohl der Tag der ersten Male.

»Sie schließen das Auto ab. Ich werde ihn zu meinem Freund bringen.« Mr Hamilton wirft ein schwarzes Ding zu mir auf den Rücksitz. Dann sehe ich zu, wie er um das Auto sprintet, um den inzwischen beinahe bewusstlosen Alfie herauszuheben. Nur wenige Sekunden später befinde ich mich allein im Wagen und habe keine Ahnung, was ich mit dem schwarzen Etwas anfangen soll. Wie schließt man damit denn bitte diese Karre ab?

Die vier Ringe auf dem Plastik verwirren mich. Ist das eine Art Zeichensprache? Oder sollen das Buchstaben sein? Sie kommen mir dennoch bekannt vor. Es ist definitiv nicht das erste Auto, das ich sehe, das diese Ringe trägt.

Er erwartet doch nicht, dass ich mich damit auskennen würde?

Zögernd steige ich aus dem Wagen. Die Menschen, die mich umgeben, denken sich wahrscheinlich sonst was bei meinem Anblick. Ich versuche, sie zu ignorieren, bevor ich das Auto von der Seite betrachte und das schwarze Ding in meiner Hand umdrehe, um dieselbe Silhouette auf der Rückseite zu finden. Ich drücke auf einen der Knöpfe, und mit einem leisen Geräusch, das ich nicht zuordnen kann, öffnet sich der Kofferraum des Autos. »So ein Mist!«, fluche ich und renne, so schnell es geht, um das Auto, um die Klappe wieder herunterzudrücken.

Doch bei meinem zweiten Versuch finde ich den richtigen Knopf, und das Auto blinkt kurz auf, begleitet von einem eigenartigen Piepen, welches einem Schwein auf Droge ähnelt – nicht dass ich wüsste, wie sich so etwas anhört. Ich teste, ob die Türen verschlossen sind – bombenfest.

Komm schon, Birdie, einer dieser Menschen rettet Alfie gerade das Leben, erinnert mich meine innere Stimme. Apropos, wie komme ich jetzt bloß zu Alfie? Ich kenne mich in Krankenhäusern so gar nicht aus. Ich weiß nicht, wonach ich suchen muss, und Schilder zur Orientierung werden mir nicht weiterhelfen. Wieder einmal steht mir meine größte Schwäche im Weg.

»Wollen Sie nicht zu Ihrem Freund?«, höre ich plötzlich Mr Hamiltons Stimme, nachdem ich einige Minuten lang durch den Eingangsbereich des Krankenhauses geirrt bin.

»W-Wo ist er?« Ich bin überrascht, dass er schon wieder zurück ist. Ich hätte gedacht, es würde länger dauern, und ich müsste eine halbe Ewigkeit auf ihn warten.

»Er wird in wenigen Minuten operiert. Sie sind besser bei ihm. Ich denke, er braucht Sie jetzt.« Er muss denken, Alfie sei mein Freund ... mein fester Freund. Ich kläre ihn jedoch nicht auf, weil es gerade nicht von Belang ist.

»Was haben die Ärzte mit ihm vor?« Ich will mir gar nicht ausmalen, wie sich Alfie gerade fühlen muss – er muss panische Angst haben. Aber um das sicher zu wissen, kenne ich ihn zu wenig. Eine knappe Stunde, um genau zu sein.

Mr Hamilton schweigt und holt tief Luft. »Ihm müssen die Beine amputiert werden«, sagt er schließlich in einem beruhigenden, zum ersten Mal nicht herrischen Ton, der auf mein erschüttertes Schweigen trifft.

Ich habe die Welt nie verstehen können, aber das hier, das fühlt sich an wie ein Schlag in die Magengrube, und ich bin nicht einmal in erster Linie davon betroffen.

»Danke, dass Sie ihn hierhergebracht haben«, bekomme ich schließlich doch noch aus mir heraus.

Er nickt kurz, während er mich mit raschem Blick mustert, was ich kaum bemerkt hätte, wenn ich seine Bewegungen nicht so ausgiebig studieren würde.

»Mein Name ist Damien Hamilton.« Zu meiner Überraschung streckt er mir die Hand entgegen, was meine Augen auf sein Handgelenk lenkt, wo der sich zurückschiebende Ärmel eine silberne Armbanduhr offenbart, die sicherlich nicht günstig gewesen ist. Ich hebe ebenfalls meine Hand und greife nach seiner. Als mich die Wärme seiner Haut umschlingt, versetzt es mir einen Schlag. Wir schauen uns für endlose Sekunden lang in die Augen, bis ich die Hitze in meinen Wangen glühen spüre und zurück auf unsere Berührung schaue. Dabei fallen mir meine dreckigen Fingernägel und die Schürfwunden auf meinem Handrücken auf, sodass ich meine Hand schnell wieder wegziehe und sie in meiner Jackentasche verstecke. »Und Sie sind?«

»Birdie.« Ich räuspere mich. »Einfach nur Birdie«, wiederhole ich mit etwas mehr Nachdruck.

»Birdie ... interessant«, lautet sein einziger Kommentar, und ich begleite ihn den Flur entlang zum Ausgang.

Draußen angekommen geht er um sein Auto, und das komische Grunzen ertönt wieder auf halbem Weg, als er dieses Schlüsseldings drückt, das ich ihm zuvor zurückgegeben habe. »Ich muss wieder zurück in die Firma. Soll ich Sie mitnehmen, oder finden Sie nachher allein zurück, beziehungsweise wollen Sie bei Ihrem Freund bleiben?«

Ist das jetzt sein Ernst? »Ich kenne mich weder mit Krankenhäusern aus, noch besitze ich so etwas hier.« Ich deute auf sein Auto, und dabei entwischt mir sogar ein kleines sarkastisches Lachen, was auch für ein vorsichtiges Schmunzeln auf Damien Hamiltons Gesichtszügen sorgt. »Ja, ich würde sehr gern mit Ihnen mitfahren. Danke!«

Er grinst.

Diesmal sitze ich auf dem Beifahrersitz. Ich hoffe, Alfie wird nicht allzu enttäuscht sein, dass er mich nicht noch einmal zu Gesicht bekommt. Er hat ja meine dunkelrote Decke. Mist! Als mir das einfällt, ist es zu spät. Ich kann es mir nicht erlauben, den Anzugträger wegen einer Decke darum zu bitten, wieder zurückzufahren. Das nächste Geld werde ich für ein Busticket zurücklegen müssen, um Alfie besuchen zu können und meine Decke zu holen. Die Laterne schenke ich ihm. Er soll sie behalten, damit er wenigstens das Gefühl hat, nicht allein zu sein.

»Wie hat er reagiert?« Meine Stimme ist so zaghaft, dass ich mir neben dem selbstbewussten Mr Hamilton wie der unsicherste Mensch auf Erden vorkomme. Dabei bin ich das nicht einmal. Ich stehe zu meinen Worten und meinen Prinzipien und setze mich für diese ein – aber seine Aura, sie macht mich nervös, und gleichzeitig fasziniert sie mich. Ich verbiete der Stimme meiner Mum in meinem Kopf, auch nur einen Ton von sich zu geben, denn ich gebe es zu: Ein Anzugträger hat meine Faszination geweckt, und ich kann mich nicht dagegen wehren.

»Er schien keineswegs überrascht«, antwortet er, und ich bemerke, dass Mr Hamilton mit den Gedanken woanders ist, während wir über eine Kreuzung fahren. »Er sagte, dass die Ärzte alles mit ihm machen können, solange er die Laterne, die er nicht aus den Händen geben wollte, bei sich behalten darf.«

Ein winziges Schmunzeln der Erleichterung schleicht sich auf meine Lippen. Ich bin froh, dass ich Alfie wenigstens diesen Funken Hoffnung mit auf den Weg geben konnte. Er braucht die Laterne mehr als ich. Ich schaue zu Hamilton hinüber, der seinen Blick nicht von der Straße nimmt.

»Danke …«, flüstere ich, aber ich bezweifle, dass er mich gehört hat.

Als wir vor Hamilton & Sons Inc. anhalten, höre ich zuerst die kreischenden Maschinen, dann die Autotür, die Mr Hamilton ins Schloss fallen lässt. Ich zucke ein weiteres Mal erschrocken zusammen.

»Wie geht es voran?«, möchte Mr Hamilton von dem Mann im blauen Overall wissen, der graue Locken und tiefe Geheimratsecken auf seinem kantigen Kopf trägt. Wieder hängt eine Zigarette in seinem Mundwinkel. Während er Hamilton erklärt, dass die vordere Partie bereits fertig ist und seine Männer sich morgen früh um die Tiefgarage kümmern würden, steige ich aus dem Wagen.

Neugierig versuche ich, an den Männern vorbeizuschauen. Durch den schmalen Spalt zwischen grauem

Anzug und blauem Overall erkenne ich nur wenig, aber genug, um ein weiteres Mal hinzuschauen, damit ich mir sicher sein kann, dass ich mich nicht verguckt habe.

Wie erstarrt stehe ich auf dem Fußweg der Oxford Street und blicke zum Eingang des Firmengebäudes. Ich kann meinen Augen nicht trauen, als ich die Obdachlosen-Spikes sprachlos anstarre. Es sind spitze Zacken auf dem Asphalt vor dem noblen Gebäude, welche die armen Bewohner der Straße davon abschrecken sollen, sich vor den veredelten Türen niederzulassen. *Hier ist kein Platz für Obdachlose!* Mir dreht sich der Magen um, gefolgt von einer pochenden Wut, die sich in jeder Ader meines Körpers ausbreitet.

Kapitel 8

»Ich möchte etwas abholen, was mir gehört«, versichere ich der Frau in Weiß, dessen blonde Haare in einem lockeren Dutt zusammengebunden sind. »Ich kann Ihnen den Gegenstand auch beschreiben, so muss ich nicht einmal mitkommen«, schlage ich ihr vor, und nach zehn Minuten Hin und Her gibt sie schließlich endlich nach.

»Na gut. Folgen Sie mir bitte.«

Ich sehe zu, wie sie hinter der Glasscheibe von ihrem Platz aufsteht. Mir ist es ganz recht, dass sie mich zu Alfies Zimmer begleitet, denn es wäre für mich viel zu chaotisch gewesen, mich allein in dem verwirrenden Krankenhaus zurechtzufinden. Besonders heute, am Todestag meines Bruders. Lucas ...

»Es ist eine dunkelrote Decke«, sage ich, folge ihr in die zweite Etage und blinzle ununterbrochen, um meine Tränen zu verbergen. Ich sehe die Frau im Spiegel des Fahrstuhls nicken. Können wir denn nicht die Treppe nehmen ...? Ich hasse Fahrstühle. Die Türen schließen sich, und für jegliche Widerrede ist es nun zu spät. Umso erleichterter bin ich, als wir den hellen Flur der zweiten Etage betreten.

Alfies Augen sind geschlossen. Seine Stirn glänzt in dem grellen Licht, und die Haut ist fahl. Ich wollte nicht hinschauen, kann nun aber nicht mehr wegsehen. Von der Hüfte abwärts fällt die Bettdecke flach auf die Matratze. Ich muss schlucken. Die Laterne ist erloschen – die Hoffnung verflogen. Dieser Tag scheint verflucht zu sein. Erst der Tod meines Bruders im letzten Jahr, und nun muss ich diesen elenden Anblick von Alfie ertragen.

»Kommen Sie bitte.« Ich nicke, während sich die dunkelrote Decke um meine Schultern schmiegt und ich zur Tür gehe. Die Frau begleitet mich am Fahrstuhl vorbei zu einer Glastür, die in ein Treppenhaus führt. Sie schien gespürt zu haben, dass ich mich in Aufzügen nicht besonders wohlfühle. Gott sei Dank! Doch als wir wieder in der untersten Etage sind, bleibe ich stehen.

»Geht es Ihnen nicht gut?«, fragt die Frau besorgt, und ich schüttle den Kopf.

»Würden Sie mir noch einen Gefallen tun?«

Die Unsicherheit in ihrem Blick ist nicht zu übersehen. »Kommt ganz darauf an«, antwortet sie schließlich.

Ich zögere, kann jedoch nicht länger warten. Wenn mein Bruder mich eines gelehrt hat, dann war es, immer das Beste aus einem schlechten Tag zu machen. »Würden Sie dafür sorgen, dass die Laterne brennt, wenn Alfie aufwacht?« Meinen Tag kann nichts auf der Welt mehr retten, aber ich würde alles tun, um das Beste aus Alfies Tag zu machen.

Ich lasse mich erschöpft zu Boden gleiten, schlinge die Arme um meine angewinkelten Beine und lasse meinen Kopf in die Kuhle zwischen den Knien sinken. Ich bin zwanzig Jahre alt und weine wie ein Kind. Werde doch endlich erwachsen! Ich vermisse meine Familie, ja sogar

Alfie fehlt mir. Die Spenden, welche ich tagelang in der Oxford Street sammeln konnte, reichten nur für einen weiteren Besuch im Krankenhaus, und ich erinnere mich an den Tag, wo ich Alfie zuletzt gesehen habe.

Die Frau von der Rezeption hatte ihr Wort gehalten – die Laterne erleuchtete das Zimmer, während Alfie sie mit verzaubertem Blick anstarrte, sodass sich die Flamme in seinen Augen widerspiegelte. Zumindest sagte sie mir, dass es genau so abgelaufen sein soll, denn als ich den Raum betrat, war die Flamme bereits erloschen, und Alfies Augen hatten sich lediglich mit einer Leere gefüllt, die es mir nicht leicht machte, seinen Blick zu erwidern. Aber er versicherte mir, dass es ihm gut gehe, und gab mir sogar die Hälfte seines Müsliriegels, den er zum Frühstück bekommen hatte. Er scherzte noch, dass sein Körper nun mehr Essen bekommen würde, als er verdauen könne, aber ich konnte mir kein Lächeln auf die Lippen zwingen. Und während ich an den klapprigen Rollstuhl und die fehlenden Beine denke, höre ich die Böller in den Straßen explodieren.

Vielleicht werde ich ja doch um Mitternacht aus meiner Ecke kriechen und den funkelnden Himmel betrachten. Es wird das letzte Schöne sein, was ich in diesem Jahr zu sehen bekomme. Das ist meine Art in ein neues, hoffentlich besseres Jahr zu rutschen.

Ich schaue hinüber zu dem dunklen Firmengebäude, in dem sich die hellen Sterne spiegeln, und sehe zu seinem Büro hinauf. Aber heute arbeitet niemand mehr. Die Anzugträger sitzen bei ihren Familien, trinken Wein und verspeisen Unmengen an Essen, wobei mehr als die Hälfte davon im Müll landen wird. Und ich sitze hier ganz allein. Doch als ich den Obdachlosen-Spikes abermals einen bitterbösen Blick zuwerfe, wird aus dem Selbstmitleid pure Wut. Wie konnte er nur?

Ich kann es nicht glauben, dass Mr Hamilton sich am selben Tag, an dem er sich auf die Liste der einflussreichsten Personen meines Lebens schlich, auf den ersten Platz der Liste der Personen drängte, die ich am meisten verachte. Dieselbe Liste, auf der Meredith an zweiter Stelle steht. Auf dem Thron sitzt nach wie vor Juleya, die Eisdielenbesitzerin und der Teufel in Person. Sie wollte nie, dass während der Winterpause die Nische vor ihrem Laden zu meinem Zuhause, oder die Decke ihres Hundes zu meiner wird. Ich bin mir nun aber nicht mehr ganz so sicher, ob Mr Hamilton sie mit dieser Aktion von diesem Platz gedrängt hat.

Mit jedem Böller wird der Knall lauter. Vorsichtig richte ich mich auf und wickle die dunkelrote Decke ganz fest um meinen zitternden Körper. Doch als mein neugieriger Kopf aus meinem Versteck ragt, sehe ich das flammende Ende und die sprühenden Funken des roten Stabes, welcher direkt vor meinen blauen Stoffschuhen gelandet ist, und ich falle vor Schreck mit einem ohrenbetäubenden Kreischen zurück. Der laute Knall des Böllers ruft ein schrilles Piepen in meinen Ohren hervor. Mein Kopf dröhnt, die Sicht ist verschwommen. Dunkle Gestalten tummeln sich vor dem Eisdieleneingang. Ich fasse mir an den Kopf, kann die Farbe der Flüssigkeit auf meinen Fingern jedoch nicht erkennen. Es ist zu dunkel, aber ich kann mir denken, dass sie meiner Decke ähnelt, die zumindest den Aufprall auf den harten Asphalt weniger schmerzvoll gemacht hat.

Ich befinde mich in einem Chaos aus sprühenden Funken und zischenden Geräuschen, die sich um mich herum sammeln. Die roten Stäbe fliegen über meinen

Kopf, an meinem linken Ohr vorbei, und einer landet sogar in meinem Haar. Ich keuche, als es nach Schwarzpulver und verkokeltem Haar zu riechen beginnt. Bevor es zu einer Explosion kommt, werfe ich den Böller auf die Straße. In diesem Moment spüre ich, wie mein Herz in rasender Geschwindigkeit gegen meinen Brustkorb hämmert.

»Hört auf!«, schreie ich hilflos, aber mich hört niemand.

Es folgen drei weitere Explosionen – dann ist es endlich vorbei. Die Gestalten verschwinden, gefolgt von schallendem Gelächter.

»Zischt ab!« Ein weiterer Schatten taucht auf, der sich mir schnell nähert.

»Bitte, lasst mich in Ruhe!«, stammle ich.

»Keine Sorge, ich werde Ihnen nichts tun«, höre ich die Person sagen, bevor ich in ein tiefes schwarzes Loch falle und alle Schmerzen vergessen sind.

Ich liege in einem Bett. In einem weichen Bett. Die Schmerzen im Kopf sind vorüber, und auch meine Sicht ist wieder glasklar. Ich muss träumen! Wenn dies der Fall ist, dann ist es ein sehr, sehr schöner Traum. Bin ich im Himmel?

Die Zimmertür öffnet sich, und eine kleine Frau mit einem Tablett in der Hand kommt herein. Die schweren silbernen Ohrringe ragen unter ihrem kurzen Bob hervor, und die vollen Lippen strahlen in einem satten Rot.

»Sie sind wach«, stellt sie freundlich grinsend fest, und das Tablett landet auf dem kleinen Tisch neben mir.

Meine erschrockenen Augen wandern über eine prachtvolle Auswahl an liebevoll präsentiertem Essen.

Ich sehe Brötchen in verschiedenen Formen und Farben, die ich bisher nur in der Theke einer Bäckerei bewundern konnte. Kleine viereckige Döschen mit Bildern von Früchten darauf, eine in Scheiben geschnittene Banane und Besteck. Noch nie habe ich mit Besteck aus echtem Metall gegessen. Ist das etwa alles für mich?

»Ich glaube, da muss ich Ihnen widersprechen«, antworte ich mit fragendem Blick. Ihre warmen Augen funkeln mit einem Hauch von Ironie, als sie mein Misstrauen wahrnimmt.

»Was möchten Sie trinken? Ich kann Ihnen verschiedene Teesorten anbieten oder auch ein Glas Milch, wenn Sie wünschen?«

Ich bin definitiv im Himmel.

Ich kann mich noch an den letzten Knall des Böllers erinnern, aber danach sind meine Erinnerungen nichts als ein dunkler Raum, in dem meine Augen blind nach Antworten suchen.

»Haben Sie Kakao?« Ich bin in Gottes Händen. Ich habe mein ganzes Leben lang ums Überleben gekämpft, spätestens jetzt darf selbst ich es mir auch endlich gut gehen lassen. Das Leben ist die Hölle, und der Himmel die Belohnung für die, die sie sich verdient haben.

»Natürlich haben wir Kakao.«

Wir lächeln uns gegenseitig an, und ich lasse mich in das Kissen fallen, wobei mich das plötzliche Stechen in meinem Kopf in die Realität zurückholt. Vielleicht ist das alles hier doch kein Traum?

»Ich heiße übrigens Rosa und werde mich erst einmal um Sie kümmern. Wenn Sie irgendwelche Wünsche haben, lassen Sie es mich wissen.«

»Birdie. Einfach nur Birdie. Wir können uns duzen.«

Rosa zeigt mir ihre strahlend weißen Zähne. Sie ist mir auf Anhieb sympathisch.

Nachdem sie mir freundlich zugenickt hat, geht sie aus dem Zimmer, und ich starre aus den riesigen Fenstern des Schlafzimmers auf den funkelnden Sternenhimmel. Die Uhr neben dem Tablett verrät mir, dass es noch nicht Tag 001 des neuen Jahres ist.

Sekunden später öffnet sich wieder die Tür, aber von Rosa fehlt jede Spur. Ein Mann in Jogginghose und weißem T-Shirt mit einem Glas Milch in der Hand betritt das Zimmer. Es ist aber nicht irgendein Mann. Es ist Mr Hamilton. Hamilton der Anzugträger, für den ich nach der Aktion mit den Spikes solch einen Hass entwickelt habe, dass ich ihm sonst was an den Kopf werfen könnte. *Aber was macht er hier? Was macht er in meinem Traum?* Ich habe die Hoffnung noch nicht aufgegeben, dass dies mein friedliches Ende sein soll. Er ist auf gar keinen Fall eine Belohnung für das, was er mir in der Hölle angetan hat. Gerade hatte ich meine Vorurteile ihm gegenüber und die Aussagen meiner Mum infrage gestellt, und dann macht er all dies kaputt, indem er mir klar und deutlich zeigt, wie er über Menschen wie mich denkt.

Wo ist eigentlich Lucas? Ich könnte jetzt meinen Bruder brauchen.

»Rosa sagte mir, Sie seien aufgewacht, also wollte ich mal nach Ihnen sehen.« Die Stimme erscheint mir ruhiger als sonst, tiefer.

»Was ist passiert?«, möchte ich wissen und schaue zu ihm auf, als er das Glas mit Milch auf dem Tablett abstellt.

Er tritt zum Fenster und verschränkt seine Arme. »Eine Horde Jugendlicher hat Sie bedroht. In all dem Chaos haben Sie Ihr Bewusstsein verloren.«

Ich bin nicht im Himmel ... und das ist auch kein Traum.

»Das ist das Gästezimmer. Ich dachte, in einem Bett könnten Sie sich besser erholen, als irgendwo auf dem Asphalt im kalten London.« Er sieht mich eindringlich an. »Sie müssen das Pulver schon in die Milch geben, wenn Sie Kakao trinken wollen.« Ich erkenne den Ansatz eines Lächelns in seinem Gesicht.

»D-Danke«, stammle ich und tue, was er sagt. Ich stehe aus dem gemütlichen Bett auf, um zu Mr Hamilton ans Fenster zu gelangen. Erst dann fällt mir auf, dass ich nicht mehr meine alten, durchlöcherten Klamotten trage. Der seidige Stoff eines Nachthemdes gleitet mit jeder Bewegung über meine sensible Haut. Ich hoffe, dass Rosa sie gewechselt hat und niemand anders. Bei diesem Gedanken spähe ich heimlich zu Hamilton auf. Eigentlich ist es nun auch egal, da ich es eh nicht mehr rückgängig machen kann. Irgendwer in diesem Haushalt hat mich nackt gesehen, und ich bin froh, dass ich davon nichts mitbekommen habe.

Es ist ein atemberaubender Ausblick von hier oben. Als ich an das Fenster trete, um auf London zu blicken, befinden wir uns in schwindelerregender Höhe. Während ich auf die Lichter der Straßenlaterne schaue, die von hier oben nur wie kleine, funkelnde Sterne aussehen, verliere ich beinahe mein Gleichgewicht. Doch mein Atem beschmutzt die glasklare Scheibe mit einer milchigen Wolke, und ich trete zurück.

»Meinen Sie nicht, Sie sollten sich noch ein wenig ausruhen?«, fragt er mich, während er in die Ferne schaut. Ich erkenne sein ernstes Gesicht im Fensterglas.

Sollte ich ihn auf die Obdachlosen-Spikes ansprechen? »Ich darf doch nicht verpassen, wie ein neues Jahr voller Hoffnungen beginnt. Es ist das letzte Schöne, was ich dieses Jahr noch zu sehen bekomme«, antworte ich und entscheide mich dagegen. Ich stelle mir die Frage, warum Hamilton den Rutsch ins neue Jahr allein verbringt. Ein Mann wie er hat doch sicherlich eine große Familie. Seinen Vater habe ich ja bereits mehr oder weniger kennengelernt.

»Wie geht es Ihrem Freund?«, erkundigt er sich zu meiner Überraschung. Nach der Aktion mit den Obdachlosen-Spikes war ich davon überzeugt, dass er Alfie wieder vergessen hatte. Obwohl ich immer noch wütend auf Hamilton bin, kann ich mein Jahr nicht in Hass und Zorn ausklingen lassen.

»Den Umständen entsprechend ganz gut, denke ich.« Als ich in seine eisblauen Augen sehe, bemerke ich die vielen bunten Funken in ihnen und höre das laute Knallen von draußen. Plötzlich erscheint es mir nicht mehr wichtig, aus dem Fenster zu schauen. Denn sosehr ich auch mit ihm über die spitzen Nägel, die kleinen, kurzen Metallstacheln ähneln und nun vor Hamilton & Sons Inc. den Boden verzieren, diskutieren möchte – er hat mir das Leben gerettet.

Kapitel 9

»Frohes Neues!« Mein Mund fühlt sich trocken an. Ich schaue aus dem Fenster und bin beeindruckt von den vielen Farben und den glitzernden Funken über der Skyline von London. Aber ich muss immer wieder Hamiltons ernsten Gesichtsausdruck im Fenster betrachten, der wie versteinert, ohne mit den Augen zu blinzeln, in ein und dieselbe Richtung schaut.

»Ja. Frohes Neues«, brummt er und geht einen Schritt zurück.

»Sie sollten sich das hier nicht entgehen lassen.« Hier oben sieht es viel schöner aus als in den vielen Jahren zuvor von dort ganz weit unten auf der kalten Oxford Street. Ich drehe mich zu ihm um. Die bunten Lichter des Himmels lassen sein Gesicht in einem ungleichmäßigen Takt aufleuchten.

»Das ist nichts Besonderes mehr für mich«, antwortet er kalt, aber lächelnd. »Es ist doch sowieso jedes Jahr dasselbe. Ich ziehe Abwechslung der Routine vor.«

»Okay.« Mein Stirnrunzeln scheint ihn nicht zu interessieren, aber ich weiß auch, dass es nicht unbemerkt blieb. »Danke, dass sie mir dort herausgeholfen haben. War doch bestimmt eine aufregende Abwechslung für Sie.« Ich kann mir ein kleines Grinsen nicht verkneifen, bevor ich mich wieder voll und ganz dem Feuerwerk widme. Ich kann mir einfach nicht vorstellen, dass er unter Abwechslung versteht, sich jeden Tag eine andere Krawatte umzubinden. So wie alle Anzugträger eben ...

»Ich fand das alles andere als amüsant.«

Nach dieser Antwort traue ich mich nicht, mich ein weiteres Mal nach ihm umzudrehen. Obwohl mir meine Mutter immer gesagt hat, ich solle mich nie von diesen Männern einschüchtern lassen, fühlt es sich irgendwie falsch an, Hamilton direkt in eine Diskussion zu verwickeln, nachdem er mir doch praktisch das Leben gerettet hat. Zudem hat er recht. Es war wirklich nicht lustig, auf dem Boden zu kauern und von explodierenden Böllern umgeben zu sein. »Jedenfalls haben Sie etwas gut bei mir.«

Ich höre ein leises Lachen, welches er mit einem Husten zu überspielen versucht.

»Was ist?«, frage ich neugierig und drehe mich nun doch noch einmal zu ihm.

»Na ja ...« Seine Hand wandert zu seinem Nacken. »... also wegen mir brauchen Sie sich keine Gedanken zu machen. Ich verlange nichts von Ihnen.« Sein abwertender Blick verrät ohne eine weitere Erklärung, was er mir damit genau sagen wollte. Aber ich hake dennoch einmal nach.

»Wie meinen Sie das, dass Sie nichts von mir verlangen?« Abermals stehe ich stirnrunzelnd vor ihm. Eigentlich wollte ich nur nett zu ihm sein, aber ich habe vergessen, mit wem ich da gerade rede. Es ist nicht Meredith oder Alfie. Es ist Hamilton. Ein steinreicher Businessman, dem es an nichts fehlt.

»Sagen Sie Rosa, dass sie Ihren Verband bitte noch ein weiteres Mal wechseln soll. Ich kann das Blut von hier aus erkennen.«

Ich fasse mir mit einer Hand an den Kopf. Tatsächlich. Meine Finger sind rot, als ich sie danach betrachte.

»Und ruhen Sie sich noch etwas aus. Das Bett steht Ihnen noch die ganze Nacht zur Verfügung.« Er umgeht meine Frage gekonnt. Jedoch kann ich sie mir mittlerweile auch selbst beantworten. Obdachlose betteln die Anzugträger an, aber umgekehrt funktioniert das nicht.

»Das brauchen Sie wirklich nicht für mich tun. Ich gehöre nicht hierher.« Die Wahl zwischen Couch oder Bett, Milch oder Wasser steht mir normalerweise nicht offen. Ich nehme das, was ich mir leisten kann. Und das ist sehr wenig. Verdiene ich es überhaupt, in ein Zimmer wie dieses gesteckt zu werden, ohne etwas dafür getan zu haben? Eines muss ich den Menschen von Hamiltons Sorte lassen: Sie haben für ihren Reichtum gearbeitet und es sich verdient, im Luxus zu leben. Aber ihr Luxus lässt die Armut auf der Welt nicht einfach so verschwinden. Darf ich einfach so von diesem Luxus profitieren? Was würde meine Mum wohl darüber denken ...?

Aber Hamilton nimmt mir die unangenehme Last von den Schultern. »Heute Nacht fühlen Sie sich bitte wie zu Hause«, sagt er mit todernster Stimme. Zu Hause ... so etwas kenne ich nicht. Ich hatte noch nie ein Zuhause. Die Straße war mein Zuhause, und die Straße führt überallhin.

»Danke schön!« Das immer noch laute Knallen hinter der Fensterscheibe übertönt beinahe meine krächzende Stimme.

»Bedanken Sie sich nicht für jede Kleinigkeit. Gute Nacht!«

Die Tür fällt ins Schloss, sodass ich nicht einmal eine gute Nacht zurückwünschen kann. Als die Tür sich wieder öffnet, ist es nur Rosa, die ihren schwarzen Schopf durch den kleinen Spalt steckt.

»Kann ich noch etwas für dich tun, Birdie?« Im Hintergrund erkenne ich Hamiltons Silhouette vor einer Fensterfront im großen Wohnzimmer. Dann ist es also doch etwas Besonderes für ihn. Zumindest besonders genug, dass er sich das Feuerwerk nicht entgehen lassen will.

»Ich bräuchte etwas, um meinen Verband zu wechseln, wenn das nicht zu umständlich ist?«

»Danke, Rosa!« Ich schenke ihr ein erleichtertes Lächeln, als sie mir kurz darauf neues Verbandsmaterial bringt.

»Bist du dir sicher, dass ich das nicht für dich übernehmen soll?«

»Danke, aber ich kann das auch allein. Leg dich besser ins Bett. Es ist schon sehr spät.« Ich kann es nicht fassen, dass sie so spät noch auf den Beinen ist, um für Hamilton zu arbeiten.

Rosa schmunzelt nur. »Mr Hamilton erwartet gleich seinen Ein-Uhr-Wein, da kann ich noch nicht Feierabend machen, Birdie. Aber es freut mich, dass du mir hiermit ein wenig Arbeit abnehmen möchtest.« *Was ist denn bitte schön ein Ein-Uhr-Wein?* »Du kommst also so weit klar?«

Ich nicke. »Ja danke.« Hamilton hat recht, ich bedanke mich wirklich für jede Kleinigkeit. Aber vielleicht auch, weil die kleinen Dinge in meinen Augen eben große Gesten sind. Nur für Hamilton nicht. Für ihn ist bestimmt nichts mehr eine Besonderheit. Außer das Feuerwerk an Silvester ... und sein Ein-Uhr-Wein natürlich. Ich muss bei meinen Gedanken kichern und bemerke den schrägen Blick von Rosa, die ich total vergessen habe.

»Gute Nacht!« Die Tür schließt sich, und wieder einmal bekomme ich nicht die Gelegenheit, eine gute Nacht zurückzuwünschen. Vielleicht bin ich einfach zu nett ... oder niemand legt einen so großen Wert darauf wie ich. So blöd sich dies auch anhören mag, innerlich macht es mich ein wenig traurig. Denn erst jetzt bemerke ich, wie allein ich tatsächlich bin.

Ich steige vorsichtig aus meinem Bett, wobei meine Füße den warmen Steinboden berühren. Ein Gefühl, welches ich nicht gewohnt bin. Mit dem Verbandszeug gehe ich zu dem großen Spiegel auf der anderen Seite des Schlafzimmers und betrachte mein Spiegelbild. Auch wenn ich mich vorhin schon für einen kurzen Moment in der Fensterscheibe gesehen habe, fällt es mir schwer, den Augenkontakt mit mir selbst zu halten. Das Spiegelbild ist zu klar, zu genau ... zu realistisch. Ich ertrage es nicht. Schnell greife ich zur Schere, trenne den alten Verband von meinem Kopf, blicke zwischendurch zur Fensterfront, um mich mit dem wunderschönen Nachthimmel abzulenken, der sich nun ein wenig beruhigt hat, und denke über das neue Jahr nach. In Gedanken setze ich das erste Kreuz des neuen Jahres mit dem Taschenmesser, welches nun in einer von Merediths vielen Taschen seinen Platz gefunden hat.

Hoffentlich wird dieses Jahr ein besseres Jahr. Hoffentlich wird es mein Jahr.

Kapitel 10

Das leise Klopfen an der Zimmertür zerrt mich aus meinen Träumen. Schon lange habe ich nicht mehr so gut schlafen können. Noch nie, um ehrlich zu sein. Höchstens, wenn ich in den Armen meiner Mutter lag und noch nicht wusste, warum wir zwischen den Einkaufswagen vor dem Supermarkt schlafen mussten, weil ich noch viel zu klein war, um den wirklichen Grund zu verstehen. Damals war das in meinen Augen normal. Die anderen Menschen, die in ihre Autos stiegen und ihre vollen Einkaufswagen umherschoben, fand ich merkwürdig.

»Guten Morgen, Birdie! Ich habe dir auf Wunsch von Mr Hamilton ein heißes Bad eingelassen.« Rosas schwarze Haare sind zu einem strengen, tiefen Dutt zusammengebunden. Die zu kurzen Strähnen hat sie mit Klammern kaschiert. »Das Badezimmer ist den Flur entlang, gleich auf der linken Seite und dann die erste Tür.«

»Womit habe ich das verdient?«, murmle ich in die weiche Bettdecke, die immer noch mein halbes Gesicht verdeckt. »Danke, Rosa«, sage ich leise und muss darüber grübeln, wie sie es schafft, so früh wach zu sein und dann auch noch so makellos hübsch auszusehen.

»Das Frühstück wartet dann, sobald du fertig bist, im Esszimmer.«

»Danke!«

Lächelnd verschwindet sie aus der Tür, und ich bleibe allein in diesem riesigen, hell eingerichteten Zimmer zurück.

Die Sonnenstrahlen erwärmen meine Zehen, die gerade noch so unter der Decke herausragen. Ich kam mir in der Nacht wie eine Prinzessin vor. Die kleine Birdie träumte einmal davon, ein prächtiges Kleid zu tragen und jeden Wunsch von den Lippen abgelesen zu bekommen. Ich erinnere mich an das Spielzeuggeschäft, an dem Mum, Lucas und ich immer vorbeigegangen sind, wenn wir von unserem Schlafplatz zu den öffentlichen Toiletten wollten. Lucas hatte nur Augen für die Lokomotiven aus Holz hinter der schmutzigen Fensterscheibe. Die rote Lokomotive gefiel ihm am besten von allen. Damals habe ich es nie zugegeben, aber auch ich bewunderte die vielen Spielsachen – besonders aber das blaue, mit Rüschen und Rosen bestickte Kleid. Ich muss an Mutters verwirrten Gesichtsausdruck denken, als ich sie damals gefragt habe, wofür man diese Kleider kaufen kann. Seit diesem Tag wollte ich bis in meine Teenie-Tage nichts anderes als eine Prinzessin werden. Aber schnell wurde mir bewusst, dass diese Welt für mich nicht in Reichweite war. Ich hatte versucht, meine Vorstellungskraft und meine Fantasie zu benutzen, um von solch einer bunten Welt zu träumen ... aber meine Träume waren grau.

Mit Schwung nehme ich die Bettdecke zur Seite und schaue auf meine viel zu dünnen und verschrammten Beine. Die mit blauen Flecken übersäte Haut ist blass und wirkt lebloser denn je. Selbst die warmen Sonnenstrahlen machen den Anblick nicht schöner. Ich kann meinen eigenen Geruch kaum ertragen. Es ist lange her, dass ich mich das letzte Mal gewaschen habe. Noch nicht einmal für eine Katzenwäsche hat es die letzten Wochen gereicht. Ich bin erleichtert, dass ich mich endlich mal wieder frisch machen darf, und spüre die Vorfreude, die auf meiner Haut prickelt.

Ich richte mich auf und lasse mir den Ausblick nicht nehmen. Mal abgesehen von den gestrigen Ereignissen scheint das neue Jahr einen guten Start hinzulegen. Die Sonne, die ich so sehr vermisst habe, zeigt sich überraschenderweise endlich wieder in ihrer vollen Pracht – was sie am Tag 001 sonst nie tut –, und ich habe die Chance auf ein Bad in einer richtigen Badewanne und ein Frühstück von Rosa. Besser kann ein Jahr nicht beginnen.

Als ich im Flur stehe, kann ich meinen Augen kaum trauen. Einen Teil der Fensterfront konnte ich ja bereits gestern Abend sehen, aber nicht den riesigen Kronleuchter inmitten des Raumes, die Bar aus Glas oder den weißen Fellteppich, welcher sich durch den ganzen Raum erstreckt. Und das soll nur der Flur sein?

»Guten Morgen«, höre ich eine verschlafene Stimme sagen. »Rosa hat Ihnen ein Bad eingelassen.«

»Guten Morgen! Bin ich hier richtig? Ist das hier etwa der Flur?« Ich habe immer noch nicht wirklich kapiert, von wo seine Stimme genau herkam.

Es folgt ein leises Schmunzeln von der Bar, und ich blicke mich abermals im Raum nach ihm um. Ich folge dem Geräusch und sehe Mr Hamilton in der gleichen Jogginghose und demselben weißen T-Shirt wie gestern hinter einer der Säulen hervortreten.

»Das ist das Wohnzimmer.« Mit ruhigen, aber großen Schritten kommt er auf mich zu. »Es grenzt aber an den Flur an.« Ich bin froh, als er einige Meter von mir entfernt verharrt und sich außerhalb des Radius meines Körpergeruchs aufhält. Wie peinlich! »Ich meine, ich kenne Ihre Vorstellungen eines Flures leider nicht, aber denen kann ich wohl nicht gerecht werden.« Sein direkter Sarkasmus lässt mich erröten. *Was ist denn bitte mit dir los, Birdie?*

»Nein. Also ... das ist ... sehr schön hier. Und so ... g-groß. Ich ...« Ich weiß nicht, was ich sagen soll. »Wo ist das Badezimmer?«

»Hat Ihnen Rosa denn nicht erklärt, wo das Badezimmer ist?«

»D-Doch, aber ich ... ich denke, ich muss es wohl bei all dem hier vergessen haben.« Den Flur entlang, die erste Tür links, erinnere ich mich.

»Es steht auf dem Schild an der Tür.«

»Danke!«

Sein ernster Blick mustert mich einige Sekunden lang. Er wendet sich von mir ab und widmet seine Aufmerksamkeit abermals der Fensterfront. Das scheint eine große Vorliebe von ihm zu sein.

Nach nur wenigen Schritten erreiche ich das Badezimmer. Zum Glück ist mir Rosas Beschreibung wieder eingefallen, denn sonst wäre ich aufgeschmissen, da ich den Buchstabensalat auf dem Schild keinem Wort zuordnen kann und in jedem beliebigen Zimmer hätte landen können.

Beim Betreten des Bads stockt mir der Atem. Die dunklen Fliesen stehen im Kontrast zu den goldenen Verzierungen der Badewanne. Und auch der Spiegel und jegliche andere Möbel besitzen diese funkelnden, goldenen Elemente, die mich an die Sterne am Nachthimmel erinnern. Die weißen Blüten auf der Wasseroberfläche lassen sich auch von meinen neugierigen

Fingern nicht aus der Ruhe bringen. Das Wasser ist angenehm warm.

Ich schlüpfe aus dem fremden, dünnen Stoff und lege ihn sauber und ordentlich auf den Rand des Waschbeckens. Dann entdecke ich den langen Spiegel an der linken Wand des Raumes, und ich würde am liebsten wieder wegsehen, kann es aber einfach nicht. Die Rippenknochen ragen unter meiner Haut hervor, genau wie mein herausstechendes Schlüsselbein. Der ganze Körper vor meinen Augen ist ein einziger Knochenhaufen, umzogen von einer bleichen Haut und unzähligen Schrammen.

Eines der beiden Handtücher, die mir Rosa bereitgelegt hat, muss doch groß genug sein, um ihn irgendwie abzudecken. Denn dieses Elend möchte ich mir nicht weiter anschauen müssen.

Meine unruhigen Augen erspähen den kleinen Hocker aus Holz, auf dem ein Stapel Klamotten ruht. Die sind wohl für mich gedacht, denke ich mir und nehme jedes einzelne Teil in meine Hände, um den Stoff zu fühlen, daran zu riechen und jedes Detail aufzunehmen. Sie sind wunderschön. Eine weiße Bluse mit einer schwarzen Schleife, eine braune Stoffhose und weiße, weiche Tennissocken. Nachdem ich mich dazu zwingen muss, aus dem Staunen zu kommen, nehme ich mühevoll den Holzhocker und stelle ihn neben den Spiegel.

Nun bin ich gerade groß genug, dass ich das Handtuch an den Ecken befestigen kann. Ich kann zwar noch meine Beine sehen, aber das stört mich nicht so sehr, wie mein gesamtes Spiegelbild.

Als ich mir dann sicher bin, dass ich mir selbst nicht mehr im Weg stehe, tauche ich einen Fuß in das angenehme Wasser mit den weißen Rosenblüten. Erst jetzt rieche ich den himmlischen Duft, als das Wasser meinen Körper umarmt und ihn beinahe komplett verschwinden lässt. An manchen Körperstellen brennt es. Wahrscheinlich habe ich immer noch einige offene Wunden von den gestrigen Ereignissen. Meine zerzausten Haare reichen fast bis zur Wasseroberfläche, als ich den Verband mit meinem getrockneten Blut darauf vom Kopf nehme und zu meinen Sachen werfe. Ich möchte meine Haare waschen und halte für einen kurzen Moment den Kopf unter Wasser. Die Stille umgibt mich, und ich bin ganz für mich allein. Nur ich, das Wasser und die Rosenblüten.

Kapitel 11

Sosehr ich dieses angenehme Erlebnis meines ersten richtigen Bades in die Länge ziehen möchte, kann ich nicht allzu viel Zeit im Badezimmer verbringen. Rosa wartet mit dem Frühstück, und das Letzte, was ich möchte, ist, dass sie lange auf mich warten muss. Vielleicht hat sie mir ja wieder einen Kakao gezaubert, der wird sonst noch kalt.

Das Wasser tropft an mir herunter, und für einen Moment stehe ich in der Badewanne und wage es, an mir herabzusehen. Einige Wunden sind noch offen, andere wurden vom Schmutz befreit. Das Gesamtbild meiner Haut ist viel klarer geworden. Ich bin zwar noch blass, und auch die blauen Flecken sind nicht einfach so verschwunden, aber ich bin sauber.

Grinsend pflücke ich ein Rosenblatt von meiner Schulter, welches sich in meinen Haaren verfangen haben muss. Für einen kurzen Augenblick starre ich es einfach an, wie es zwischen meinen Fingern hin und her wandert, bevor ich es zurück auf die Wasseroberfläche neben den anderen Blütenblättern platziere.

Die Panik macht sich jedoch wieder in mir breit, als ich mich daran erinnere, dass ich spätestens jetzt das Handtuch vom Spiegel nehmen muss. Ich steige aus der Wanne und schaue zu dem Kleiderstapel, wobei mir auffällt, dass neben dem Waschbecken mehrere kleine

Handtücher fein säuberlich zusammengelegt wurden. Zu dem Zeitpunkt ist mir klar, dass ich lieber eines der kleinen Handtücher benutze, als das große vom Spiegel zu nehmen.

Mein Körper ist rasch trocken gerubbelt, und ich widme mich den Kleidungsstücken. Gleich nachdem ich die Unterhose angezogen habe, verharre ich für einen Moment, denn ich bin ratlos. Mit einem Fragezeichen, welches auf meinem ganzen Gesicht zu erkennen sein muss, halte ich den BH in Armlänge vor mir und betrachte die Reizwäsche. So etwas habe ich noch nie in meinem Leben getragen. Aber ich möchte nicht unhöflich sein und versuche, mich in dem Chaos an Bändern mit Spitze zurechtzufinden. Als ich nun an mir herunterschaue, muss ich schlucken. Sie sind zwar immer noch klein, aber nun sind sie praktisch und schmeichelnd verpackt.

»Birdie? Ist alles in Ordnung!«, vernehme ich Rosas Stimme vor der Tür.

»J-Ja, ich komme sofort. Alles ist bestens«, versichere ich ihr. Ich schlüpfe in die Hose, die zwar etwas zu groß ist, mir ist dies jedoch ganz recht. Es wäre ein Albtraum für mich, wenn jemand meine abgemagerten Beine sehen könnte. Ich brauche einige Versuche, bis ich verstehe, wie herum ich die Bluse anziehen muss, aber schließlich bekomme ich es hin. Ich liebe die Bluse – nicht nur, weil sie meine dünnen Arme verdeckt, sondern vielmehr gefällt mir die Schleife vor dem Dekolleté. Abschließend trockne ich meine Haare mit einem der kleinen Handtücher. Den Rest wird die Luft für mich übernehmen.

»Wie viele Personen wohnen hier eigentlich?«, frage ich Rosa mit großen Augen und kann nicht aufhören, sie über den langen, gedeckten Tisch wandern zu lassen.

Jeder Zentimeter birgt eine neue Überraschung. Ich entdecke bunte Früchte, die Rosa in kleine Scheiben geschnitten hat. Sie liegen auf verschiedenen Etagen eines mehrstöckigen Tabletts in einem hübschen Muster und lassen mir das Wasser im Mund zusammenlaufen. In der Mitte des Tisches ist eine Käseplatte mit Trauben und Salat angerichtet. Auf einer weiteren Platte liegen Wurstscheiben und Fleisch. Die Gurkenscheiben werden in kleinen Schälchen serviert, so wie die knallroten Tomaten. In der großen Schale neben mir verbirgt sich Rührei und daneben Toasts, die von einem perfekten Spiegelei verziert werden. Egal, wohin meine Augen wandern, ich entdecke bei jeder Reise etwas Neues, was mir zuvor nicht aufgefallen ist. Für solch ein Festessen hätte ich ein ganzes Jahr auf Essen verzichten müssen, um die Spenden zu sparen. Ich kann es nicht fassen, dass ich hier vor alldem sitzen darf. Vielleicht gibt es ja doch einen Himmel auf Erden.

Hamilton muss eine sehr große Familie haben …

»Momentan nur du, Mr Hamilton und ich«, antwortet Rosa amüsiert und zieht den Stuhl für mich zurück, sodass ich mich setzen kann.

Als ich mich herunterbeuge, verspüre ich einen stechenden Schmerz in meiner Brust, der sich durch meinen ganzen Brustkorb und bis in den Rücken zieht. Ich bin mir nicht sicher, ob ich mir meine Rippe geprellt habe oder ich vor Begeisterung einfach zu unregelmäßig geatmet habe. Doch als ich erst einmal sitze, ist er schon wieder verschwunden. Das einzige Gefühl, an das ich mich noch nicht ganz gewöhnt habe, ist das Tragen eines BHs. Irgendwie ist es schon ziemlich unangenehm, so eng wie er an mir sitzt.

»Ich hoffe, dir gefallen die Kleidungsstücke, die ich für dich herausgesucht habe.«

»Ja danke, sie sind wunderschön.« Überraschenderweise fühle ich mich wirklich – abgesehen von dem BH – sehr wohl in den Sachen, die Rosa herausgesucht hat. »Nur ... weswegen soll ich diesen Fummel darunter tragen? Wofür ist der bitte gut?« Ich erröte bei meiner etwas zu intimen Frage, die ich sofort bereue.

»Du meinst den BH?« Rosas Stimme hallt durch den Raum, und ich blicke mich panisch um, ob Hamilton vielleicht in irgendeiner Ecke steht und etwas von unserem Gespräch mitbekommen hat. Dann nicke ich zögernd. »Hast du denn noch nie in deinem Leben einen BH getragen?«

Meine Mutter starb, bevor ich meine kleine Oberweite bekam. Außerdem meinte sie, dass Frauen lediglich BHs tragen würden, wenn sie einen Mann damit beeindrucken wollen. Da ich noch nie einen Freund hatte, hatte ich neben den fehlenden finanziellen Mitteln auch keinen Grund, mir diese Reizwäsche anzulegen.

»N-Nein«, stammle ich und kann sehen, wie sie meine Antwort zum Staunen bringt. Ich dachte, es gäbe nur einen Zweck für diesen Fummel, nämlich sexy auszusehen. »Ist es denn normal, dass das so zwickt?«

Bevor Rosa mir antworten kann, betritt Hamilton den Raum mit großen, schnellen Schritten und seinem Smartphone in der Hand. Er trägt wieder seinen grauen Anzug, der ihn schon bei unserem ersten Treffen aus den anderen schwarzen Anzügen hervorstechen ließ.

Die Anzughose liegt nicht zu locker oder zu eng an seinen Beinen an. Sie sitzt perfekt an seinem sportlichen Körper. Es muss wohl eine Maßanfertigung sein. Sein Blick ist gesenkt, und ich bete leise, dass er von unserem Gespräch nichts mitbekommen hat.

Er hebt den Kopf und hält kurz inne, als er mich erblickt. Ich frage mich, ob er meinen neuen Look bemerkt hat oder ob das eher spurlos an ihm vorbeigeht. Dann bleibt er am anderen Ende des Tisches stehen. »Gut sehen Sie heute aus.«

Sein Kompliment fühlt sich wie eine Erleichterung an, und in diesem Moment realisiere ich, wie nervös er mich allein durch sein Erscheinen macht. Mein Herz pocht gegen meinen Brustkorb, und nur der eng anliegende BH sorgt dafür, dass es mir nicht herausspringt. Ich habe keine Angst, aber ich kenne das Gefühl nicht, was ich an jedem Zentimeter meines Körpers spüre. Ich bin nicht nur nervös, dort ist noch etwas anderes, was ich nicht beschreiben kann.

Seinem Augenkontakt weiche ich aus, denn das Eisblau würde dieses Gefühl wahrscheinlich noch intensiver machen. Im Augenwinkel nehme ich jedoch wahr, dass er sich mir gegenüber hinsetzt.

»Danke schön«, flüstere ich geschmeichelt und versuche, das genervte Verdrehen seiner Augen zu ignorieren. Ja ja, ich weiß, ich habe mich bedankt, aber ist dies nicht die einzig richtige Art, wie man auf ein Kompliment reagiert? »Sie auch.« Mein Kompliment scheint ihn ebenso sehr zu überraschen. Aber wie erwartet, bedankt er sich nicht und nickt mir nur zu. Das Schmunzeln, welches seine Augen für den Bruchteil einer Sekunde zum Funkeln bringt, und sein Lächeln entgehen mir jedoch nicht.

»Du wirst dich dran gewöhnen«, murmelt Rosa leise, und ich bin mir nicht sicher, ob sie immer noch von dem BH oder schon von Hamiltons Verhalten redet. »Falls du noch etwas benötigst, findest du mich in der Waschküche am Ende des Flurs.«

»Okay.« Ich lächle ihr nach. Das viele Essen auf dem Tisch überwältigt mich.

»Nehmen Sie sich, was Sie wollen«, höre ich Hamilton brummen, der abwesend etwas in sein Smartphone tippt und zwischendurch die schwarze Krawatte um seinen Hals richtet.

Unentschlossen schaue ich mir jedes Lebensmittel zweimal an und entscheide mich schließlich für einen Joghurt und zwei Scheiben Brot mit Apfelgelee. Ich habe erst zweimal in meinem Leben mit einem Messer gegessen. Das eine Mal war es an Lucas' Geburtstag, wo Mum uns einen Pfannkuchen mit Schokolade gekauft hat. Das zweite Mal war eine Salami-Pizza von dem Pizzaladen, der am Ende der Oxford Street eine Neueröffnung feierte und Pizza zum Probieren verteilte. Jedoch waren all diese Messer aus leichtem Plastik, und ich erkenne an Mr Hamiltons Blick, wie ihm bewusst wird, dass ich das hier nicht allzu oft mache.

»Wenn ich nachher von der Arbeit zurück bin, werde ich Ihnen erst einmal zeigen, wie man richtig isst.«

Ich blicke zu ihm auf, als er den Tisch verlässt und aus der Tür verschwindet. Er hat das Essen kaum angerührt.

Wie lange möchte er denn, dass ich hier bei ihm bleibe?, frage ich mich und beiße in das Brot, als das Gelee an meinen Fingern herunterläuft und auf den Teller tropft.

»Kein Wunder, dass du Schmerzen hast. Der BH soll deinen Busen stützen und ihn nicht einzwängen«, lacht Rosa, nachdem ich sie von ihrer Arbeit abgehalten habe und sie noch einmal fragte, ob die Schmerzen denn wirklich normal seien. »Warte, ich helfe dir.« Vorsichtig legt sie ein weißes Hemd auf den Wäschehalter und widmet sich meinem Problem. »Immerhin scheint mein Einschätzungsvermögen deiner Körbchengröße eine Punktlandung hingelegt zu haben.« Ich erröte.

Ich knöpfe meine Bluse bis zum letzten Knopf auf, sodass sie an meinem Oberkörper herunterfällt, und hebe meine Arme. Wieder erröte ich, weil ich mich erstens daran erinnere, dass es bestimmt Rosa war, die mich schon einmal so gesehen hat, und zweitens, sie mich nun wieder so sieht. Einen kurzen Augenblick später passt sich die Form der Körbchen meiner kleinen Oberweite an. »Das hätten wir.«

»Danke schön!«

»Gern«, schmunzelt sie und schüttelt belustigt den Kopf. »Ich kann es kaum fassen, dass du als Frau noch nie einen BH getragen hast.«

»Manchmal, da kann ich es selbst kaum glauben, wenn ich herausfinde, dass ich doch nicht so normal bin, wie ich es mir die ganze Zeit erhofft habe.« Ich beuge mich hinunter, um meine Bluse wieder anzuziehen. Laute Schritte von Anzugträgerschuhen auf dem glatten Steinboden aus dem Flur, welche direkt auf die Waschküche zukommen, lassen mich aufschrecken. Mist!

Ich habe gerade noch Zeit, meine Hände vor der Brust zu verschränken, bevor sich die Tür mit Schwung öffnet und Mr Hamilton mit einem zuerst gestressten und dann verwirrten Gesichtsausdruck in den Raum platzt, gefolgt von der angenehmen Duftwolke seines Aftershaves. Aber er fängt sich schnell wieder und wirft daraufhin Rosa einen wütenden Blick zu. »Ich wollte mein Hemd auf den Beifahrersitz gelegt bekommen, warum muss ich dann doch wieder zurückkommen, um es mir zu holen?« Er reißt das Hemd aus Rosas Händen und bleibt vor ihr stehen.

Ich nutze die Gelegenheit und ziehe meine Bluse wieder an. Doch dies bleibt nicht unbemerkt, als Hamilton ein paar Schritte zurückgeht und neben mir stehen bleibt.

»Denken Sie nicht, Kleidung gehört an den Körper und nicht auf den Fußboden. Diese Bluse war nicht gerade günstig.«

Ich dachte, es wären Rosas Klamotten? Fragend schaue ich zu ihr, aber sie zuckt nur mit den Schultern. Sie scheint Hamiltons schroffer Ton nicht einmal so sehr zu stören, wie ich befürchtet habe. Anscheinend ist sie diesen Umgang wirklich schon gewohnt.

»Es tut mir leid, i-ich hatte Probleme, sie anzuziehen«, lüge ich, weil ich ihm natürlich nicht sagen möchte, was das eigentliche Problem gewesen ist.

»Beim Frühstück saß sie aber an der richtigen Stelle Ihres Körpers, Birdie.« Als er meinen Namen ausspricht und mich dabei beobachtet, wie ich jeden einzelnen Knopf zuknöpfe, läuft mir eine Gänsehaut den Rücken hinunter. Ist das peinlich. Um Himmels willen, ist das peinlich!

»Mr Hamilton, Birdie hatte einen berechtigten Grund, mich bei der Arbeit zu stören. Und Sie wissen, dass ich in einer glücklichen Beziehung bin. Ich denke, mehr kann ich Ihnen nicht sagen.« Das misstrauische, aber schließlich ansatzweise verständnisvolle Nicken, lässt mich aufatmen, und außerdem stehe ich endlich nicht mehr halb nackt vor ihm, was so ziemlich das Schlimmste gewesen ist, was mir in meinem ganzen Leben bisher passiert ist.

Mit einem »Na dann«, gefolgt von einem aufgezwungenem »... tut mir leid« verlässt er die Waschküche. Dann dreht er sich noch einmal um. »Ach so, bevor ich es vergesse. Ich habe einen Arzt kontaktiert. Er wird morgen vorbeischauen und Sie durchchecken.«

Ich stammle ihm ein unsicheres »Okay« hinterher, doch er ist schneller verschwunden, als er aufgetaucht war.

Er möchte, dass ich noch eine weitere Nacht bleibe?

»Kann ich dir bei irgendetwas helfen?«, frage ich an Rosa gewandt.

Sie erstarrt. »Nein. Wenn Mr Hamilton davon Wind bekommt, dann feuert er mich sicherlich«, sagt sie. »Aber das eben ist ja gerade noch mal gut gegangen. Ich hätte das Hemd nicht vergessen dürfen.«

»Aber ich würde dir gern helfen, da du schon so viel für mich getan hast, Rosa.«

Sie lächelt mich an. »Du hast ein großes Herz, Birdie.« Rosa dreht sich um und greift nach einem Wäschekorb mit unzähligen schwarzen Socken. »Hier. Wenn du die für mich sortieren könntest, wäre es mir eine große Hilfe. Und solange Mr Hamilton nicht von der Firma zurück ist, wird er bestimmt nichts davon erfahren.«

Ich nehme ihr den Korb mit den Socken ab und grinse sie breit an.

»Am besten setzt du dich ins Gästezimmer, da er dort nicht einfach so hereinplatzen würde wie gerade eben. Die Sockenpaare kannst du anhand der verschiedenen

Designernamen beziehungsweise der Logos unterscheiden.«

»Gut.« Ich drehe mich um und mache mich auf den Weg in das Gästezimmer. Als ich an der Küche vorbeigehe, bleibe ich neben dem Mülleimer stehen, als ich das *Bolder's Gas Station*-Logo meines Pappbechers erkenne. Augenblicklich stelle ich den Wäschekorb ab und bücke mich zu meinem Pappbecher, um ihn aus dem Müll zu fischen. Ich habe es gar nicht in Erwägung gezogen, dass Hamilton meinen Becher mit hierhergebracht haben könnte. Nun frage ich mich, ob er auch die dunkelrote Decke hier irgendwo verstaut hat. Ich lege den Pappbecher zu den Socken und gehe in das Gästezimmer, um mich dort auf das weiche Bett zu setzen. Warum hat Hamilton den Becher mitgenommen, um ihn hier dann in den Müll zu werfen? Während ich darüber nachdenke, wo die dunkelrote Decke sein könnte und dass sie bestimmt jemand wie Meredith aus der Nische geholt hat, wenn Hamilton sie nicht eingesammelt hat, hoffe ich, dass ich das mit dem Sockensortieren hinbekomme. Schließlich kenne ich keinen einzigen Designer, und davon abgesehen, könnte ich sie sowieso nicht lesen.

Kapitel 12

Es ist zum Verzweifeln! Mein Plan, die Paare mit ähnlich aussehenden Schriften zu finden, scheitert, da einzelne Socken immer übrig bleiben, die einfach nicht zueinanderpassen. So sitze ich nun da und weiß nicht, was ich mit den restlichen anfangen soll. Immerhin habe ich die Socken mit denselben Logos schon zusammengerollt, sodass ich Rosa wenigstens etwas Arbeit abnehmen konnte.

»Darf ich hereinkommen?«, höre ich eine sanfte Stimme fragen, und es folgt ein leises Klopfen von der anderen Seite der Tür.

»Ähm ... sofort. Einen M-Moment«, antworte ich panisch und ergreife einfach die letzten zwei Socken, die noch auf dem Bett liegen, und rolle sie irgendwie zusammen. Die sind sowieso allesamt schwarz. Ich denke nicht, dass es Hamilton auffallen wird.

»Kannst hereinkommen«, rufe ich, nachdem der letzte Stoffball im Wäschekorb gelandet ist.

Rosa kommt mit schnellen Schritten auf mich zu. »Mr Hamilton wird in einer Stunde zurück sein. Ich dachte mir, wir gehen lieber auf Nummer sicher und sind etwas früher mit der Wäsche fertig«, flüstert sie, obwohl niemand außer uns im Apartment ist. Dann kichert sie leise.

»Na, dann bin ich ja gerade noch rechtzeitig fertig geworden«, lüge ich und nicke mit dem Kopf zum Korb, um Rosa dabei nicht in die Augen schauen zu müssen.

Vor Freude klatscht sie in die Hände, und das breite Grinsen in ihrem Gesicht ist die Belohnung für meine durchaus kompliziert vollendete Arbeit. Ich liebe es, Menschen mit kleinen Gesten ein Lächeln ins Gesicht zu zaubern, und dann denke ich wieder daran, wie Hamilton meinen Versuch, sich bei ihm für seine kleinen Gesten zu bedanken, immer kalt ablehnt und lieber mit den Augen rollt, als meine Dankbarkeit wertzuschätzen. Aber ich erinnere mich auch an sein kleines Schmunzeln und die Freude in seinen Augen, welche zwar nur kurz anhielt, aber mir versichert, dass es ihm doch etwas bedeutet haben muss, dass ich ihm gegenüber meine Dankbarkeit ausspreche.

»Magst du mir noch beim Einsortieren helfen?«

»Aber natürlich.« Ich folge ihr in das Wohnzimmer mit der breiten Fensterfront und dann zurück in den Flur.

Sie trägt einen kleineren Wäschekorb als meinen, mit schwarzen Krawatten und ein oder zwei Schleifen, die ich Männer manchmal um den Hals habe tragen sehen. Während wir den Flur entlanggehen, fallen mir die angereihten Medaillen an den Wänden auf, und ich spekuliere, wofür sie stehen könnten. Wie es aussieht, müssen sie Hamilton viel bedeuten, wenn er sie schon so positioniert, dass sie der Blickfang des Flurs sind.

Wir gehen eine dunkle Treppe hinauf in einen kleineren Flur. Dort schmücken bewundernswerte Skulpturen und dezente Lichtspiele die Wände. Ich bin beeindruckt und eingeschüchtert zugleich, habe kaum Zeit, mich richtig umzuschauen, weil Rosa mit schnellen Schritten vor mir hergeht.

»Wohin gehen wir?«, frage ich sie neugierig.

»In Mr Hamiltons Schlafzimmer«, antwortet sie, bevor wir vor einer Doppeltür stehen bleiben. Diese Art von Tür kannte ich bisher nur aus Kaufhäusern, jedoch waren jene aus Glas, und die hier ist aus dunklem Holz. »Ich hoffe wirklich, Mr Hamilton kommt pünktlich oder, noch besser, später von der Arbeit.«

»Wenn wir uns beeilen, wird er davon schon nichts mitbekommen«, versuche ich, Rosa zu beruhigen.

Als Rosa die Tür öffnet, fällt mir die Kinnlade runter. Mit langsamen, ungeschickten Schritten und einem Blick, der nicht weiß, worauf er sich zuerst konzentrieren soll, betrete ich sein Schlafzimmer.

»Wow, so groß habe ich es mir nicht vorgestellt.« Das Erste, was mir in den Kopf schießt, ist das Schlafzimmer meiner Träume, welches ich mir während meines Besuchs im Kaufhaus für eine neue dunkelrote Decke vorgestellt habe. Die dunkelrote Bettwäsche ist beängstigend identisch, aber mit Sicherheit nicht von Primark.

»Das ist sein Reich. Hier verbringt er die meiste Zeit, wenn er denn mal zu Hause ist.«

»Also ist er nur hier, um zu schlafen?« Ich stelle den Wäschekorb auf den dunkelbraunen Teppich und habe plötzlich Angst, dass ich ihn mit meinen weißen Socken beschmutzen könnte. Es fühlt sich sowieso falsch an, in diesem großen Apartment Tennissocken zu tragen. Obwohl Hamilton nur Designersocken zu tragen scheint, werde ich den Gedanken nicht los, dass er möglicherweise ein begeisterter Tennisspieler ist, was auch die Medaillen im Flur erklären würde.

»Und zum Frühstücken. An Feiertagen, wie gestern, ist er jedoch immer hier.«

Nun stelle ich mir doch wieder die Frage, ob ihm Silvester wirklich etwas bedeutet, wenn er jeden Feiertag allein in seinem Apartment verbringt.

»Mr Hamilton hat viel zu tun. Meistens treibt er sich irgendwo in der Firma seiner Familie herum, führt wichtige Meetings oder ist auf Geschäftsreise. Es scheint auf jeden Fall ein sehr stressiges Leben zu sein.«

Ich schnaube leise bei Rosas Worten. Sie will mir doch nicht ernsthaft weismachen, dass Hamiltons Leben anstrengend sei. Ja, er hat dafür gearbeitet, um diesen Status zu erreichen, aber ein Leben anstrengender als das manch anderer? Also bitte ...

»Ich schätze, wenn man weiß, dass jeden Abend ein weiches Bett auf einen wartet, ist das keine große Sache.« Ich wünschte, dass seine Probleme meine Probleme wären.

»Tut mir leid«, flüstert Rosa, die anscheinend meine Gedanken lesen kann.

Ich zwinge mich zu einem leichten Lächeln. Schließlich kann sie ja nichts dafür, dass sie gerade mit einer Obdachlosen über den Arbeitsalltag eines stinkreichen Geschäftsmannes reden muss. Und vielleicht spricht auch ein klein wenig der Neid aus mir. Könnte ich mich zwischen diesem Leben und dem auf der Straße entscheiden, würde ich natürlich dieses Leben bevorzugen. Aber ich bin nie zur Schule gegangen und habe auch kein Familienunternehmen, welches mir den Rücken stärkt.

Während Rosa die Krawatten auf kleine Haken der Rückwand des endlosen Kleiderschrankes hängt, nehme ich mir die Freiheit, mich ein wenig umzusehen. Natürlich so unauffällig wie möglich.

Die Zimmerdecke ist schwarz. Eines haben Hamilton und ich also doch gemeinsam. Wir fallen beide unter einem dunklen Himmel in das Reich der Träume. Außer dass er es offensichtlich viel wärmer hat als ich.

»O nein! Birdie! Das ist mir gar nicht aufgefallen ...«

Ich schrecke aus meinen Gedanken. »Was ist denn?« Ich sehe zu Rosa, die mit entsetztem Gesichtsausdruck in den Wäschekorb mit den Socken schaut.

»Die Socken werden nicht einfach so zusammengerollt! Mr Hamilton hat extra Fächer, in denen sie paarweise und zusammengelegt einsortiert werden.«

Ich lege meine Stirn in Falten und verstehe die Welt nicht mehr. Wie bitte? Socken und Zusammenlegen passen meiner Meinung nach nicht in ein und denselben Satz.

»Das wusste ich nicht.« Ich beuge mich zu ihr hinunter und helfe beim Auseinandernehmen der schwarzen Designersocken.

»Wie könntest du denn auch!«

Aus irgendeinem Grund fühlen sich ihre Worte an wie ein Schlag ins Gesicht. Ich kann doch nichts dafür, dass ich in solchen Dingen unerfahren bin. Ich wollte ja nur helfen. Aber ich weiß auch, dass sie es sicherlich nicht so meinte, wie ich es aufgenommen habe. Ich hoffe es zumindest, denn bisher mochte ich Rosa sehr gern. »Ich hätte dich vorher darauf hinweisen müssen. Das ist allein meine Schuld.«

»Nein, ich hätte wohl erahnen müssen, dass Hamilton seine Socken nicht wie gewöhnlich aufbewahrt«, scherze ich, aber Rosa ist nicht zum Lachen zumute. Im Gegenteil. Ihre schwarzen Haare stehen ihr zu Berge, nachdem sie zum hundertsten Mal mit den Fingern durch sie hindurchgefahren ist, und sie ist dabei, ihren einst strengen Dutt zu ruinieren.

»Ich bekomme das hier auch allein hin. Du gehst lieber zurück ins Gästezimmer, bevor Mr Hamilton dich hier oben noch sieht.«

Obwohl ich Rosa lieber dabei helfen würde, nicke ich und bewege mich auf die Doppeltür zu. Bevor ich hinausgehe, ruft mir Rosa noch ein kleines »Danke schön« nach, jedoch weiß ich nicht, ob ich darüber lachen oder weinen soll.

Nachdem ich für eine kurze Weile bei den verschiedenen Medaillen im Flur verharrt habe, beschließe ich, zur Fensterfront im Wohnzimmer zu gehen, um den wunderschönen Ausblick zu genießen, dem ich bisher viel zu wenig Aufmerksamkeit geschenkt habe. Während ich verträumt über die Skyline von London blicke, erkenne ich in der Ferne die Säulen von Hamilton & Sons Inc., und obwohl es geregnet haben muss, sieht alles von hier oben bildhübsch aus. Wie auf den Bildern auf der Toilette des Pizzaladens, bloß dass es real ist. Für den winzigen Bruchteil einer Sekunde bin ich in Gedanken einer von ihnen. Ich stelle mir vor, wie es wäre, wenn all dies mir gehören würde ... wenn ich wie er wäre ...

Kapitel 13

Als der schlanke grauhaarige Doktor die Tür hinter sich schließt, zucke ich vor Schreck zusammen. Ich habe keine Ahnung, wie so etwas ablaufen soll. Hamilton erwähnte nur etwas von »Ich möchte sichergehen, dass es Ihnen wirklich gut geht!«.

»Bitte ziehen Sie sich aus, sodass Ihr Oberkörper frei ist«, befiehlt mir der Doktor, nachdem er aus seinem »Koffer der vielen Sachen« ein Gerät gefischt hat, welches wie ein Schlauch mit komischen Metallenden aussieht. Was hat er damit vor? Mir war nicht bewusst, dass es darauf hinauslaufen würde. Rosa. Wo ist Rosa? Warum kann nicht wenigstens sie dabei sein? Immerhin ist sie die einzige Person, die mich schon mal so gesehen hat.

Den Namen des Doktors habe ich mir vor Aufregung nicht merken können.

»Haben Sie mich gehört, Birdie? Ich muss mir Ihre Atmung anhören, um sicherzugehen, dass Sie keine inneren Verletzungen haben.«

Nein. Nein, ich will mich nicht vor dem grauhaarigen Doktor ausziehen. Er ist mir doch viel zu fremd für so eine intime Begegnung!

Wie konnte Hamilton nur erwarten, dass ich dazu bereit wäre … Ich will nicht, dass irgendjemand jemals meinen dürren Körper mit den vielen Narben betrachten muss. Nicht einmal im Spiegel ertrage ich es, mich anzuschauen. Ich möchte nicht mit ansehen müssen, wie ihm seine Gesichtszüge bei dem Anblick entgleiten. Wie er mich auslacht – oder sich gar zu viele Sorgen macht. Ich will kein Mitleid. Die dünnen Beine und Arme. Die blasse Haut. Die Verletzungen. Das will ich nicht! Dazu kann mich niemand zwingen. Nein.

Der Doktor schaut mir geduldig zu. Ich denke, er weiß ganz genau, warum ich seiner Aufforderung nicht nachkomme. Vielleicht versteht er mich ja sogar? Vielleicht lässt er mich sogar einfach wieder gehen?

»Ich möchte wirklich nur sichergehen, dass Sie gesund sind. Sie brauchen keine Angst vor mir zu haben.«

Ich nicke, aber innerlich hat er mich gerade noch mehr verunsichert, und die Angst vor seinen nächsten Worten wächst. Ich möchte nicht, dass er seine Frage ein weiteres Mal stellt. Wie angewurzelt stehe ich vor dem Bett, in dem ich bereits zweimal träumen durfte und auf dem ich nun längst hätte sitzen müssen. Oberkörperfrei. *Warum muss das sein?*, denke ich mir. Warum kann er mich nicht auch, ohne dass ich mich ausziehen muss, untersuchen.

»Na gut. Dann werde ich erst einmal die Ohren und den Mund kontrollieren«, beschließt der fremde Mann, der mir näher kommt als je eine andere Person – bis auf Rosa – zuvor. »Bitte machen Sie den Mund ganz weit auf.«

Ich tue, was er mir sagt, und öffne meinen Mund so weit wie möglich, während ich meine Zunge herausstrecke. Es wäre unhöflich, wenn ich dies nun auch noch verweigern würde. Ich hoffe, er wird nichts Auffälliges finden, sonst werden mir auch noch irgendwann die Beine amputiert. Wie bei Alfie.

Ruhig bleiben. Es ist nur dein Hals, Birdie, sagt mir meine innere Stimme, und ich lasse die Luft aus meiner Lunge entweichen.

»Ihr Hals ist ein wenig gerötet und noch leicht angeschwollen. Wahrscheinlich hatten Sie vor Kurzem eine leichte Erkältung.«

Als ich vom Vauxhall Park in die Innenstadt gekommen bin, da ging es mir wirklich nicht sehr gut.

»Trinken Sie ein wenig Tee. Morgens und abends – wann immer Sie Zeit dazu finden, damit der Hals sich beruhigen kann.«

Wenn das so einfach wäre. Ich bin nicht der größte Teetrinker. Heiße Schokolade wäre mir lieber, aber was kann ich mich schon beklagen. Egal, was es ist, wenn es im Winter etwas Heißes ist, dann ist das schon mehr als eine Belohnung.

»So, und nun würde ich Sie darum bitten, Ihr Oberteil auszuziehen.«

Ich bin mir nicht sicher, ob es die Stimme meiner Mutter im Kopf oder die Angst vor der nackten Wahrheit ist, welche mir Tränen in die Augen jagt. Und bevor ich es selbst realisieren kann, schluchze ich lauthals.

»Ist alles in Ordnung mit Ihnen?«

»Werden Sie mir auch die Beine amputieren?«, hauche ich ängstlich, ohne über meine Frage nachzudenken. Meine Angst packt und quält mich mit ihren scharfen Krallen. Dann stürme ich aus dem Zimmer und will mir einen sicheren Ort suchen, der mich von dem alten Mann mit der weißen Kleidung so weit wie möglich fernhält. Meine kleinen, schnellen Schritte bringen mich ins Wohnzimmer, und Mr Hamiltons erschrockenes Gesicht wendet sich mir zu.

»Ich will das nicht«, sage ich entschlossen, und zu meiner Überraschung kommt Hamilton sofort auf mich zu und stellt sich zwischen mich und den Doktor, als dieser durch die Tür zu uns ins Wohnzimmer kommt. »Ich kann das nicht!«, wiederhole ich etwas lauter. »Ich will das nicht.«

»Was haben Sie getan? Ich dachte, ich könnte Ihnen *vertrauen,* Dr. Jackson!«

Mir wird unwohl, als Hamilton mit heftigem Druck in seiner Stimme dieses eine Wort ausspricht. Mir ist es schon immer schwergefallen, anderen zu vertrauen. Ich wurde einfach schon zu oft enttäuscht, als dass ich die Bedeutung dieses starken Wortes auf die leichte Schulter nehmen könnte. Aber ich bin froh, dass Mr Hamilton zu Hause ist, denn wie es aussieht, wäre ich allein mit dem Doktor gewesen, wenn er nicht pünktlich von der Arbeit gekommen wäre. Am liebsten würde ich mich für immer hinter ihm verstecken.

»Ich habe nur meine Routineuntersuchung durchführen wollen«, verteidigt sich Dr. Jackson.

»Ich denke, Sie gehen besser. Für heute reicht es mit den Untersuchungen.« Hamiltons Stimme ist nun endlich wieder etwas ruhiger.

»Aber sicher doch, Mr Hamilton. Stellen Sie nur bitte sicher, dass Birdie genügend Tee trinkt, damit sich ihr Hals erholt.«

»Keine Sorge, darum werde ich mich kümmern.« Hamilton begleitet ihn in den Flur. »Zum Fahrstuhl finden Sie ja sicher allein«, sind seine letzten Worte, und so langsam breitet sich das Gefühl der Reue in meinem Körper aus. Bin ich nun daran schuld, dass Hamilton sauer auf Dr. Jackson ist? Das wollte ich nicht … Ich wollte mich doch bloß nicht vor ihm ausziehen.

»D-Das tut mir leid. I-Ich ...«, versuche ich, mich bei Hamilton zu entschuldigen.

»Nein. Mir tut es leid. Ich wollte Ihnen keinen Arzt aufzwingen«, sagt er mit glasklarer Stimme und schaut mich mit nachdenklichem Blick an. »Geht es Ihnen gut?«, fragt er mich.

»Ja. Ich denke schon. Danke!«

Er atmet erleichtert auf und geht zu der Bar aus Glas. Ich sehe, wie seine Hände nach zwei Bechern greifen. »I-Ich hatte nur Angst«, gebe ich zu. »Besonders, nachdem ich gesehen habe, was mit Alfie passiert ist«, flüstere ich, in der Hoffnung, er würde es nicht hören.

»Wie bitte?« Er dreht sich zu mir. »Sie wissen, dass Alf bereits Vorerkrankungen hatte, die eine Amputation beinahe vorausgesagt haben, oder?« Er fährt sich mit seiner rechten Hand durch die perfekt sitzenden dunkelbraunen Haare, dabei vergesse ich kurz, worüber wir gerade reden und muss mich zusammenreißen, um das undefinierbare Gefühl zu unterdrücken, das sich wieder auf meine Haut schleicht.

Alfie hatte Vorerkrankungen. Ich schüttle meinen Kopf und ekle mich vor mir selbst, als mir ein Stein vom Herzen fällt. Ich sollte mich nicht darüber freuen, dass Alfie wegen der Krankheit und nicht wegen der Kälte oder dem Obdachlosen-Dasein die Beine amputiert werden mussten. »Ich denke, ich habe überreagiert ...«, sage ich.

»Wir können gern einen neuen Termin ausmachen.« Hamilton schaut mich fragend an, und ich nicke erneut, jedoch zögerlich und etwas unsicher.

»Erwarten Sie Besuch?«, frage ich, um das Thema zu wechseln.

»Nein. Nicht, dass ich wüsste.« Hamilton grinst. So habe ich ihn noch nie zuvor zu Gesicht bekommen.

»I-Ich trinke keinen Alkohol.« Ich beiße mir auf meine Unterlippe. Ich möchte wirklich nicht unhöflich sein, aber mit Alkohol habe ich nun wirklich keinerlei Erfahrung.

»Ich dachte nur, ich befolge Dr. Jacksons Rat und werde Ihnen einen Tee brühen.« Hamilton? Er allein? Ich dachte die ganze Zeit, dass Rosa für diese Aufgaben zuständig sei.

»Ist Rosa denn gar nicht hier?« Die Frage verlässt meine Lippen, bevor ich es verhindern kann. *Birdie! Hör auf damit! Du bist schon wieder zu neugierig!*

»Ich habe ihr für heute Abend freigegeben. Es gibt sowieso nichts mehr für sie zu tun. Und einen Tee werde ich wohl noch hinbekommen.« Wieder entgleitet ihm dieses einzigartige Grinsen, welches ich gern öfter zu sehen bekommen würde. Es sieht bezaubernd aus ... so verspielt und nicht so ernst, wie ich Hamilton bisher wahrgenommen habe.

»Gilt das auch für den Ein-Uhr-Wein?« Mit zusammengefalteten Händen und den Knien dicht beieinander stehe ich neben dem Esstisch und sehe ihm dabei zu, wie er Wasser in einem Kochtopf erhitzt. Als ich ganz klein war, sagte mir meine Mutter ständig: »Wenn wir eines Tages einen Kochtopf besitzen, dann haben wir es geschafft.« Diesen Satz hatte ich bis heute nicht verstanden. Was würde mir ein Kochtopf bringen, wenn ich keinen Herd habe? Aber jetzt wird mir erst bewusst, wozu braucht man einen Herd, wenn man keinen Kochtopf hat. Besitzt man also einen Kochtopf, besitzt man auch einen Herd. Wie sehr ich mir wünsche, dass meine Mutter einen Kochtopf besessen hätte ... In meine Gedanken versunken bemerke ich gar nicht, dass mir Hamilton geantwortet hat. Und da ich schon viel zu viel gefragt habe, traue ich mich nicht, noch ein weiteres Mal die Frage an ihn zu stellen.

»Haben Sie mich gehört, Birdie?« Hamiltons Stimme dringt in meine Ohren.

Birdie! Reiß dich doch mal zusammen!

Seine Augenbrauen heben sich erwartungsvoll.

»Tut mir leid.«

Aber er nimmt es mit Humor, und ich sehe wieder das Grinsen mit nur einem Mundwinkel. Diesmal bildet sich jedoch ein leichtes Grübchen auf seiner Wange, und es hält auch länger an als beim letzten Mal. Diese unerwartete Reaktion verblüfft mich. Wo ist der harte Anzugträger geblieben? Was hat er mit ihm angestellt?

»Suchen Sie sich eine Teesorte aus. Im obersten Regal, links.«

Ich folge Hamiltons Daumen, der auf das Regal zeigt, und stelle mich auf Zehenspitzen, um an die kleine Holzbox zu gelangen. Aber ich bin zu klein, und bevor ich es bemerke, steht Hamilton auch schon neben mir, um mir dabei zu helfen. Doch als er mir so nahe ist, kann ich die Wärme seines Körpers spüren, obwohl wir uns nicht berühren. Die Mischung aus seinem Aftershave, dem Waschmittel seines frisch gewaschenen Shirts und seinem Eigengeruch ist einzigartig. Ich ertappe mich dabei, wie ich es genieße, diesen Duft einzuatmen. Er riecht wirklich sehr angenehm. »D-Danke«, hauche ich und kann meine Augen nicht von ihm nehmen. Nun blickt auch er mich an, und seine Gesichtszüge werden weich. Da ist es wieder ... dieses Gefühl. Unsere Gesichter sind nur wenige Zentimeter voneinander entfernt, und ich kann seinen Atem auf meiner Haut spüren.

»Gern geschehen.«

Das Zucken eines Grinsens schleicht sich auf mein Gesicht, und mein Blick flieht auf den Boden zwischen uns. Er hat doch tatsächlich ein Danke von mir kommentiert, indem er es einfach akzeptiert hat. Nicht nur das, er hat dabei gelächelt.

Unsere Hände berühren sich, als er mir die Kiste mit den Teebeuteln überreicht, und dann wendet er sich wieder von mir ab. Es ist eine plötzliche, abrupte Reaktion, doch auch ich schüttle das Gefühl ab, das meinen Körper einzunehmen scheint.

Während ich mein Interesse den verschiedenfarbigen Beuteln widme, merke ich jedoch, wie Hamiltons Blick immer wieder auf mich gerichtet ist. Ich mag es nicht, wenn ich angestarrt werde. Vielleicht bin ich so viel Aufmerksamkeit nicht gewohnt … Ich mag mich ja selbst nicht einmal ansehen.

Und sosehr ich auch versuche, mich auf die vielen Teesorten zu konzentrieren, weiß ich, dass ich sowieso nicht erkennen kann, was sich hinter den Farben für eine Geschmackssorte verbergen mag. Um ehrlich zu sein, habe ich keine Ahnung und viel zu wenig Erfahrung, um zu wissen, welcher Tee mir schmecken könnte, mal davon abgesehen, dass ich nach wie vor nicht lesen kann und mich dieser gut aussehende Mann gerade dabei beobachtet. Ja, Hamilton ist attraktiv. Und seine neue Seite macht ihn sogar noch attraktiver, als ich es mir bisher eingestehen wollte.

Ein Zischen vom Herd unterbricht meine farbenfrohen Gedanken und Hamiltons Starren, als er sich wieder umdreht und den Kochtopf vom Herd nimmt.

»Hätte der Wasserkocher letzte Woche nicht den Geist aufgegeben, würde das alles schneller gehen.« Ungeduldig pustet er die Luft aus sich heraus, während er sich mit den Armen an der Theke abstützt. Sie sind sehr muskulös und definiert, als gehörte er zu den »Elgin Marbles«, welche mir meine Mum mal im Londoner Museum gezeigt hat. »Bist du fündig geworden?«, fragt er schließlich.

Panik breitet sich in mir aus. Zum einen versuche ich, mir zu erklären, warum er mich auf einmal mit »Du« anspricht, und zum anderen weiß ich einfach nicht, für welchen Beutel ich mich entscheiden soll. Also nehme ich einfach den, der mich am meisten anspricht; einen orangefarbenen Beutel, der mich an den Sonnenuntergang im Sommer an der Küste von Canvey Island erinnert. Dort sind mein Bruder und ich bei Mutter aufgewachsen. Ich weiß nicht, wie es ist, ein Haus zu haben, aber ich würde Canvey Island als mein Zuhause bezeichnen, wenn mich jemand fragen würde – nur um nicht die Straße erwähnen zu müssen. »Diesen hier.« Ich zeige ihm den Beutel, den er mit entsetztem Stirnrunzeln entgegennimmt. Dann schüttelt er den Kopf und sucht in der Box, bis er einen grünen Beutel gefunden hat, den er aus der Papierhülle nimmt und in eine der Tassen fallen lässt, dabei hängt das Papierschild über den Rand, und ich würde zu gern wissen, was draufsteht. »Ich denke, dieser wird Ihrem Hals besser tun.« Er siezt mich also wieder. Meinen orangefarbenen Beutel nimmt er für die zweite Tasse. »Aber ich trinke gern diesen Tee für Sie.« Zwinkernd lässt er den Beutel, den ich ausgewählt habe, in die andere Tasse fallen.

Schade! Diese verspielte Vertrautheit hat mir schon sehr gefallen. Dass ich ihn auf die Spikes ansprechen wollte, habe ich natürlich nicht vergessen. Aber ich habe wohl versucht, es in den Hintergrund meiner Gedanken zu drängen.

»Kann ich mich mit Ihnen über etwas unterhalten?« Dieses Zittern in meiner Stimme kannte ich bisher nur, wenn ich morgens nach einer kalten Winternacht aufgewacht bin und total unterkühlt war.

»Das kommt drauf an, um was es geht ...«, entgegnet er mir.

Mein Herzschlag steigt mir bis in den Hals. Ich versuche, die Nervosität herunterzuschlucken.

Nachdem Hamilton das heiße Wasser in die Tassen gefüllt hat, steigt mir der Geruch von Ingwer und Kräutern in die Nase. Dennoch werde ich Hamiltons Duft nicht mehr los.

Der Kräutertee wird wohl für mich sein. Kein Wunder, dass Hamilton den Ingwertee lieber für mich trinken möchte. Ingwer kann verdammt scharf sein und hätte mir bestimmt den Hals verbrannt. Die Kräuter eignen sich da schon besser für mich. Er reicht mir die Tasse, und ich verbrühe mir beinahe die Hände. Hamilton hingegen lehnt sich mit der Hüfte gegen den Tresen der Kücheninsel und schlürft an seinem dampfenden Ingwergemisch. Ich beobachte ihn erstaunt, wie er, ohne mit der Wimper zu zucken, einen großen Schluck nimmt. Es fasziniert mich, wie er sich nichts anmerken lässt, während mein Gesicht glüht. Jedoch ist es nicht der Tee. Es ist die Aufregung, die durch meine Adern schießt.

»Ist alles in Ordnung mit Ihnen?« Mr Hamiltons tiefe Stimme durchquert meine Gedanken, und ich sehe erschrocken zu ihm auf. Sein besorgter Blick verrät mir, dass ich meine Gedanken wohl nicht gut verbergen kann. Wenn ich an einem zu heißen Tee trinke, dann sieht man es mir an ... Wenn ich mir den Kopf über etwas zerbreche, dann sieht man es mir an.

Ich nehme einen tiefen Atemzug und weiche seinem Blick aus. Ich nehme all meinen Mut zusammen. Vor ein paar Tagen wäre es mir leichtgefallen, ihm die Meinung zu geigen, aber nun ist irgendwie alles anders. Ich kann ihn nicht einfach so anfauchen, nachdem er mir einen heißen Tee für meinen gereizten Hals gemacht hat.

»Ich habe eine Frage an Sie ...«, beginne ich den Satz, welcher mir einiges an Überwindung abverlangt.

Mr Hamilton stellt die Tasse auf dem Tresen ab und verschränkt seine Arme, als er meinen ernsten Ton zur Kenntnis nimmt. Er hört mir aufmerksam zu, was mir ein verstohlener Blick in seine Augen verrät.

»Warum tun Sie all das hier für mich?«

Meine Frage bringt ihn zum Nachdenken, und ich traue mich wieder, ihn dabei zu beobachten, wie er in seinen Gedanken gefangen ist. Seine Finger gleiten über die Stoppeln am Kinn, und seine Lippen bilden eine schmale Linie. Die Unruhe ist ihm anzumerken, was auch mich aus dem Konzept bringt. Aber ich möchte eine Antwort auf meine Frage.

»Warum tun Sie all das hier für mich ... wenn Sie Menschen wie mich doch eigentlich verachten?«

Bei diesem Satz bohrt sich sein Blick in mich, und im ersten Moment denke ich, dass seine Augen mich durchlöchern wollen, doch dann sehe ich den Schmerz in ihnen. Meine Hände schließen sich um die heiße Tasse, und ich klammere mich daran fest, weil es mir dabei hilft, ruhig zu bleiben.

Mr Hamilton wirkt beinahe verletzt und aufgebracht, dass ich ihm so etwas unterstellen würde. Aber es ist doch wahr: Er nimmt mich bei sich auf, während er es Menschen wie mir verweigert, in die Nähe seiner Firma zu gelangen. Ich kann mir nicht erklären, warum er so handelt.

»Nehmen Sie meine Hilfe doch einfach an ...« Die raue Stimme spricht leise, wird jedoch von einem kläglichen Seufzer übertönt. Es klingt wie eine Bitte, damit ich meinen Mund halte. Ab dem Zeitpunkt weiß ich, dass mehr dahintersteckt, als ich dachte. Mr Hamilton ist still und starrt auf seine immer noch dampfende Tasse.

»Warum ich?«, hake ich nach und wende meinen Blick nun auch auf den Inhalt meines Bechers.

»Es war nicht meine Entscheidung.« Im selben Moment schauen wir einander an. »Ich hätte diese Spikes niemals in Erwägung gezogen, aber ich bin nur der Juniorchef. Mein Vater hat das Sagen – und ich hasse es.« Sein abfälliger Ton über seinen eigenen Vater überrascht mich. Zum ersten Mal halten wir für eine Weile den Blickkontakt. Ich sehe das Flimmern im kühlen Blau – wie das Glitzern im Schnee, wenn die Sonne ihn zum Schmelzen bringt. Er sagt die Wahrheit, das kann ich allein an seinen Augen erkennen.

»Aber warum helfen Sie ausgerechnet mir?« Ich halte die Luft an. Noch nie hatte ich ein Gespräch, welches mich nervoser machen konnte als dieses hier. Ungeduldig wage ich es, einen Schluck von meinem Tee zu nehmen. Die bittere Note lässt meine Gesichtszüge entgleiten. Okay, diese Sorte wird definitiv keiner meiner Favoriten.

»Sie erinnern mich an jemanden.«

Mr Hamiltons Worte sorgen beinahe dafür, dass ich mich an meinem Getränk verschlucke. Ich halte inne und denke darüber nach, was dies bedeuten könnte. Nun verstehe ich langsam, dass es wahrscheinlich einen anderen Grund gab, warum er mich tagelang in der Oxford Street beobachtet hat. Er hat nicht auf mich herabgesehen ... er hat etwas in mir gesehen. Jemanden.

»An wen?« Doch meine Frage unterbricht das vertraute Gespräch zwischen uns, und ich merke sofort, dass es ihm zu weit geht. Abrupt greift er nach seinem Becher und wendet sich von mir ab. Aber ich habe die eindeutige Qual in seinem Gesicht nicht übersehen.

»Gute Nacht, Birdie!« Mr Hamiltons Stimme bricht, und ich muss schlucken. Die Anspannung macht mich fertig. Dennoch bin ich einerseits erleichtert, dass ich eine Antwort auf meine Frage bekommen habe. Andererseits wirft dies nur noch mehr Fragen auf.

Kapitel 14

Meine Träume jagen mich. Sie jagen mich bis zum Ende meiner dunklen Gedanken, denen ich mich in der Nacht heldenhaft zu stellen versuche. Ich wälze mich hin und her, als mir die stickige Luft unter der Bettdecke zu heiß wird. Noch nie war mir in einer Nacht zu heiß gewesen.

Das ist nicht real!

Mum ist tot! Es ist real! Verdammt!

Das riesige Firmengebäude vor meiner Nase bröckelt. Ein Schauer an Marmorsteinen rieselt auf mich herab. Die Schrammen auf meinem Körper werden immer mehr. Aber ich kann mich nicht bewegen. Wie versteinert stehe ich einfach nur da, als das Gebäude mir immer näher kommt und schließlich einen dunklen Schatten auf mich wirft. Meine Mutter versucht, mich zu greifen, mit mir aus dem Chaos zu fliehen, aber es ist schon zu spät. Die Staubwolke versperrt mir die Sicht und nimmt mir die Luft zum Atmen.

Ich schrecke aus meinem Traum, als ich höre, wie Glas in Tausende von Scherben zerspringt. Das Licht aus dem Wohnzimmer scheint durch den Türspalt in mein Zimmer, und obwohl ich hellwach bin, reibe ich mit den Handrücken über meine Augenlider. *Wie kann Mr Hamilton so spät noch wach sein?*, frage ich mich und schaue auf die Uhr, die mir sagt, dass es kurz nach eins ist. Ach ja, beinahe hätte ich es vergessen, dass er sich um diese Uhrzeit ja immer an einem Glas Wein erfreut.

Als ich von der weichen Matratze aufstehe, fällt mir das Satin-Nachthemd bis zu den Knien. Ich bin froh, dass Rosa mir eines mit langen Ärmeln geliehen hat, darin fühle ich mich wohler, denn es genügt mir schon, dass von den Knien abwärts alles zu sehen ist. Es ist mir jedoch viel zu groß.

Während meine überraschenderweise kühlen Finger an meine kochend heiße Stirn fassen, nähere ich mich dem Licht des Wohnzimmers. Ich brauche unbedingt etwas zu trinken. Der leichte Geschmack von Kräutern liegt mir immer noch auf der Zunge, obwohl ich mir die Zähne geputzt und wahrscheinlich viel zu viel Zahnpasta benutzt habe. Immerhin ist das »Teekränzchen« mit Hamilton ja auch bereits einige Stunden her.

Ich spähe ins Wohnzimmer, kann aber zuerst niemanden entdecken. Als ich dann den Raum betrete, sticht mir der große rote Fleck auf dem Fellteppich sofort ins Auge. Die Flüssigkeit erinnert mich an den Abend, an dem mich das Chaos aus Böllern und kleinen, gefährlichen Funken umgeben hatte – an dem mich Hamilton zu sich genommen hat. Meine Nackenhaare sträuben sich bei diesem Anblick, gefolgt von meinen traumatisierten Gedanken.

»So geht das nicht! Das kannst du nicht machen, Jack!«, höre ich Hamiltons wütende Stimme aus der Richtung der Bar kommen. Mein Verstand sagt mir, dass ich wieder ins Bett gehen sollte, aber mein Körper hat bereits andere Pläne. Vorsichtig schaue ich hinter einer der Säulen hervor und beobachte Hamilton, als er abermals den Namen mit aufbrausender Stimme in sein Handy brüllt. Seine freie Hand fährt immer wieder durch die nun nicht mehr perfekt sitzenden Haare, und das weiße Hemd passt nicht zu seiner engen schwarzen Boxershorts. Entweder ist er gerade, wie ich, aus dem Bett gekommen, oder er ist kurz davor gewesen, ins Bett zu gehen. Der Fleck auf dem Fellteppich müssen die Überreste des Ein-Uhr-Weins und seiner Wut sein.

Plötzlich ist es still. Ich hebe meinen Blick und schaue direkt in seine blauen Augen, die mich mit einem tief sitzenden Zorn durchlöchern.

»Wollten Sie nicht schon längst schlafen?« Er klingt für meinen Geschmack zu angsteinflößend und für seine Person zu leise. Irgendetwas stimmt hier nicht.

»I-Ich wollte mir nur ein Glas Wasser holen«, entschuldige ich mich und trete nun ganz hinter der Säule hervor. »… aber ich wollte Sie nicht bei Ihrem Telefonat stören.«

Hamiltons zögerndes Nicken lässt mich im Stillen aufatmen, bevor er das Handy auf dem Tresen ablegt. Hoffentlich denkt er jetzt nicht, dass ich ihn die ganze Zeit nur beobachten würde. Mit unsicheren, kurzen Schritten nähere ich mich dem Waschbecken. Ein Glas ist schnell gefunden, aber als ich den Wasserhahn aufdrehen möchte, hindert mich Hamiltons Hand daran. Bei der Berührung legt sich seine Hand wie ein schützendes Schild auf meine, und meine Haut beginnt zu prickeln, genau an der Stelle, wo sie auf seine trifft. Ich beiße auf die Innenseiten meiner Wangen.

»Nein«, sagt er und öffnet den Kühlschrank gleich hinter sich. »Hier, nehmen Sie das.« Er reicht mir eine blaue Glasflasche, nachdem er sie für mich geöffnet hat.

»Danke«, sage ich und frage mich gleichzeitig, warum ich denn nicht das Leitungswasser trinken kann. Wenn ich kein Geld für eine Wasserflasche habe, dann bin ich bisher immer auf eine öffentliche Toilette gegangen und habe aus dem Waschbecken getrunken. Hamilton geht wieder zum Tresen und tippt auf dem Bildschirm seines Handys herum. Seine Daumen bewegen sich so schnell, dass ich ihnen kaum folgen kann. Zu gern würde ich zu ihm gehen und nachlesen, was er dort gerade in dieses Gerät tippt. Ob es mit diesem Jack zusammenhängt? Ich trinke einen erfrischenden Schluck aus meinem Glas und stelle es zurück neben das Waschbecken. Dann gehe ich um die Bar herum, um die Scherben des zersprungenen Glases aufzuheben, und muss dabei vorsichtig sein, dass ich mit meinen bloßen Füßen nicht in eine scharfe Scherbe trete.

»Lassen Sie das liegen! Rosa wird sich morgen darum kümmern.«

»Wollen Sie das hier einfach so liegen lassen?« Ich runzle die Stirn und will mich zu ihm umdrehen, drehe mich jedoch schnell wieder weg, als ich sehe, dass er sein Hemd ausgezogen und über seine nackte Schulter gehängt hat. Ich versuche, an etwas anderes zu denken als daran, dass er gerade nur in Boxershorts hinter mir steht, aber die Hitze in meinen Wangen und das eigenartige Kribbeln, welches bis zu meinen Fingerspitzen reicht, werde ich trotzdem nicht los.

»Ich bezahle Rosa ja nicht aus Spaß«, antwortet er mit einer Arroganz, die mir gewaltig gegen den Strich geht. »Obwohl ich es natürlich könnte.« Da ist sie wieder: diese eiskalte Arroganz in seinem eindringlichen Blick.

»Bin ich denn auch nur aus Spaß hier?« *Mist! Birdie? Geht es dir noch gut?!*

Meine Frage scheint ihn deutlich zu verwirren, obwohl er ziemlich gut darin ist, es sich nicht anmerken zu lassen. Er verharrt für wenige Sekunden und schaut an seinem Smartphone vorbei, ohne ein Wort zu sagen. Es wirkt beinahe so, als müsste er sich eine Antwort verkneifen. Das Licht des Bildschirms beleuchtet sein Gesicht, während er meine Frage weiterhin ignoriert. Er hat mir zwar bereits eine Antwort mit recht viel Interpretationsspielraum geliefert, aber nun lassen mich die unbeantworteten Fragen nicht mehr los. An wen erinnere ich ihn? Was erhofft er sich dabei, mich bei sich aufzunehmen? Was hat er wiedergutzumachen?

»Gute Nacht, Birdie« ist das Einzige, was er mir noch zu sagen hat, bevor er sein Hemd über einen Barhocker hängt und in den Flur verschwindet.

Ich rolle mit den Augen, aber ein kurzes Stechen in meiner Brust legt meine Stirn in Falten. Was war das? Es fühlte sich schmerzhaft an und konzentriert. Ein bestimmter Fleck in meiner Brust ist davon betroffen. Ein Ort, der von Gefühlen geleitet wird. Aber ich spüre auch das Adrenalin, welches es schneller schlagen lässt, und als Hamiltons Schatten komplett verschwunden ist, beruhigt sich mein Herz wieder. Ich gehe in die Hocke und versuche, so viele Scherben aufzusammeln, wie ich finden kann, und dabei die Aufregung in mir zu verdrängen. Was hat das zu bedeuten? Ich mag diese Ungewissheit nicht …

Das war's, morgen bin ich hier weg!

Kapitel 15

Am nächsten Morgen mache ich große Augen beim Betreten des – dank Rosa – sauberen Wohnzimmers. Der weiße Fellteppich ist verschwunden, und somit ist auch der rote Fleck nicht mehr da. Hamilton ist wahrscheinlich schon zur Arbeit gefahren, was bedeutet, dass ich mich, nachdem ich gebadet habe, aus dem Apartment schleichen kann, ohne dabei erwischt oder gar aufgehalten zu werden. Ich erinnere mich an seine Worte vom Vortag. An den kurzen Augenaufschlag, bei dem er so verletzlich wirkte. Und dann denke ich an letzte Nacht, wo er abermals sein Pokerface aufsetzte. Ich werde aus diesem Hin und Her nicht schlau. Will er nun, dass ich hierbleibe? Oder möchte er eigentlich, dass ich gehe? Die Stimme meiner Mum meldet sich wieder zu Wort, aber ich ignoriere sie. Sie hätte ihn verabscheut. Nicht, weil er ist, wie er ist, sondern weil er einer von *ihnen* ist. Und ja, ich möchte am liebsten gehen, aber der Grund ist komplizierter, als ich es selbst beschreiben könnte. Ich werde einfach nicht schlau aus ihm. Aber viel schlimmer ist – ich werde nicht schlau aus diesem Gefühl, welches er in mir auslöst. Und ich bin mir nicht sicher, ob ich schon dazu bereit bin, mich mit diesem Gefühl auseinanderzusetzen.

Mit meiner gewaschenen Kleidung, der durchlöcherten Jeans und meiner leichten Sommerjacke in den Armen, tapse ich auf Zehenspitzen den warmen Steinboden des Flures entlang zum Badezimmer. Aus der wiederkehrenden Angst vor meinem eigenen Spiegelbild hänge ich nicht zum ersten Mal eines der großen Handtücher über den Spiegel, wage es nicht, auch nur einen einzigen Blick hineinzuwerfen.

Solange das lauwarme Wasser die Badewanne füllt, putze ich mir am Waschbecken die Zähne und summe eine Melodie, die mir einfach so eingefallen ist, meinen Kopf aber nicht mehr verlassen will. Ich habe keine Ahnung, woher meine plötzliche gute Laune kommen mag. Ich summe lediglich, wenn es mir gut geht. Aber das kann es nicht sein, schließlich werde ich heute auf die kalte Straße zurückkehren.

Nachdem ich meinen Mund ausgespült habe und das seidige Nachthemd im Waschbecken gelandet ist, steige ich in die Badewanne. Das Wasser ist längst nicht so angenehm wie beim letzten Mal. Ich muss es wohl zu kalt eingestellt haben. Und auch die weißen Rosenblätter fehlen mir.

Als ich mich eine Weile später in meine alten Klamotten gezwungen und das Bad in einem sauberen Zustand verlassen habe, begegne ich Rosa in der Küche. Sie bereitet das Frühstück vor, stellt sich auf einen Stuhl und greift mit ihren kurzen Armen nach zwei Tellern in einem der oberen Schränke.

»Frühstücken wir heute etwa zusammen?«, frage ich sie und lehne mich gegen die Theke, um ihr grinsend in die Augen zu sehen.

Als sie mich jedoch in meinen alten Klamotten sieht, verschwindet ihr Grinsen. »Gefallen dir die Kleider etwa nicht, die ich dir herausgesucht habe?« Die Enttäuschung in ihrer Stimme versetzt mir einen Stich.

»N-Nein, ich liebe sie. I-Ich wollte mich nur zur Abwechslung daran erinnern, wo ich herkomme.« Nachdem ich sie nun auch noch angelogen habe, fühle ich mich noch schlechter.

»Das hier kann schon ziemlich erdrückend sein. All der Marmor, der teure Wein und die teure Kleidung – da geb ich dir recht. Aber wenn dir etwas nicht gefällt, dann kannst du es mir offen und ehrlich sagen.« Das herzliche Lächeln auf ihren Lippen und in ihren braunen Augen erleichtert mich. Sie muss schon sehr früh auf den Beinen gewesen sein, damit sie das Chaos von gestern hat »ungeschehen« machen können. Ich spreche sie wohl besser nicht darauf an.

»Und wegen des Essens ... Nein. Du wirst mich hier nie essen sehen. Der Tisch dient lediglich den Gästen und Mr Hamilton.«

Ist Mr Hamilton etwa im Apartment? Wenn ja, dann muss er ja in letzter Zeit öfter hier sein als sonst, da Rosa doch meinte, er wäre nicht oft zu Hause. Mist, ich hatte doch gehofft, er würde auf der Arbeit sein.

»Wo isst du denn dann?«, ist meine nächste Frage, und ich folge ihr mit dem Besteck zum Esstisch. Zwei Teller – zwei Personen, die an diesem Tisch essen werden. Hamilton ist also wirklich hier!

»In meinem Zimmer. Aber wenn ich ehrlich bin, habe ich diese Regel an einigen Tagen schon mal aus Versehen vergessen.« Die sonst so ordentliche Rosa hat eine Regel von Hamilton missachtet? Anscheinend ist sie doch nicht so gehorsam, wie ich sie zuerst eingeschätzt habe. Und wenn ich nun ehrlich sein soll, finde ich das gar nicht mal so schlecht.

»Kann ich dir noch bei etwas helf…?«

Mit einem Ruck drehen wir uns um, als wir Hamiltons Schritte aus dem Flur kommen hören. Rosa schaut mich ein letztes Mal an, bevor sie zurück zum Kühlschrank geht, um die Butter und dieses überaus leckere Apfelgelee zu holen.

»Guten Morgen!« Hamilton wirkt ziemlich munter, wenn man es mit seiner Laune von letzter Nacht vergleicht. »Hübsche Frisur.« Schmunzelnd schaut er sich den Turban auf meinem Kopf genauer an, den ich mir nach dem Bad kreiert habe.

Und auch seine Wahl an Klamotten überrascht mich. Er trägt eine verwaschene Jeans und einen ziemlich lässig wirkenden grauen Pullover mit einem weiß-schwarzen Aufdruck, der wohl eine Buchstabenkombination sein muss. Bestimmt wieder einer dieser überteuerten Designer. Sie lassen ihn ziemlich jung aussehen, was mich einerseits verwirrt, aber auch eine gewisse Neugier in mir weckt. Wie alt Hamilton wohl sein mag? Er wirkt nicht älter als dreißig, aber älter als ich ist er auf jeden Fall.

»Morgen«, antworten Rosa und ich im Chor, und ich spiele seine Belustigung lächelnd herunter.

»Rosa, was ist mit Birdies Kleidung passiert?«, stellt Hamilton fest, als er mich von Kopf bis Fuß begutachtet.

»Ich hatte neue Anziehsachen auf das Bett gelegt«, verteidigt sie sich. »Aber Birdie kann tragen, was sie wünscht.«

»Sie wollen mir doch nicht sagen, dass Sie diese Lumpen vermisst haben?«, richtet er sich nun direkt an mich.

Aber ich zucke nur mit den Schultern, obwohl ich ziemlich sauer bin, dass er meine Klamotten als Lumpen bezeichnet. »Vorher haben sie mich ja auch nicht gestört«, antworte ich. Na ja, bis auf, dass es im Winter zu kalt war und im Sommer zu heiß. Im Herbst zu nass und im Frühjahr zu windig. Aber sie sind ein Teil von mir, oder nicht?

Birdie! Warum bist du so unsicher?

Genau genommen ist genau das mein Problem. Ich kann nicht mit voller Überzeugung sagen, dass ich die Klamotten vermisst habe. Aber Lumpen gehören nun mal auf die Straße. Dort rennt man nicht in teuren Designermarken rum. Wahrscheinlich würden sie mir am ersten Abend geklaut werden, wie meine dunkelrote Decke.

Seine Augen starren mich durch kleine, unsichere Schlitze an. Ich fühle mich zu sehr beobachtet von ihm und atme erleichtert auf, als Rosa das Schweigen zwischen uns bricht.

»Ich werde später noch den Einkauf erledigen. Soll ich Birdie mitnehmen?«, fragt sie und stellt das Glas Apfelgelee auf den überfüllten Esstisch. Wieder so viel Essen nur für uns zwei?!

»Nein. Auf gar keinen Fall«, antwortet er knapp und kalt. »Birdie wird dieses Apartment heute nicht verlassen.«

Was hat er vor? Kann er meine Gedanken lesen? Weiß er von meinem Plan?

»Aber ...«

»Ich habe einen Riesenhunger«, unterbricht Hamilton meine Widerrede.

Mist!

»Ich hatte ja noch versprochen, Ihnen zu zeigen, was Tischmanieren sind, oder haben Sie das etwa schon vergessen?«

Mein Mund öffnet sich, um etwas zu sagen, aber es kommt nichts heraus. Hamilton hat recht, ich habe es vergessen. So langsam wie eine Schildkröte und mit einer Unsicherheit, die von meinen chaotischen Gedanken geleitet wird, gehe ich von der Theke zum Tisch und setze mich schließlich gegenüber von Hamiltons Platz, der mit sicheren, großen Schritten, wie man sie von ihm gewohnt ist, an mir vorbeigeht und sich schließlich ebenfalls setzt.

Rosa verlässt das Zimmer, und ich sitze hier mit Hamilton fest. Seine hungrigen Augen wandern über das Essen auf dem Tisch, bevor sie auf mir landen. Die ernsten Gesichtszüge werden kurz weich, als er mir ein kleines Grinsen schenkt, bei dem mir wieder das Grübchen auf seiner Wange auffällt.

»Ich denke, Sie wissen, was das ist«, sagt er und hält das Besteck von seinem Teller hoch.

Ich nicke und werde rot. *Der will das wirklich durchziehen.*

»Aber ich bin mir nicht so sicher, ob Sie wissen, wie man damit umzugehen hat.«

Da ist er wieder – der arrogante Unterton in seiner tiefen Stimme. Doch zu meiner Überraschung schenkt er mir ein erneutes Grinsen und hebt erwartungsvoll seine vollen Augenbrauen, während er auf eine Reaktion von mir wartet. Also nicke ich. »... wusste ich's doch.«

Sein verspieltes Grinsen hat ihn im letzten Moment gerettet, aber irgendwann wird die Bombe noch hochgehen, wenn er mich weiterhin so arrogant von der

Seite anmacht. »Als Kind wurden mir nun mal wichtigere Dinge beigebracht, als wie man sein Essen in den Mund zu befördern hat«, presse ich hervor, obwohl ich mich ja zurückhalten wollte.

»Sind Sie sich da sicher?«

»Ja.«

»Ich kann Ihnen nur zeigen, was mir als Kind beigebracht wurde, und das sind Tischmanieren.« Statt mich mit derselben Ernsthaftigkeit anzusehen, in der er seine Worte formuliert, ist da wieder dieses Flimmern in seinen Augen.

Ich senke meinen Kopf, als meine Brust anfängt zu schmerzen. Ich weiß nicht, warum, aber aus irgendeinem Grund spüre ich einen Funken Mitleid tief in mir. Wahrscheinlich war er eines dieser Kinder, die keine Kinder sein durften ... eines der Kinder, die Dinge, die man auf der Straße findet, lieber liegen lassen sollten. *Aber warum hat er dich dann nicht liegen lassen?* Weil ich ihn an jemanden erinnere. Aber an wen denn?

»Okay, dann schießen Sie mal los«, fordere ich ihn auf und bin überrascht von meinem mit einer Prise Ironie versehenen Lächeln.

»Halten Sie Ihr Messer so.«

Ich versuche, die Haltung seiner Hand zu kopieren, aber das ist schwerer als gedacht. Ich sehe alles spiegelverkehrt, und es befinden sich mehrere Meter an Essen zwischen uns.

»Warten Sie. Ich komme mal rüber.«

Mein Herz macht einen Satz bei seinen Worten. Die bisherige Entfernung zwischen uns war mir sehr angenehm, obwohl nicht vorteilhaft. Wieso muss er das jetzt zerstören, wenn ich doch schon mein Bestes versuche, aus seinen Anweisungen zu lernen? Wenn er mir erneut so nah kommt, dann wird dies sicherlich wieder dieses unbeschreibliche Gefühl in mir auslösen, das ich doch so sehr zu ignorieren versuche.

Sein männlicher, erfrischender Duft steigt mir in die Nase, als Hamilton sich neben mich auf einen der freien Stühle setzt und mir das Ganze noch einmal aus der Nähe zeigt. Aufmerksam verfolgen meine Augen jede seiner Bewegungen.

»Sieht schon besser aus«, grinst er, und ich kann nicht anders und lasse mich von seiner glücklichen Zufriedenheit anstecken.

Er sieht mich an, und für eine kleine Weile vergesse ich alles um uns herum und genieße das prickelnde Gefühl in mir. Doch sein Grinsen verschwindet wieder, als er das Messer plötzlich auf den Tisch fallen lässt. Dann ist er auch schon auf dem Weg zu seinem eigentlichen Platz.

»Und jetzt müssen Sie mit dem Messer schneiden, während Sie mit der Gabel das Essen aufspießen und es sich dann in den Mund schieben. Nicht andersherum, und benutzen Sie immer ihre stärkere Hand zum Schneiden.« Er macht es mir einmal vor, damit ich weiß, wie es auszusehen hat. »Sieht schon gut aus. Nur bitte kauen Sie nicht mit offenem Mund.« Er redet mit mir, als wäre ich ein Kind, und rümpft dabei angewidert seine Nase. Aus irgendeinem Grund finde ich es amüsant und schmatze laut. Mit gerunzelter Stirn, aber einem offensichtlichen Schmunzeln auf den Lippen, beobachtet er mich.

»Wieso nicht?«, will ich wissen und schmolle mit dem Mund.

»Weil niemand sehen möchte, was in deinem Mund geschieht!«, antwortet er mit sicherer Stimme, doch die

Belustigung ist immer noch zu sehen. Mir fällt beinahe nicht auf, dass er mich gerade geduzt hat.

»Mh, ach so.«

»Und auch nicht mit vollem Mund sprechen.« Er blickt mit aufgesetztem Zorn zu mir rüber und entlockt mir erneut ein Lächeln. Zum einen erscheinen mir diese Regeln unwichtig zu sein, andererseits muss ich zugeben, dass die Leute im Restaurant auch nie mit offenem Mund gegessen haben, also werden Hamiltons Bemühungen wohl einen guten Grund haben. Außerdem gefällt mir diese Verspieltheit zwischen uns.

»Der kleine Löffel ist für Kaffee oder Tee.«

»Was ist mit Kakao?«, frage ich voller Hoffnung, dass ich nicht wieder dazu gezwungen werde, Tee zu trinken.

Hamilton wirkt überrascht, als er mit geneigtem Kopf zu mir herüberschaut.

»Ja, auch Kakao«, antwortet er mit einem überraschten Ausdruck in seinen blauen Augen, welche mich aufmerksam mustern.

Kapitel 16

»Komm!« Das Ticken der Uhr verschmilzt mit Rosas sanfter Stimme. Ich drehe mich zu ihr um, sie steht im Türrahmen des Gästezimmers. In der einen Hand hält sie ihre Schlüssel, mit der anderen winkt sie mich zu sich rüber.

»Was ist los? Und warum flüstern wir?«, flüstere ich zurück.

»Komm einfach mit mir mit«, beruhigt sie mich.

»Wo gehen wir denn hin? Was ist mit Hamilton?«

Aber Rosa beantwortet keine meiner Fragen, sondern zieht mich einfach hinter sich her in den Flur. Vor dem Fahrstuhl angekommen sehe ich zu, wie Rosas Zeigefinger den untersten Knopf drückt. Als sich dieser Kasten aus Metall bewegt, zucke ich vor Schreck zusammen. So nah am Himmel habe ich wohl keine andere Möglichkeit, als mit ihr den Fahrstuhl zu nehmen, obwohl mir selbst die unzähligen Stufen lieber wären.

»Rosa!«, flehe ich sie an. »Was hast du vor?«

Die Antwort auf meine Frage bekomme ich, als wir im untersten Stockwerk aussteigen und in einer Tiefgarage stehen. Rosa führt mich zu einem schwarzen Kleinwagen, in den wir einsteigen. Durch das dunkle Fenster bestaune ich mit herunterhängender Kinnlade die Autos, die im grellen Licht glänzen. Ich hatte nie eine Vorliebe für Autos, aber jedes dieser Autos ist ein

Blickfang. Einer der Parkplätze ist leer. Ich erkenne den Wagen, den ich jeden Morgen und jeden Abend habe vor- und wegfahren sehen. Es ist der Schlitten mit den matten Rädern. Sind das etwa alles Hamiltons Autos? Mein Bauch zieht sich bei dem Gedanken, wieder in einem Auto zu sitzen, zusammen. Dieses Gefühl kenne ich nur, wenn ich stundenlang nichts gegessen habe und wenn ich an Hamilton denke. Ich kann mich jedoch immer noch nicht so recht festlegen, ob es ein gutes oder schlechtes Gefühl ist.

»Heiße Schlitten, nicht wahr?«, höre ich Rosa endlich etwas sagen. »Ich würde alles dafür geben, nur ein einziges Mal mit einem seiner Wagen fahren zu dürfen.« Sie schmeißt ihre Tasche auf den Rücksitz und dreht den Autoschlüssel.

»Mich beeindruckt so etwas nicht.« Im Augenwinkel erkenne ich, wie sie auf liebevolle Weise ihre Augen verdreht. »Wohin fahren wir denn jetzt? Und weiß Hamilton davon?«

»Einkaufen. Habe ich dir doch vorhin gesagt.« Ihr Blick ist auf das sich selbst öffnende Garagentor gerichtet. »Mr Hamilton hatte noch einige Dinge zu erledigen. Er wird sein Büro nicht so schnell verlassen.«

»Aha«, ist das Einzige, was mir zu ihrer Aussage einfällt. »Aber ich dachte, Mr Hamilton wollte nicht, dass ich mit dir mitkomme?«, erinnere ich mich schließlich wieder.

»Mr Hamilton wird davon nie erfahren.« Wir fahren in unangenehmer Geschwindigkeit den kleinen Berg hinauf und in die frühe Dämmerung des Sonnenaufgangs. Während wir die Straße entlangfahren, schaue ich mir die Nachbarschaft an. Es sind wunderschöne kleine Backsteinhäuser mit großen Gärten. Der Wolkenkratzer, in dem Mr Hamilton wohnt, passt hier nicht her und nimmt ihnen das Sonnenlicht. An manchen Stellen erspähe ich noch etwas Schnee auf den Gehwegen, aber der Rest ist bereits geschmolzen. »Ich könnte nur wirklich gerade ein wenig Hilfe brauchen.«

»Ist alles okay mit dir?«, erkundige ich mich besorgt.

»Ja. Vier Hände sind nur deutlich vorteilhafter als zwei.« Sie lächelt mich schulterzuckend an.

»Irgendwie gefällst du mir immer mehr«, lache ich sie an und schüttle amüsiert den Kopf. Besonders gefällt mir Rosas Ehrlichkeit – und ihre Rosenbäder.

»Es wundert mich wirklich, dass Mr Hamilton dein Verhalten und deine Einstellung ihm gegenüber nicht abschrecken. Noch keine Frau durfte so lange das Gästezimmer belegen. Aber du verfällst ihm nicht gleich, so wie die Frauen zuvor, deren Herzen er jedes Mal höherschlagen ließ.« Mir wird etwas unwohl, als Rosa das Thema auf mich lenkt. Am meisten beschäftigt mich, dass sie die Ansicht vertritt, dass mein Herz in seiner Gegenwart nicht höher als sonst schlagen würde. Ich denke an das Gefühl, das mich seit Tagen beschäftigt und das nur er in mir auslöst. Bin ich Hamilton verfallen?

Bei diesem Gedanken verschlägt es mir die Sprache. Zum Glück steigen wir aus dem Auto, nachdem wir kurze Zeit später auf dem Parkplatz des Supermarkts geparkt haben. Nur bin ich mit meinen Gedanken nicht bei ihr, als ich die zwei Männer neben dem kleinen Häuschen der Einkaufswagen auf dem Boden sitzen sehe. Meine Vergangenheit holt mich ein, und ich bleibe stehen. Ihre Jacken und Hosen sind durchlöchert, die Füße ohne Schuhe. Sie erinnern mich an Alfie, als ich ihn vor zwei Wochen das erste Mal gesehen habe.

Jedoch hat einer von ihnen Strähnen aus Kupfer, der andere bereits einen grauen Schopf mit Bart.

»Birdie? Alles in Ordnung mit dir?«, höre ich Rosas besorgte Stimme, während sie einen Einkaufswagen aus dem Häuschen holt und ich die Männer anstarre. Für einen kurzen Moment empfinde ich ein derartig komisches Gefühl in meinem Bauch, dass mir kurz darauf übel wird. Während ich hier stehe und auf sie herabsehe, fühle ich mich schuldig. Ich kann es nicht verstehen, wie diese Anzugträger das täglich tun können. Ich kann, nein, ich will das nicht verstehen. Ich fühle mich schrecklich.

»Wie viel Geld haben wir denn zur Verfügung?« Ich folge Rosa in den Supermarkt, kann aber meine Augen nicht von dem leeren Kaffeebecher zwischen den beiden Männern nehmen.

»Mach dir darum mal keine Sorgen, Birdie. Hamiltons Kreditkarte ist, was die Spanne des Betrags betrifft, unendlich. Aber heute zahlen wir ausnahmsweise mal mit Bargeld.«

Ich nicke. Dass mich Mr Hamilton gerettet hat, obwohl er ein Anzugträger ist, will immer noch nicht so recht in meinen Kopf. Vielleicht hätte er mich einfach liegen lassen sollen. Irgendwann wäre schon der Jogger wieder vorbeigekommen und hätte mich gefunden. Andererseits würde ich dann meine Zeit im Krankenhaus verbringen, und dort wimmelt es nur von Ärzten, die danach verlangen, dass ich meinen Oberkörper für sie frei mache. Ich sollte glücklich sein, wie die Dinge gerade ihren Lauf nehmen. Aber trotzdem frage ich mich, ob die beiden Männer meine durchlöcherte Hose bemerkt haben.

»Hier ist die Einkaufsliste für die Getränke. Wenn du die abarbeiten könntest, dann bist du mir eine große Hilfe.« Rosa drückt mir einen kleinen Zettel in die Hand, und plötzlich fängt mein Herz an, im schnellen Rhythmus gegen meine Brust zu hämmern. Ich erzähle den Menschen, die ich noch nicht allzu lange kenne, ungern, dass ich nicht lesen kann. Wie meine Mum immer sagte: Zeige Fremden niemals deine größte Schwäche. Obwohl es in dieser Situation eigentlich keinen anderen Ausweg gibt, als genau das zu tun, halte ich meinen Mund und begebe mich mit dem Einkaufswagen schweigend zur Getränkeabteilung. Irgendwie werde ich das schon hinbekommen. So schwer kann es nicht sein.

Ich finde mich summend zu der fröhlichen Musik, die durch die Gänge des Supermarkts hallt, vor den Säften wieder. Drei Dinge stehen auf der Getränkeliste. Als mein Blick nach links wandert, finde ich eine alte Dame mit Krückstock vor dem Kühlregal der Milchprodukte stehen. Den Karton mit sechs Tetra Paks in ihren Einkaufswagen zu befördern ist eine unüberwindbare Aufgabe für sie.

»Kann ich Ihnen helfen?«, frage ich die Dame mit den toupierten grauen Haaren und gewinne ein Lächeln von ihren schmalen pinken Lippen.

»Das ist aber nett von Ihnen«, bedankt sie sich nickend. »Vielen Dank!«

»Wozu brauchen Sie denn so viel Milch?« Mit großen Augen sehe ich in ihren leeren Wagen, den Krückstock hat sie an den Griff gehängt.

»Ich backe für meine Familie. Morgen kommen sie mich alle besuchen. Das wird ein Fest. Das hatte ich schon lange nicht mehr«, freut sie sich sichtlich.

Ich schenke ihr ein Grinsen. »Dann wünsche ich Ihnen viel Erfolg beim Backen.«

»Kann ich irgendetwas für Sie tun?«

Da gibt es tatsächlich etwas, wobei sie helfen könnte. Hoffentlich hat sie ihre Brille nicht vergessen.

»Hier ... können Sie lesen, was dort draufsteht?« Ich breche gerade eine meiner größten Regeln! Aber es ist wahrscheinlicher, dass ich Rosa wiedersehen werde, statt der alten Dame, der ich gerade praktisch klargemacht habe, dass ich zu ungebildet bin, um ein paar mickrige Wörter zu entziffern.

»Zeigen Sie mal her.« Ihre faltigen Hände greifen nach dem kleinen Einkaufszettel. »Sechs Liter Mineralwasser von VOSS, zwei Liter Mandelmilch und einen Mount Cook Lily Marlborough.«

Einen was?

»Kein billiger Wein«, stellt sie mit großen Augen fest.

War ja irgendwie vorauszusehen. Plötzlich wird mir die Dame dann doch ziemlich unsympathisch, als ihr verurteilender Blick zu meiner durchlöcherten Hose wandert und ihre Stirn an Falten dazugewinnt.

»Danke«, sage ich nur und kehre zu meinem Einkaufswagen zurück, während ich versuche, mir die Getränke zu merken, viele waren es ja nicht.

Damit ich der Frau nicht wieder über den Weg laufe, steuere ich zuerst auf das Wasserregal zu und vergleiche den Markennamen vom Zettel mit denen, die auf den Flaschen stehen. So wird also VOSS geschrieben, denke ich mir und hole zwölf Halbliter-Flaschen aus dem Regal und lege sie in den Wagen. Sobald ich mir sicher bin, dass die Frau nicht mehr in Sichtweite ist, gehe ich zurück zum Kühlregal und suche nach der

Milch mit einer Mandel auf der Verpackung. Dank Lucas und meiner Lieblingsbeschäftigung in unserer Kindheit ist diese zum Glück schnell gefunden. Lebensmittel mit Bildern auf der Verpackungen waren ein schneller Sieg, weshalb wir später die Regeln änderten.

Und nun zum Hauptproblem, der teure Wein!

»Entschuldigen Sie, können Sie mir sagen, wo ich diesen Wein finden kann?« Der junge Mann trägt dieselben Farben, die ich auch auf dem leuchtenden Schild der Supermarktkette gesehen habe, und ein Namensschild.

»Natürlich. Folgen Sie mir einfach.« Aber statt mich schräg anzuschauen, behandelt er mich ganz normal. Ich habe in den letzten Jahren mitbekommen, dass Löcher in den Hosen zu einem eigenartigen Trend in den jüngeren Generationen wurden, also denkt er sich wahrscheinlich nichts dabei.

»Bitte schön«, sagt er, nachdem er die Glasvitrine geöffnet hat.

Innerlich jubelnd nehme ich mir die überraschend schwere Flasche und stelle sie vorsichtig neben die Mandelmilch. Das ging ja noch mal gut. Ich weiß, es hätte alles schneller gehen können, aber zumindest habe ich nun die Getränke beisammen.

»Birdie!«, höre ich Rosas Stimme, die gerade um die Ecke aus dem anderen Gang mit einem vollen Einkaufskorb kommt. Ich erblicke das Kakaopulver auf den ersten Blick. »Das wollte Hamilton haben. Normalerweise trinkt er so was nicht ...«, sagt sie, als sie meinen Blick bemerkt und verwundert mit den Schultern zuckt. »Aber wie ich sehe, hast du alles gefunden! Du glaubst nicht, wie sehr du mir damit hilfst.« Dann stellt sie den Korb in den Einkaufswagen.

»Und du glaubst nicht, wie sehr mir deine Rosenblätter-Bäder helfen.« Der Satz rutscht mir einfach so raus. Rosa kichert, und ich werde rot. Doch plötzlich sieht sie mich ernst an. »Was ist?« *Habe ich etwas Falsches gesagt?!*

»Birdie ... Ich ...« Sie holt tief Luft. Ihre Unruhe macht mich nervös. »Ich habe dich vorhin dabei gesehen, wie du die ältere Frau darum gebeten hast, dir den Zettel vorzulesen.«

Das Herz ist mir nun endgültig in die Hose gerutscht. Mist!

Kapitel 17

Schweigend verlassen wir die Kasse. Noch nie habe ich so viel Geld in einem Laden zurückgelassen – obwohl es theoretisch gar nicht mein Geld war.

»Ich kann verstehen, dass du es geheim halten wolltest. Aber als ich dir den Zettel gegeben habe, hättest du es mir sagen können.« Rosa spricht mit einem sympathischen Lächeln auf den Lippen. Ihre pechschwarzen Haare umrahmen das besorgte und zugleich enttäuschte Gesicht. »Ich wusste es wirklich nicht. Das war ein reiner Zufall, dass ich dich dabei gesehen habe, als du dir Hilfe geholt hast.«

»Ich möchte nur nicht jedem sofort meine größte Schwäche offenbaren«, gebe ich zu.

»Und das kann ich vollkommen verstehen. Ich fühle mich nur schlecht, dass ich …«

»Dass du mir die Getränkeliste zugemutet hast?«, vervollständige ich ihren Satz mit dem Ansatz eines Lächelns.

»Nein, einfach, dass ich es so erfahren musste …«

Eigentlich hat Rosa recht. Ich hätte es ihr einfach sagen sollen. Was hätte schon Großes passieren können.

Regentropfen rieseln auf uns herab, als ich mich bei ihr entschuldige. Aber meine Gedanken führen mich wieder einmal zu den schuhlosen Männern, während wir das schwarze Auto erreichen und Rosa den kleinen Kofferraum öffnet.

»Wirklich, es war nicht meine Absicht, es dir zu verheimlichen. Bitte verrate nur Mr Hamilton nichts davon. Ich möchte es ihm selbst sagen ...« Ich helfe ihr, die Einkaufstüten in den Kofferraum zu stellen.

»Diese Lippen sind versiegelt, das verspreche ich dir.« Mit einem lauten Knall schließt sich der Kofferraum wieder, und Rosa stemmt erleichtert ihre Hände auf die Hüften. »Magst du den Einkaufswagen wegbringen?«

Nickend umfassen meine dünnen Finger den Griff, bevor mir das unangenehme Rattern der Räder eine Gänsehaut bereitet. Je mehr ich mich den Männern nähere, die sich trotz des Regens nicht vom Platz gerührt haben, desto größer wird der Klumpen in meinem Hals. Ich spüre die Kälte unter meiner Haut, als wäre ich mit ihnen dort unten. Als das Geräusch verblasst und nur noch der Regen zu hören ist, nehme ich die Münze aus dem Schlitz des Einkaufwagens und drehe mich zu Rosas Wagen um. Als ich mir sicher bin, dass sie bereits eingestiegen ist, wende ich mich wieder den Männern zu.

»Hallo!« Ich gehe in die Hocke. »Wie heißt ihr?«, ist meine erste Frage. »Habt ihr heute schon gegessen?«, meine zweite. Mit zittriger Stimme verraten sie mir ihre Namen, und ich erfahre, dass sie noch nichts gegessen haben. Nicht einmal etwas zum Frühstück. Sie fragen mich, wieso ich denn diese Kleidung trage, obwohl ich in einem Auto mitfahre, und ich sage ihnen, dass man einige Dinge im Leben einfach nicht vergessen will und ich vor wenigen Tagen noch wie sie auf der Straße gelebt habe. Doch in der Situation, in der ich mich gerade befinde, kann mich der Alltag schneller wieder einholen, als man es denken mag. Ich erkläre ihnen, dass es nicht mein Auto, sondern das meiner Freundin ist.

»Hier. Das ist nicht viel, aber vielleicht reicht es für zwei Brötchen.« Ich schmeiße die Münze in den leeren Kaffeebecher, als meine Hand mit einer anderen zusammenstößt. Erschrocken sehe ich zu der Person hinauf, die einen Geldschein zwischen den Fingern hält.

»Das ist alles, was ich an Bargeld zurückbekommen habe«, spricht Rosas warme Stimme zu Fynn und Leo, die ihren Augen kaum trauen können.

»Rosa ...«, stottere ich.

Die beiden Männer starren den Schein mit funkelnden Augen an, der nun neben der Münze im gefüllten Kaffeebecher liegt. Die Reaktionen erinnern mich an die 10, die auf meinem Schein stand und an meine eigene Erleichterung und Freude. Noch nie zuvor habe ich so ein breites Lächeln in Rosas Gesichtszügen entdecken können, obwohl sie in meinen Augen einer der sympathischsten Menschen auf Erden ist. Wäre ich nicht davon überzeugt, dass der Jogger männlich gewesen ist, dann würde ich auch Rosa verdächtigen. Aber nach den vergangenen Tagen ist es unübersehbar, dass Mr Hamilton der perfekte Verdächtige ist. Und wenn er es wirklich war, dann wirft dies all die Thesen und Hassreden meiner Mum um, die ich mir jahrelang anhören musste. Ich frage mich tatsächlich, ob Mr Hamilton ihre Meinung hätte ändern können.

»Danke! Ihr wisst nicht, wie sehr ihr uns damit helft. Danke!«, bedankt sich Fynn mit den kupfernen Haaren und feuchten Augen überschwänglich, und ich ertappe mich dabei, wie ich meine eigenen Tränen der Freude herunterschlucken muss. Im Regen wären sie wahrscheinlich sowieso nicht aufgefallen. Ich kann mir selbst kaum erklären, warum ich so aufgewühlt bin.

»Komm, Birdie! Wir müssen schnellstens nach Hause kommen. Mr Hamilton kann nun jeden Augenblick von der Arbeit zurückkommen.« Das herzliche Lächeln kann selbst der Regen nicht aus Rosas Gesicht wischen.

Kapitel 18

Nachdem ich Rosa so ziemlich all die Gründe nannte, die verhindert hatten, das Lesen und Schreiben zu erlernen, fahren wir den Berg in die grelle Tiefgarage hinunter. Doch uns stockt der Atem, als wir eines von Mr Hamiltons Autos sehen, welches vorhin noch nicht auf dem zuletzt leeren Parkplatz stand.

»Scheiße!«, flucht Rosa und schlägt mit ihren Händen gegen das Lenkrad. »Ich hätte dich nie mitnehmen sollen«, flüstert sie schließlich und steigt benommen aus dem Auto. »Scheiße!«, höre ich es wieder durch die Tiefgarage hallen.

Ich bin zu schockiert, um irgendetwas zu sagen, also begebe ich mich einfach zum Kofferraum des schwarzen Kleinwagens und helfe Rosa stillschweigend beim Ausräumen. Auch im Fahrstuhl herrscht eine unangenehme Stille. Alles, was ich hören kann, ist Rosas schnelles Einsaugen und Ausstoßen der dicken Luft, die uns zu erdrücken scheint.

Das Klingeln des gewünschten Stockwerks ist der unangenehme Willkommensgruß der Hölle, in die wir uns gleich begeben werden, sobald sich die Türen geöffnet haben. Und als sie sich dann öffnen, stolpere ich beinahe ins Wohnzimmer, kann mich jedoch noch an der Säule vor dem Fall retten. Eine Dose fällt mir aus der Tragetasche und rollt direkt auf Mr Hamilton zu, der in seinem grauen Anzug auf der Couch sitzt, bis sie nach der Hälfte der Strecke mit einem stumpfen Klirren auf die Seite fällt.

Rosa eilt in die Küche, versucht, der angespannten Situation aus dem Weg zu gehen, aber Hamilton starrt ihr bewusst hinterher. »Rosa! In zehn Minuten möchte ich Sie im Arbeitszimmer sprechen«, brummt er in einer tiefen, genervten Tonlage. Auch ich möchte Rosa in die Küche folgen, doch bevor ich auch nur einen Schritt gehen kann, steht Hamilton von seinem Platz auf und kommt mir in einer bedrohlichen Schnelligkeit entgegen. »Geben Sie mir das«, schnauzt er mich an. Wenn Blicke töten könnten, hätte er meinem Körper in diesen Sekunden das Leben entzogen. Ich erschaudere von der Kälte seiner blauen Augen. Aber ich sehe auch einen Hauch der Erleichterung in ihnen, als er mich mustert.

»Nicht vergessen. In zehn Minuten. Arbeitszimmer«, wiederholt sich Hamilton und stellt die Tasche mit einer Wucht auf den Tresen, dass es sich so anhört, als würden alle Glasbehälter in ihr platzen.

»Ja, Mr Hamilton. Ich werde pünktlich da sein«, haucht Rosa mit gebrochener Stimme.

O nein! Als ich nervös nach Luft schnappe, wird sie zum ersten Mal wieder auf mich aufmerksam. »Soll ich dir beim Einräumen helfen?«, frage ich, doch Mr Hamilton drängt sich zwischen uns.

»Birdie, Sie kommen mit mir. Ich würde jetzt gern mit Ihnen reden.« Seine Bitte, wenn man es so nennen darf, löst ein Erdbeben auf meiner ganzen Haut aus, von Kopf bis Fuß.

Mist! Das wird böse enden!

Ich folge ihm den Flur entlang in eines der Zimmer, in denen ich noch nicht gewesen bin, und trete in einen hellen Raum mit vielen großen, viereckigen Fenstern. Es ist auf keinen Fall Hamiltons besagtes Arbeitszimmer, in dem er mit Rosa später noch ein Gespräch führen möchte. Es ist anders. Ein netter Raum, mit Liebe eingerichtet. Vielleicht hat er jemanden beauftragt, der diesen Part für ihn übernommen hat. Er möchte, dass wir uns auf die weiße Couch setzen. Ich habe Angst, sie mit meinen Klamotten schmutzig zu machen.

»Nun ... hat Rosa Sie dazu überredet, mit ihr den Einkauf zu erledigen, oder war das allein Ihre Idee?«

Hamiltons Frage bringt meine Handflächen zum Schwitzen, und ich verstecke sie zwischen meinen nervös zitternden Oberschenkeln. Was soll ich darauf denn schon antworten? Zur Wahl stehen mir eine Lüge oder die Wahrheit. Jedoch würden beide Möglichkeiten entweder mich oder Rosa in Gefahr bringen.

»Es war meine Idee.« Ich entscheide mich für die Lüge. Ich könnte Rosa nach all dem, was sie schon für mich getan hat, niemals in den Rücken fallen. Besonders nach der Aktion auf dem Parkplatz. »Bitte geben Sie Rosa eine zweite Chance, und schmeißen Sie mich anstelle von ihr raus.« Theoretisch wollte ich ja die ganze Zeit genau das, weg von diesem Ort, an den ich offensichtlich nicht gehöre. »Ich wollte Rosa nur helfen, weil sie so viel für mich getan hat.«

Hamilton steht vom anderen Ende der Couch auf und stellt sich an eines der Fenster. Das Sonnenlicht erhellt sein finsteres Gesicht, und es wundert mich, dass er bisher eher ruhig geblieben ist. Es scheint, als hätte ich einen anderen Mann vor mir stehen und nicht den, der vor lauter Wut seinen eigenen Teppich ruiniert hat. Aber es ist auch nicht der Mann, der mir einen Becher Tee aufgebrüht hat, damit ich wieder gesund werde. Er ist nachdenklich, und ich sehe ihm an, wie er mit seinen Gedanken kämpft.

»Sie denken also wirklich, ich hätte nicht bereits bemerkt, was hier vor sich geht?« Seine Stimme erhebt sich.

»Wovon s-sprechen Sie?«, stottere ich und bin froh, dass er sich mir nicht zuwendet.

»Wie soll man das am besten ausdrücken? Eine Calvin Klein passt nun mal nicht zu einer dreckigen Nike-Socke, obwohl sie dieselbe Farbe haben, Birdie.«

Obwohl ich genau weiß, worauf er hinauswill, steht mir auch vor Augen, dass ich dann wohl die »dreckige Nike-Socke« bin.

»Ich weiß, dass du Rosa bei der Wäsche geholfen hast.« Nun dreht er sich zu mir und stützt sich mit seinen Händen auf der Couchlehne ab. »Wieso helfen Sie Rosa bei ihrer Arbeit, Birdie?« Seine sanfte Stimme irritiert mich.

»I-Ich ...«, stammle ich, bringe den Satz jedoch nicht zu Ende.

»Ihnen ist bewusst, dass das ihr Job ist und ich sie dafür bezahle.« Nachdenklich schaut er mich von oben herab an, und es ist mir unglaublich unangenehm. »Und wenn Sie ihr dabei helfen, müsste ich ihr theoretisch nur die Hälfte auszahlen. Verstehen Sie?« Obwohl Hamilton hinter der Couch steht, auf der ich sitze, fühlt es sich so an, als wären wir uns nahe. Zu nahe.

»Ich dachte, Sie könnten Rosa auch aus Spaß bezahlen?«, erinnere ich mich an seine arrogante Aussage. »Aber wieso betrachten Sie das Ganze nicht einmal mit anderen Augen?« Der plötzliche Mut lässt mich aufstehen, jedoch bin ich längst nicht auf Augenhöhe mit ihm. »Ich helfe Rosa und verlange nicht einmal einen Lohn für meine Arbeit.«

»Dafür stelle ich Ihnen ja auch mein Gästezimmer zur Verfügung«, entgegnet er mir, und leider hat er damit recht. »Oder ist es genau das? Denken Sie etwa immer noch, dass Sie mir etwas schuldig sind?«

»Ja, aber natürlich. Ich meine, jahrelang hatte ich kein Dach über dem Kopf, und kaum werde ich von einer Horde Jugendlicher mit Böllern beschmissen, kommen Sie um die Ecke und lassen mich in diesem Luxus-Apartment wohnen. Ich bin doch nichts außer einer Belastung für Sie. Warum lassen Sie mich dann nicht wenigsten behilflich sein?« Da ich nicht unhöflich sein möchte, schaue ich ihm in die Augen, während ich auf eine Antwort warte.

»Indem Sie nicht einmal Ordnung in meinem Kleiderschrank schaffen können? Nein danke.« Ich schüttle den Kopf, während sich mein Blick senkt und ich es nicht fassen kann, wie ich es bei diesem Anzugträger bisher habe aushalten können. Gerade hätte ich lieber den Hamilton von letzter Nacht. »Was ich damit sagen möchte: Sie können hier noch eine Weile unterkommen, aber Sie schulden mir rein gar nichts!«

»Warum?« Warum ist er so anders als die anderen Anzugträger? Ich verstehe es nicht. Er ist arrogant, überzeugend und hochnäsig. Alles, was ich auch von ihm erwartet habe. Aber er ist auch herzlich, nachdenklich, ja, sogar humorvoll, wenn man den richtigen Moment erwischt. Und er ist hilfsbereit, das kann ich nicht bestreiten.

»Ich weiß es nicht genau …«, antwortet er stirnrunzelnd. »Ich kann es mir selbst nicht erklären, warum.« Er fasst sich mit der Hand an den Hinterkopf. »Ich denke, ich möchte Ihnen einfach helfen. Und ich denke, es ist wichtig, mit jeder Facette der Gesellschaft vertraut zu sein und sie einschätzen zu können, um andere Perspektiven kennenzulernen, die mir dabei helfen ... zu verstehen ...« Er bricht den Satz ab. Jetzt fängt das Anzugträger-Gerede wieder an. Aber ich versuche, den letzten Satz von ihm gekonnt zu ignorieren und konzentriere mich allein auf die unterschiedlichen Emotionen, die er mir vermittelt. Er hat es mir letzte Nacht nicht beantworten können, also wird er mir heute auch keine Antwort darauf geben.

»Dann lassen Sie mich wenigstens Danke sagen, wenn ich es so möchte«, bitte ich ihn. Er nickt, aber ich sehe, dass diese Herangehensweise noch Neuland für ihn sein muss. Wahrscheinlich bekommt er dieses Wort nicht oft zu hören. »Danke«, hauche ich, und ich bin mir nicht sicher, ob es die Erleichterung oder die Dankbarkeit ist, die gerade aus mir spricht.

»Sehr gern.« Auf seine Lippen schleicht sich zu meiner Überraschung ein leichtes Grinsen.

»Bitte lassen Sie Rosa nicht dafür bezahlen. Sie macht wirklich einen großartigen Job und hat es nicht verdient, ihre Arbeit zu verlieren.« Bei meiner Aussage stelle ich mir im Stillen die Frage, ob ich es denn verdient habe, obdachlos zu sein. War ich denn jemals unhöflich zu meinen Mitmenschen? Habe ich geklaut, gelogen, wenn es nicht nötig war, oder gar jemanden betrogen? Nein. Mein Name ist nicht Meredith. Man sucht sich seine Familie nicht aus ...

»Solange Sie sich nie wieder an meinen Socken zu schaffen machen, wird Rosa nicht gefeuert. Also denken Sie das nächste Mal darüber nach, ob Sie ihr wirklich helfen wollen.« Sein Schmunzeln lockert die Anspannung zwischen uns, und ich nehme einen tiefen Atemzug. Ich werde mir wohl etwas anderes überlegen müssen, um Rosa meine Dankbarkeit zu zeigen. »Dasselbe werde ich ihr auch noch einmal sagen.« Sein Tonfall ist sanft und beruhigend, und er schaut mich dabei an, als wollte er sich bei mir entschuldigen.

Anscheinend ist Hamilton wohl doch nicht so kühl, wie es oft den Anschein hat.

Kapitel 19

Das Öffnen der Tür reißt mich aus meinen Träumen. Ich öffne meine Augen und sehe, wie Rosa mit einer Plastiktüte am Bett vorbeigeht, um zum Nachttisch zu gelangen. Sie bemerkt nicht, dass ich ihr dabei zusehe, wie sie den Pappbecher vom Tisch nimmt, um ihn in die Tüte zu werfen. Augenblicklich schiebe ich die Bettdecke beiseite und richte mich auf. »Halt! Nicht den Becher«, sage ich und erschrecke sie unbeabsichtigt.

Während sie mir immer und immer wieder mit quietschender Stimme erzählt, nicht gewusst zu haben, dass ich schon wach wäre, fischt sie schließlich den Becher wieder aus der Tüte und stellt ihn zurück an Ort und Stelle. Es herrscht ein Moment der Stille.

»Mir liegt sehr viel an diesem Becher«, sage ich und schaue zu ihr auf. »Meine Mutter hat mir anhand der Buchstaben das Zählen beigebracht.« Nachdenklich lächelnd schwelge ich in alten Erinnerungen und schaue zum Becher, auf dem sich bestimmt noch ihre Fingerabdrücke befinden. Ich vergesse Rosas Anwesenheit, denke an das Lächeln, welches das Gesicht meiner Mutter zierte, als ich es nach wochenlanger Übung endlich allein schaffte, mit den Preisen im Supermarkt zu rechnen, bis Rosa sich auf das Bett setzt und einen Arm um mich legt.

»Das Schild der alten Tankstelle funktionierte nie richtig – oder es war Absicht, keine Ahnung ... Aber die Buchstaben würden nach und nach aufleuchten, sodass meine Mum laut mitzählte.« Ihre sanfte Stimme schwebt durch meine Gedanken. »Dies tat sie so lang, bis ich anfing sie zu imitieren. Jeden Morgen ... bis ich es allein aufsagen konnte.« Ich merke, wie eine Träne mein linkes Auge zu verlassen droht. »Nachdem ich in Rekordzeit bis Hundert zählen konnte, übten wir auf den leeren Tüten der Brötchen das Rechnen ... aber das waren so viele Tüten ... ich hätte sie nicht alle aufbewahren können.«

»Wenn du jemanden zum Reden brauchst, dann bin ich immer für dich da.« Ich kaue auf den Innenseiten meiner Wangen. »Ich möchte, dass du das weißt, okay?«

Ich nicke. »Danke!«

»Was hältst du davon, wenn ich uns einen Kakao mache und wir mit deiner ersten Unterrichtseinheit beginnen?«

Als ich zu Rosa aufblicke, sehe ich ein ähnliches Lächeln wie das meiner Mutter, und ich muss den Klumpen, der sich in meinem Hals gebildet hat, herunterschlucken. Ich schaffe es nur, beinahe unmerklich zu nicken. Doch bevor wir von dem Bett aufstehen können, schrecke ich zusammen, als ein Klingeln durch das Apartment läutet.

»Das habe ich total vergessen! Mr Hamilton hat mich darum gebeten, dass Dr. Jackson dich noch einmal durchcheckt.«

Wie bitte? Bei dem Gedanken, mich erneut unter Druck setzen zu lassen, mein Oberteil auszuziehen, erstarre ich unwillkürlich.

»Wenn das für dich in Ordnung ist.«

Meine Angst ist wohl nicht zu übersehen. Ich zittere. *O Mist!*

»Okay«, hauche ich und sehe Rosa nach, wie sie das Zimmer verlässt. Ich spähe durch den Türschlitz und brauche nur den weißen Kittel zu sehen, um zu realisieren, dass es kein Albtraum ist. Es ist die Realität, die ich fürchte. Rosas Blick trifft auf meinen, aber ich würde mich am liebsten für immer verstecken. Rosa ist die Einzige, die mich jemals oberkörperfrei gesehen hat. Aus irgendeinem Grund finde ich es bei ihr nicht so schlimm. Als könnte sie mich verstehen, obwohl sie nicht dasselbe durchgemacht hat wie ich.

»Guten Morgen, Birdie!« Der Doktor grinst mich breit lächelnd an, als ich mit kleinen Schritten auf ihn und Rosa zugehe, traut sich jedoch nicht, mir bei der Ankunft die Hand zu schütteln. »Dann hoffen wir mal, dass es heute klappen wird.« Sein unsicheres Lächeln macht mich nur noch nervöser.

Rosa schenkt mir einen letzten ermutigenden Blick und will das Zimmer verlassen, doch ich halte sie vom Gehen ab.

»Warte, Rosa!« Ich schaue zu Dr. Jackson. »Darf sie bleiben?«, frage ich.

»Aber natürlich.« Die Falten auf seiner Stirn verdoppeln sich. »Wenn Sie mir versprechen, dass Sie diesmal nicht wieder einen Rückzieher machen, dann sollte das kein Problem sein.«

Rosa nickt und führt uns zur Couch im Wohnzimmer, wo wir uns allesamt hinsetzen.

Der Doktor atmet tief durch. »Na gut. Dann wollen wir mal«, sagt er und öffnet die schwarze Ledertasche, um seine Instrumente herauszuholen. »Dann ziehen Sie bitte Ihr Oberteil aus«, weist er mich an, und ich greife nach dem Saum des seidigen Schlafanzugs.

Kapitel 20

»Du wirst immer besser!«, lobt mich Rosa, als ich mit viel Mühe auch den letzten Strich meines Namens auf den kleinen Notizblock zu Ende gezogen habe.

So schlecht sieht es wirklich gar nicht aus, wenn man es mit meinen ersten Versuchen vergleicht. Birdie. Ich bin beeindruckt, wie schön mein Name auf Papier geschrieben aussieht.

Ich verspüre immer noch eine leichte Nervosität wegen der Untersuchung von heute Morgen, obwohl ich es mir schlimmer vorgestellt hatte, als es eigentlich war. Dr. Jackson meinte, mit mir sei alles in Ordnung und dass das an ein Wunder grenze. Er musste mir allerdings zwei Impfungen geben. Ich könnte schwören, dass ich die Nadel immer noch in meinem Fleisch spüren kann.

»Und das kannst du bald mit allen Wörtern, das verspreche ich dir!«, unterbricht Rosa meine Gedanken.

Ich kann nicht anders, als ihr ein erleichtertes Grinsen zu schenken. »Es bedeutet mir wirklich viel, dass du mir hilfst.«

Als wir das Klingeln des Fahrstuhls hören, bemüht sich Rosa, den Kugelschreiber und die vollgekritzelten Papiere so schnell wie möglich zu entsorgen. Ich stehe von meinem Platz auf und eile in das Gästezimmer. Dort schlüpfe ich aus meinem Bademantel und nehme den grauen Handtuch-Turban von meinem Kopf. Meine schulterlangen, immer noch nassen Haare kleben an meiner Haut, als ich abermals versuche, mir einen BH anzuziehen. Nachdem ich es endlich geschafft habe, ziehe ich eines der Shirts über und schlüpfe in die enge schwarze Hose, die ich von Rosa bekommen habe und die mir immer noch etwas zu lang ist.

Nun fehlen mir nur noch ein paar Schuhe. Meine alten, blauen Stoffschuhe von Primark kann ich nicht finden, also stöbere ich gezwungenermaßen in den Kleiderschränken des Gästezimmers nach Strümpfen oder zumindest nach Hausschuhen. Hinter einer der großen Türen entdecke ich eine Box, auf der ein Zettel mit meinem Namen klebt. Rosa muss sie für mich gekauft haben. Birdie in wunderschön geschwungenen Kurven, und ich kann es tatsächlich lesen! Ich kann kaum beschreiben, wie erleichternd sich dies anfühlt.

Vorsichtig nehme ich die Box aus dem Schrank und setze mich auf das Bett. Als ich den Deckel hebe, höre ich das Knistern der Papiere, welche die Schuhe einhüllen. Sobald auch diese entfernt sind, schauen mich glänzende braune Ballerinas mit kleinen weißen Schleifen an den Spitzen an. Der Geruch von einer Mischung aus neuen Schuhen und Leder ist etwas ganz Neues für mich. Viel angenehmer als der billige Stoff meiner blauen Stoffschuhe, als ich sie frisch gekauft hatte. Die Verarbeitung ist makellos.

Ich finde weiße Socken in einer der Schubladen und ziehe diese an, bevor ich in die braunen Ballerinas schlüpfe. Sie passen perfekt. Dann trete ich vor den langen Spiegel in der hintersten Ecke des Raumes und betrachte zum ersten Mal in meinem Leben mit einem Ansatz eines Lächelns mein Spiegelbild. Im Hintergrund höre ich Hamiltons tiefe Stimme durch den Flur hallen. Mein Zeichen, das Gästezimmer zu verlassen und mir die Haare im Badezimmer zu trocknen.

Als ich die Tür wieder hinter mir geschlossen habe, dreht sich zuerst Rosa, dann Mr Hamilton zu mir um, obwohl es so schien, dass sie in ein tiefes Gespräch verwickelt waren.

»Wow! Das sind aber schicke Schuhe, Birdie!«, schwärmt Rosa, und ihre Reaktion verwirrt mich. Wenn sie die Ballerinas noch nie zuvor gesehen hat, dann bleibt nur noch eine Person übrig, die sie mir gekauft haben muss. Rosas überraschter Blick fixiert Mr Hamilton.

»Trägt man in diesen Schuhen heutzutage noch Socken?«, neckt er mich, während er sich nur mit einem Handtuch bekleidet und mit zerzausten Haaren nun von dem Barhocker erhebt, auf dem ich vorhin noch gebüffelt habe. An der Haut seiner Arme perlen kleine Wassertropfen herunter. Jeder, der nun hereinkommen würde und nicht wüsste, was wirklich Sache ist, könnte denken, dass wir beide gerade zusammen unter der Dusche gestanden haben. Ich schüttle meinen Kopf bei dem Gedanken von Hamilton und mir unter einem heißen Wasserstrahl. »Und Handtücher gehören auch nicht auf Spiegel«, fährt er nun mit ernster Miene fort.

Mir stockt der Atem. Mist! Ich habe vergessen, das Handtuch vom Spiegel zu nehmen!

»Ich werde mich darum kümmern.« Doch als Rosa zum Gehen ansetzt, hebt Mr Hamilton seine Hand und hält sie bewusst davon ab.

»Nein«, sagt er klar und deutlich und fasst sich nun an den nassen Hinterkopf. »Nehmen Sie sich den Rest des Tages frei.«

Wow!

»Und Sie kommen bitte mit mir mit.«

Ich nicke und folge Hamilton ohne Widerrede, während Rosa mir ein letztes Mal aufmunternd zulächelt, um dann im Flur zum Fahrstuhl zu verschwinden. Ich frage mich, warum sie nicht in ihrem Zimmer im Apartment übernachtet, wenn Hamilton ihr schon freigibt. Wo bleibt sie bloß, wenn sie nicht hier schläft?

Wir betreten das im Nebel erstickende Badezimmer, welches nach einem würzigen, maskulinen Männershampoo duftet. Und ich kann nicht anders, als die ganze Zeit die sich bewegenden Muskeln dieses beeindruckenden, breiten Rückens anzustarren. Um es auf den Punkt zu bringen, Hamiltons Oberarme sind breiter als meine Oberschenkel. Und ja, ich bin diejenige, die etwas ändern sollte, jetzt, wo ich schon die Gelegenheit dazu habe. Ob ihm jemals meine dürren Arme und Beine aufgefallen sind?

»Nehmen Sie bitte das Handtuch vom Spiegel ab«, befiehlt er mir und stellt sich mit verschränkten Armen hinter mich, sodass ich Angst habe, ihm könnte das Handtuch von seinen Hüften gleiten.

»Tut mir leid, ich muss vergessen haben, es abzunehmen«, entschuldige ich mich, während ich mir die nassen Haare aus dem Gesicht streiche und auf Zehenspitzen nach dem grauen Handtuch greife, das den Spiegel verdeckt. Ich habe seinen Befehlston so satt, fühle mich in diesem Fall jedoch gerecht behandelt, da ich nur ein Gast in seinem Zuhause bin und dieses nicht verwüsten sollte.

In dem Moment, als ich es zusammenlegen möchte, sehe ich seinen Blick im Spiegel, der mir direkt in die Augen schaut. »Glauben Sie etwa an das Übernatürliche in Spiegeln, oder warum tun Sie das?«, fragt er mich mit schmalen Augen aber mit dem Ansatz eines Schmunzelns auf seinen Lippen.

»Nein ... ich ...«, stammle ich und drehe mich zu ihm um, behalte das Handtuch in meinen Händen und schaue zu ihm auf. »Ich mag mich einfach nicht so gern im Spiegel betrachten«, gebe ich zu. *Ich hasse es, mich selbst zu sehen. Soll mich Rosa so sehen. Soll mich nun auch Dr. Jackson so sehen, solange ich mich nicht so sehen muss.*

»Wie bitte?« Über seine Augen legt sich ein dunkler Schatten, als er mit düsterem Blick meine Reaktion abwartet. Aber ich meine es ernst. Und das weiß er auch. »Dreh dich um!«, haucht er mit rauer Stimme. Und obwohl ich etwas skeptisch bin, tue ich, was er sagt. »Und jetzt schau dich bitte an.«

Zuerst sehe ich meine wunderschönen neuen Ballerinas, und mir entweicht sogar ein leises Kichern, als mir die weißen Socken auffallen. Vielleicht hat Hamilton ja recht, und ich sollte sie wirklich einfach weglassen. Dann wandert mein Blick meine dürren Beine hinauf, die zum Glück von Rosas schwarzer Hose ein wenig kaschiert werden, zu meinen schmalen Hüften. Das Shirt reicht gerade so weit, dass es meinen Bauch bedeckt und ich niemandem meine Haut präsentiere. Natürlich bemerke ich meine flache Brust, die schmalen Arme und das viel zu weit hervorstehende Schlüsselbein. Meine weiten Augen und die dunklen Ringe unter ihnen fallen einem wohl als Erstes auf, wenn man mir ins Gesicht sieht. Dann meine vollen, aber ausgetrockneten Lippen. Hier und da ein paar Narben und eine blasse Haut. Ich habe gute Gründe, nicht gern in den Spiegel zu schauen.

Ich erröte vor Scham. Und bevor ich in Gedanken zu meinen schulterlangen, nun fast schon von allein getrockneten Haaren kommen kann, bemerke ich kaum, dass sich Hamilton mir auf eine überraschenderweise angenehme Art und Weise genähert hat. Sein heißer Atem fächert über meinen Nacken, als er über meinen Kopf hinweg in den Spiegel schaut. Ich habe völlig vergessen, dass er nur mit einem Handtuch bekleidet ist. Nur eine falsche Bewegung, und er wird nackt dastehen!

Sofort drehe ich mich um und hebe abwehrend meine Hände. »I-Ich ...«, stottere ich, aber er greift sanft nach meinen Handgelenken. Er ist nicht schroff oder abfällig mir gegenüber. Er ist geduldig und handelt mit Vorsicht.

»Dreh dich bitte wieder um, Birdie«, sagt er mir in einer beruhigenden Tonlage.

Zögernd drehe ich mich wieder um und betrachte mich vor ihm stehend im Spiegel.

»Nun schau dich doch mal an!«

»Was ist mit mir?«, frage ich mit piepsiger Stimme, dabei richte ich die Frage mehr an mich als an den Mann, der mir gerade eine bisher unbekannte Geborgenheit schenkt. Mit jeder seiner Bewegungen stockt mein Atem, obwohl er meinen Handgelenken bereits ihre Freiheit zurückgegeben hat. Und es fühlt sich gut an. Dieses Gefühl ist ... wunderschön.

»Du bist anders«, flüstert er, und ich sehe im Spiegel, wie er auf mich herabschaut. Aber es ist anders als sonst. Mein Blick senkt sich, und ich stoße die angestaute Luft aus meiner Lunge.

»Du bist ... wirklich wunderschön«, sagt er mir, und ich kann meinen Ohren nicht trauen, obwohl er doch nur Millimeter von ihnen entfernt ist. »Du hast etwas Besonderes an dir, Birdie.« Zum einen ist es etwas komplett Neues für mich, zum anderen nimmt er mir mit seiner direkten, so urplötzlich liebevollen Art die Unsicherheit. »Kein Spiegel der Welt hat es verdient, dich nicht zeigen zu dürfen.« Meint er das wirklich ernst? Seine Hände berühren meine Oberarme, als er mir mein »Ich« im Spiegel präsentiert. Und dieses neue, unerwartete Gefühl, seine liebevollen Komplimente und die Nähe zu ihm, sie sorgen dafür, dass ich mich zum ersten Mal wunderschön fühle, und ich finde Gefallen daran, mich mit ihm im Spiegel zu betrachten. Er ist kein Arzt, der mich oberkörperfrei sehen möchte. Ganz im Gegenteil, er ist derjenige, der nur mit einem Handtuch bekleidet hinter mir steht. O Gott, passiert das gerade wirklich?

»Sie wissen nicht, wie viel es mir bedeutet, was Sie gerade von mir behaupten.« Ich atme tief ein, spüre das Kribbeln bis in meine Fingerspitzen, aber ihm entgeht nicht die Unsicherheit in meiner Stimme, welche Spiegel in mir hervorbringen.

»Es ist nur die Wahrheit«, entgegnet er, während wir uns im Spiegel gegenseitig bewundern. Doch dann geht er einen Schritt zur Seite. »Aber nun muss ich mal unter die Dusche. Ich habe später noch ein wichtiges Telefonat, welches ich nicht verpassen möchte.« Langsam entfernt er sich nun komplett von mir, und kurze Zeit später höre ich das Prasseln des Wassers. »Soll ich dich noch mit hinausbegleiten?«, scherzt er, und ich schrecke aus meinen Gedanken auf. Mr Hamilton ist schon beinahe mit einem Bein unter der Dusche, und meine Augen weiten sich, als ich dies realisiere.

»Entschuldigung! I-Ich bin sofort weg.« Zum Glück hat er noch das Handtuch um, als er mir die Tür öffnet und mich verschmitzt lächelnd verabschiedet. Diesen Hamilton kannte ich noch nicht. Dieser Hamilton macht mich wieder nervös ... aber auf eine Art und Weise, die nicht unbedingt unangenehm ist ... sondern aufregend.

»Birdie?« Mein Name aus seinem Mund klingt wie Musik in meinen Ohren.

»Ja?« Ich drehe mich im Türrahmen zu ihm um.

»Ich bin ab heute Damien für dich.« Seine Augen funkeln mich an, während ihn der Dampf aus der Dusche umgibt. »Ich denke, es ist an der Zeit.«

»Danke ... Damien!« Als ich seinen Vornamen in den Mund nehme, strahlt sein Gesicht wie noch nie zuvor. Es löst etwas in mir aus, das ich wieder einmal nicht beschreiben kann, aber ich genieße es in jeder Hinsicht.

Ich verschwinde den Flur hinunter, bevor ich noch ein »Immer wieder« aus der Ferne wahrnehme.

Kapitel 21

Ich höre, wie sich die Badezimmertür im Flur öffnet und kurz darauf wieder ins Schloss fällt. Es ist der erste Moment, in dem ich wirklich begreife, dass Damien und ich nun allein in seinem Apartment sind. Rosa ist in die Innenstadt gefahren, um noch ein paar Dinge zu erledigen. Ich glaube, es kommt nicht oft vor, dass Hamilton – ich meine ... Damien, ihr freigibt. Ihn nun mit seinem Vornamen anzusprechen, fühlt sich fremd und eigenartig an. Zugleich ist es ein Zeichen, welches ich nicht von ihm erwartet hätte. Genauso haben mich seine aufmunternden Worte vor dem Spiegel beeindruckt. Ich bin mir nicht sicher, ob ich es schaffe, jemals so wie vorhin mein Spiegelbild zu betrachten, wenn ich allein davorstehe. Aber es ist schon mal ein großer Schritt, dass ich es eben wirklich ansatzweise genossen habe.

Die Stille breitet sich aus. Und ich bekomme Lust auf eine kleine Erfrischung. Überraschenderweise denke ich als Erstes an einen kalten Früchtetee, obwohl ich Tee verabscheue. Zumindest grünen oder schwarzen Tee, weil sie mir zu bitter sind. Ich nehme einen der Stühle, damit ich an den Korb mit den Teebeuteln herankomme. Dann hole ich die gekühlte Flasche VOSS-Wasser aus dem Kühlschrank und werfe mir zwei Würfel Zucker in die schwarze Teetasse. Der kleine Kletterparkour durch Damiens Küche verlangt mir einiges an

Konzentration ab. Bei dieser Höhe bekomme ich schon etwas Respekt vor der Tiefe eines möglichen Falls. Doch ich merke sofort, dass etwas nicht stimmt, als ich, bevor ich überhaupt den zweiten Fuß auf den Stuhl stellen kann, das Gleichgewicht verliere. Im nächsten Moment stolpere ich nach hinten, und als mich große Hände vorsichtig an der Taille packen und mich auffangen, fühle ich mich auf Anhieb sicher. Meine Sicht ist noch verschwommen, aber als ich aufblicke, sehe ich seine besorgten eisblauen Augen, die mich mustern.

»Vorsicht!«, warnt Damien mich, jedoch kommt dieser Kommentar für meinen Geschmack ein wenig zu spät. »Ich hatte gehofft, das mit dem Narben-Verursachen würdest du nun in der Vergangenheit lassen.« Er schmunzelt trotz seines ernsten Blickes. Die klitschnassen Haare kleben an seiner Stirn. Einige nasse Stellen zeichnen sich auf seinem grauen Shirt ab. Ich richte mich auf und dann mein Oberteil zurecht, bevor ich mich räuspere. Das Glühen meiner Wangen ist das einzige Gefühl, welches standhaft bleibt, während sich alles andere in mir dreht. Dann bemerke ich den kleinen weißen Strich auf seiner Unterlippe und kann mein Kichern nicht zurückhalten.

»Was ist?«, fragt er mich mit seinem unverwechselbaren Stirnrunzeln, während sich das Grübchen in seiner Wange wieder bemerkbar macht.

Ich nähere mich ihm, um auch wirklich sicherzugehen, dass der Strich nicht nur eine Einbildung war, aber nein, er ist genau an der Stelle, wo er sich gerade auf die Lippe beißt.

»Du hast noch Zahnpasta auf deiner Lippe. Also, zumindest sieht es nach Zahnpasta aus!?« Meine Wangen glühen, bis zu dem Punkt, dass es sich beinahe wie ein

Schmerz anfühlt, der mich daran erinnern möchte, dass dieses unbeschreibliche Gefühl, welches er in mir auslöst, nicht einfach so verschwinden kann.

Aber auch an Damiens Stelle wäre ich nun peinlich berührt. Der seriöse Geschäftsmann hatte einen kleinen Patzer, was ihm sonst doch nie passieren würde, oder? Ich warte auf eine Reaktion. Aber von Scham ist keine Spur zu sehen. Stattdessen lehnt er seinen Kopf ein kleines, beinahe unbedeutendes Stückchen vor. Ich zucke erschrocken zusammen, als ich seine Hände an meiner Taille spüre. Meine dünne, knochige Taille. Die Berührung ist mir auf einmal so unangenehm, dass ich mich lieber noch einmal vor Dr. Jackson ausziehen würde, als dass Damien mich dort berührt. Doch nach dem Schock breitet sich die beruhigende Wärme seiner Handflächen in meinem Körper aus.

Ich rieche sein Aftershave, bevor die bis auf ein paar Stoppeln weiche Haut auf meine trifft und ich die Minze schmecke. *Ja, es ist auf jeden Fall Zahnpasta!*, ist das Einzige, an das ich in diesem Moment denken kann, als sich unsere Lippen berühren und ich meine Augen schließe. Plötzlich genieße ich jeden Augenblick, jede der zarten Bewegungen. Ich kann meine Gedanken kaum sortieren. Die Welt um uns herum bleibt stehen, während zwei Welten, so unterschiedlich wie Tag und Nacht, miteinander verschmelzen.

»Ich weiß nicht, warum, aber ich musste es wenigstens einmal getan haben«, haucht Damien, als er mir tief in die Augen schaut. Der Blick berührt etwas in mir, und als er eine seiner Hände von meiner Taille nimmt, löst dies eine Gänsehaut bei mir aus. Dann streicht er mir die Haare aus dem Gesicht, bevor er mir noch einen Kuss auf die Stirn gibt.

Ich schlucke den scharfen, süßen Geschmack hinunter. Der Bereich um meine Lippen ist feucht. Ich schaue hinauf in seine blauen Augen. Mein Herz pocht wie wild. Das Knistern zwischen uns wird von dem Vibrieren seines Smartphones, das auf der Küchenablage liegt, unterbrochen.

»Hamilton!«, antwortet Damien genervt und verdreht seine Augen. Sein geschäftlicher Ton verrät den Anteil an Freude über den eingegangenen Anruf, der wichtig zu sein scheint. Er schaut mich kurz an, aber ich stehe wie angewurzelt da und weiß nicht, was mit mir geschieht. Dann dreht er sich um und verschwindet in den Flur. Ich folge ihm, bis ich mich dazu zwinge, stehen zu bleiben. Das Smartphone klebt praktisch an seinem Ohr, während er die Treppe zu seinem Schlafzimmer hinaufgeht.

Ich gehe zurück, wage einen zweiten Versuch und hole mir mit Erfolg einen der Teebeutel aus dem Korb, ohne dabei einen erneuten Abgang zu machen, denn jetzt könnte mich Damien nicht mehr vor dem Fall retten.

Meine Gedanken können sich jedoch nicht mehr von Damiens weichen Lippen lösen. So wie sich das Rot der Früchte im Wasser ausbreitet, verspüre ich das plötzliche Gefühl der Enttäuschung nun in jeder Zelle meines Körpers. Wie konnte das bloß passieren?

Ich setze mich mit meinem Tee an den Tisch und lasse die letzten Minuten Revue passieren. Damien hat mich geküsst. Ich brauche einige Sekunden, um dies voll und ganz zu realisieren. Das Getränk beruhigt meine Nerven und löscht das Feuer in mir. Genau das, was ich jetzt brauche. Ich weiß nicht, warum, aber ich musste es wenigstens einmal getan haben ... Soll das etwa bedeuten, dass er das schon länger vorgehabt hatte? War es aus Mitleid? Oder war es eine Ausnahme oder gar ein Experiment für ihn? Er wirkte jedoch nicht wie jemand, der es einfach nur aus Neugier tat.

In Gedanken starre ich die Mustertapete gegenüber von mir an, bevor mein Blick auf das von den Sternen und Straßenlaternen beleuchtete London fällt. Die Schönheit der Stadt lockt mich zur Fensterfront. Ich betrachte im Stillen die funkelnden Lichter. Alles wirkt so perfekt, so ruhig und unberührt, trotz des Chaos auf den Straßen.

Ich genieße den letzten Schluck meiner Erfrischung und stelle das Glas in die Spüle, als sein Schatten, der sich auf dem warmen Marmorfußboden zeigt, immer kleiner wird und er schließlich wieder bei mir in der Küche steht. Seine kühlen Augen finden meine, aber ich halte es nicht lange aus, seinem Blick standzuhalten.

»Birdie, ich würde mir wirklich wünschen, dass du noch etwas länger bleibst.« Damien hat sich eine leichte Jogginghose und ein neues T-Shirt mit einem Aufdruck, der mir sehr bekannt vorkommt, angezogen. Ich glaube, eines seiner Sockenpaare hatte dieselbe Buchstabenkombination. Bei diesem Gedanken breitet sich die Scham über Fehlentscheidungen der Vergangenheit in mir aus. So wie ein Gedanke, der einem kurz vor dem Einschlafen kommt, weshalb man nur wegen dieses einen Gedankens letztendlich nicht mehr einschlafen kann.

Damien lehnt sich lässig gegen die Säule links von uns, während er gespannt auf eine Antwort von mir wartet. Ich bin ihm für alles, und damit meine ich wirklich alles, sehr dankbar. »Damien ... ich glaube, du weißt gar nicht, wie viel mir all das hier bedeutet.« Ich bin mir unsicher, ob ich fortfahren soll. »Ich habe ein warmes Bett. Eine Dusche ... neue Kleidung, Essen und Trinken, wann immer ich Lust drauf habe. Ich habe Rosa ... und dann bist da noch du.« Bei der Erwähnung der beiden merke ich, wie sich ein Klumpen in meinem Hals bildet. In meinem Leben gab es immer nur eines: Menschen kamen und gingen. Aber noch nie wurde ich zum Bleiben aufgefordert. »Manchmal, da stelle ich mir die Frage: »Was ist so falsch daran, obdachlos zu sein?«, und mir fällt nie eine konkrete Antwort dazu ein, die mir erklären könnte, warum ich mich mit dieser Frage überhaupt quäle. Diese Frage habe ich mir schon lange nicht mehr stellen müssen. Danke, Damien, dass du mir das Leben gerettet hast!« Nun kullern die heißen Tränen meine Wangen herunter und landen auf dem neuen Oberteil. »Danke für einfach alles!«

Meine Sicht ist verschwommen, aber die Unbeholfenheit in seinem Gesicht kann ich trotzdem erkennen. »Auch für ... das eben?«, möchte er wissen, und ich merke, wie mein Herz einen Satz macht. Dann nicke ich hilflos, beiße mir dabei aber lächelnd auf die Unterlippe. Als ich auf ihn zugehe, schließt er mich in seine schützenden Arme, sodass meine Tränen nun auf seinem weißen Designershirt landen. Es ist noch zu früh, um dies mein Zuhause zu nennen ... aber es ist das erste Mal, dass ich ein Gefühl dafür bekomme, wie es sich anfühlen könnte, ein Zuhause zu haben.

»Hey! Schhh, Birdie! Solange du hier bei mir bist, bist du auch nicht obdachlos.« Er gibt mir keinen Kuss, hält mich jedoch so fest, dass ich mir wirklich für eine kurze Zeit keine Sorgen mehr über das mache, was nach Damien kommen wird.

Jedoch werde ich eines nicht los: Mum, die am liebsten aus meinem Kopf springen würde, um Damien von mir wegzustoßen. Um keinen Preis hätte sie das hier gut geheißen. Sie hätte die Tatsache verdrängt, dass ich ohne seine Hilfe – ein Jahr nach Lucas' Tod – möglicherweise sogar selber in der Nische der Eisdiele meine letzten Atemzüge getan hätte.

Sosehr ich die Welt hasse, diese Erfahrung hier gibt mir einen Grund, ihr eine zweite Chance zu geben. Und ich weiß, dass es viele wie mich dort draußen gibt. Auf den Straßen des perfekten Londons, wo sie sich in den Nischen und Sackgassen, eingehüllt in Decken aus Polyester, verstecken und hoffen, dass sie nicht erfrieren. Nicht jeder bekommt eine Chance wie diese. Dass es das Schicksal einmal gut mit mir meint, bedeutet nicht, dass es sie genauso erwartet.

Während mir die Tränen über die Wangen kullern, realisiere ich, dass ich Angst habe, die Straße hinter mir zu lassen. Ist es die Angst, dass es nach Damien wieder meine Realität werden könnte? Oder sind es ihre schlaflosen Nächte, die mir schlaflose Nächte verursachen?

Kapitel 22

Ich blicke in seine trüben Augen. Die bleiche Haut gleicht den Schneeflocken, die ihren wilden Tanz um uns herum aufführen. »Lucas«, wispere ich mit zitternden Lippen und einer flachen, piepsigen Stimme. Ich brauche einige Sekunden, um die rote Decke um seinen gebrechlichen Körper zu wickeln. Aber er ist so groß, dass seine Beine ab den Knien in die Kälte ragen und die Decke ihm nicht die Wärme geben kann, die er jetzt dringend braucht.

Als ich nach dem Kaffeebecher greife, fühlt es sich wie ein Schlag in die Magengrube an. Heute gibt es wohl kein Abendbrot. »Lucas«, wiederhole ich mich und beuge mich über ihn.

»Birdie, es tut mir leid«, flüstert er. Die eiskalten Hände zeigen keine Kraft mehr. Die Kälte hat sie ihm entzogen. Seine Nieren werden das nicht mehr lange mitmachen.

»Lucas! Warum hast du mich denn nicht geweckt? Du brauchst die Decke!«, schimpfe ich mit heißen Tränen in den Augen und Schmerzen in der Brust. Sein Anblick lässt mich erschaudern. »Lucas. Ist alles in Ordnung?«, frage ich ihn, will mich aber nur von dem Gedanken ablenken, dass ich mir die Frage auch selbst beantworten kann.

»Birdie. Es tut mir so unfassbar leid!« Seine Stimme bröckelt mit jedem Wort ein Stückchen mehr.

»Was? Was tut dir leid?« Heiße, salzige Tränen laufen über meine kalten Wangen und Lippen. Ich verkrampfe und schluchze ununterbrochen.

»Nicht weinen!«, sagt er nur. »Bloß nicht weinen. Nicht jetzt. Nicht hier.« Die Locken hat er von Mutter. Und auch die großen Kulleraugen, die mühevoll versuchen, mich zu finden. Die schmalen Lippen muss er von unserem Vater haben. Nicht er. Nicht jetzt. Nicht hier!

»Was ist los?« Meine hysterischen Fragen scheinen ihn nicht zu interessieren. »Möchtest du etwas essen? Ich schwöre dir, wenn es das ist, was dir Probleme macht, dann werde ich das erste Mal etwas für uns stehlen gehen!« Ich würde alles für ihn tun.

»Auf gar ... keinen Fall, Birdie!« Ich sehe doch, wie er mit jedem weiteren Wort zu kämpfen hat. Er kann mir nichts vormachen! »Es tut mir leid.«

»Lucas. Sag mir, was tut dir leid?«, frage ich zum letzten Mal mit einer halbwegs ruhigen Stimme, und wir schauen uns nun in die Augen. »Bitte ...«, füge ich in der Hoffnung hinzu, dass er mir endlich darauf antwortet.

Er hebt seinen Kopf. »Komm her«, sagt er. Ich tue, was er sagt, und lege mich in die Kuhle, die er mit seinem rechten Arm bildet, aber als unsere Körper sich berühren, zeigt er keinerlei Reaktion. »Lass mich dich wärmen, solange ich es kann.«

»Sag so was nicht!« Ich meine es ernster, als ich es ihm gegenüber ausdrücke. Das Zittern in meiner Stimme will nicht nachlassen.

»Es tut mir leid, dass ich ... kein Geld für uns sammeln konnte. Ich spüre ... meine Beine nicht mehr. Das

Gefühl ist komplett ... weg, als würden sie nicht mehr ... zu meinem Körper gehören.« Er schluckt den inneren Feind herunter, der ihm das Sprechen erschwert. »So habe ich mir das Erfrieren nicht ... vorgestellt ...« Er soll aufhören!

»Du weißt ganz genau, dass wir es schon mehrmals geschafft haben, ohne Abendbrot die Nacht zu überstehen!« Ich sehe zu ihm auf, aber ihm gelingt es nicht einmal mehr, seinen Kopf in meine Richtung zu bewegen. »Du schaffst das! Wir schaffen das!«

»Ich bin mir sicher, du wirst es schaffen ... Birdie. Wenigstens einer aus unserer Familie muss es doch ... schaffen. Gott ist nicht so rücksichtslos und würde uns ... alle gehen lassen, ohne dass einer das bekommt, was er ... verdient. Ohne wirklich gelebt ... zu haben. Du schaffst das.« Ich vergrabe mein Gesicht in der Decke. Solange ich seinen Herzschlag hören kann, werde ich ihn nicht loslassen.

»Ich liebe dich, Lucas«, flüstere ich. »Kümmere dich um Mutter. Dort oben.«

Doch dann drehe ich mich um. Lucas ist verschwunden, und ich sehe mich in dem blitzblanken Fenster des noblen Gebäudes. Meine Laterne steht rechts neben meinen Füßen und wirft einen Sternenhimmel auf den Asphalt. Die Obdachlosen-Spikes stechen mir in den Rücken, als ich versuche, mich an die Hauswand zu lehnen. Der Boden ist kalt, als ich ihn mit meinen Fingern berühre.

Ich kann meine Beine nicht mehr spüren.

Ich will nicht sterben! Ich reiße meine Augen auf, blicke mich hektisch um. Jemand greift nach meiner Hand. Es ist Damien. Doch nicht nur er schaut mich mit besorgtem Blick an. Rosa und der Arzt, den ich lange nicht mehr wiederzusehen hoffte, stehen stirnrunzelnd in der Tür. Ich schlucke, denn mein Rachen fühlt sich wie eine heiße, trockene Wüste an. Es war nur ein Traum …

»Ich denke, Sie können wieder gehen, Doktor«, murmelt Damien, der seine Augen nicht von mir lassen kann. »Birdie, was ist passiert?«, fragt er mich und lehnt sich ein kleines Stückchen vor. Ich nehme einen tiefen Atemzug, als ich bemerke, wie mein Dekolleté und die Stirn in Schweiß gebadet sind.

»Ich habe mir tierische Sorgen gemacht, Liebes«, haucht Rosa mit ihrer liebevollen Stimme, sodass ich mich schlecht fühle, all diese Menschen aus ihren wahrscheinlich viel angenehmeren Träumen gerissen zu haben. Umso erleichterter bin ich, dass mein Traum ein Ende genommen hat.

»Tut mir leid. Es war nur ein schlechter Traum.« Ich stütze mich auf meine Ellbogen und reibe meine Augen, lasse mich jedoch sofort wieder in die weichen Kissen fallen.

»Nun, ich denke, ich werde hier wirklich nicht gebraucht. Ich wünsche Ihnen noch einen angenehmen Abend.« Der grauhaarige Dr. Jackson lächelt mich an, bevor Rosa ihn zur Tür begleitet und er das Apartment wieder verlässt.

»Rosa, würden Sie bitte einen Früchtetee für Birdie machen?« Dass Damien daran gedacht hat, dass ich lieber Früchtetee trinke, überrascht mich, obwohl mir ein Kakao sogar noch lieber wäre. Sobald Rosa verschwunden ist, streicht er mit seinem Daumen über meinen Handrücken. »Meine Güte! Ich möchte gar nicht erst wissen, was für ein Traum das gewesen sein muss!«

Mir läuft es eiskalt den Rücken herunter. Lucas ..., denke ich nur.

»Du musst es mir auch nicht sagen. Ich verstehe das vollkommen.«

Ich weigere mich, ihm von meinem Traum zu erzählen. Erst einmal muss ich selbst die Teile zurechtlegen, um die Bedeutung ganz und gar verstehen zu können.

Damals war es seine Bettelschicht. Ich durfte mich ausruhen. Aber ich lebe noch. Erst heute Nacht wird mir wirklich bewusst, wie unterernährt und schwach er war. Ich war es gewohnt, nicht viel zum Essen zu haben, aber er ... er war doch viel zu jung – nicht einmal ausgewachsen, obwohl er schon einen Kopf größer war als ich.

Mein Bruder ist viel zu früh von uns gegangen. Ihm wurde die kürzeste Zeit auf dieser Erde geboten. Dabei hatte er es am meisten verdient, ein normales Leben zu führen. Er war so unschuldig und dennoch tapfer. Aus ihm hätte so einiges werden können ... Doch er ist fort.

»Ich werde mal schauen, ob ich Rosa helfen kann.« Damien wirkt unsicher. Er hebt seine Hand, doch dann lässt er sie wieder fallen. Seinen Blick auf meinen Kopf gerichtet, erahne ich, dass er mir damit durchs Haar fahren wollte. Doch er hält sich zurück und lässt die angestaute Luft aus seiner Brust entweichen, bevor er meine Hand loslässt.

»Mein Bruder ...«, flüstere ich, als Damien vom Bett aufsteht. Daraufhin kullert mir eine weitere Träne die Wange herunter.

»Was ist mit deinem Bruder?«, fragt er mich.

»Ich habe von meinem Bruder geträumt«, hauche ich und schließe meine Augen aus Angst vor seiner Reaktion. »Ich habe geträumt, wie er letztes Jahr in der Nische der Eisdiele erfroren ist«, fahre ich fort. »Es war nicht seine Schuld ... Niemand wollte uns helfen ... Niemand wollte ihm helfen ... und es war kalt.« Ich setze mich auf und ziehe die Knie zur Brust. »Es war nicht seine Schuld«, wiederhole ich mich und beginne wieder unkontrolliert zu zittern.

Anstelle einer Antwort bekomme ich nur Damiens unsicheren Blick zu sehen, bevor er sich auf der anderen Seite des Bettes niederlässt und die Decke anstarrt. Er sagt kein einziges Wort. Und in einer unerklärlichen Weise beruhigt mich die Stille und seine bloße Anwesenheit, denn sie erdrückt mich nicht. Ich passe mich seinen tiefen Atemzügen an. Ich brauche kein Mitleid. Ich will nur endlich das loswerden, was mich das ganze vergangene Jahr über bedrückt hat. Nur hatte ich nie jemanden, dem ich diese Geschichte anvertrauen konnte ...

Ein Klopfen an der Tür führt unsere Aufmerksamkeit zu Rosa, die mit einem Tablett das Zimmer betritt und zugegebenermaßen sehr verwundert wirkt, als sie mich und Damien an meinem Bett sieht. Ich erröte, als sie mich anlächelt und den Tee mit zwei Zuckerwürfeln auf dem Nachtkästchen abstellt. »Trink den bitte aus«, sagt sie immer noch besorgt, richtet ihre weiße Schürze und verschwindet kurz darauf aus dem Zimmer. Vorher schaltet sie jedoch das kleine Licht neben dem Bett aus. Jetzt ist es beinahe komplett dunkel, nur der kleine Lichtspalt, der unter der Tür ins Zimmer scheint, ermöglicht es mir, einige Umrisse zu erkennen. Die Tasse ist in wenigen Minuten leer, und so langsam kommt mir Damiens Schweigen dann doch unheimlich vor. Vorsichtig drehe ich meinen Kopf und warte auf eine Reaktion von ihm.

»Ich weiß, wie sich das anfühlt ...«, flüstert er.

Seine plötzliche Aussage lässt mich zusammenzucken. Ich habe eigentlich keine Antwort von ihm erwartet.

»... sich die Schuld für den unerwarteten Tod einer geliebten Person zu geben«, haucht er.

Ich bin sprachlos. Und auf gar keinen Fall gut darin, anderen bei ihren Problemen zu helfen. Meine Hand findet seine, und seiner Reaktion nach zu urteilen, hat er dies nicht erwartet. Er zuckt zusammen, und ich ziehe meine Hand instinktiv weg. Doch er holt sie sich zurück. Immer wieder überraschen wir uns gegenseitig, obwohl wir uns doch gerade mal zwei Wochen kennen.

Er schließt seine Augen und atmet noch einmal tief ein und aus. Ich ergreife meine Chance, den wahren Damien in seiner vollen Pracht zu bewundern, während er mit geschlossenen Augen mein Starren nicht wahrnehmen kann. Nun ist er ganz und gar nicht der harte Businessman, den ich vor wenigen Tagen kennengelernt habe. Nun ist er einfach nur Damien.

Ich habe ihm mein Vertrauen gegeben und ihm von Lucas erzählt. Ich hoffe wirklich, dass dies kein Fehler war. Aber Damien rührt sich nicht. Dennoch sehe ich, wie er mit sich kämpft. Langsam schüttelt er seinen Kopf hin und her. Es ist kaum bemerkbar, aber ich nehme es wahr.

Und ich frage mich, für wessen Tod einer geliebten Person er sich die Schuld gibt.

Kapitel 23

»Magst du mir bitte das Toastbrot geben?« Damiens verschlafene Stimme ist rau und tief. Obwohl wir nebeneinander eingeschlafen sind, haben wir kein Wort mehr miteinander gewechselt. Ich versuche, nicht mehr so neugierig zu sein, und wollte ihn auf keinen Fall mit Fragen erdrücken. Er hat Rosa heute wieder freigegeben und uns ein echtes English Breakfast gezaubert. Ich bin erstaunt, wie viel auf so einen Teller passt. »... aber bitte das glutenfreie.«

Mist! Auf der Küchentheke liegen zwei Tüten verschiedener Toastbrote. Rosa gibt mir noch nicht lange genug Unterricht, um die Zutaten auf Verpackungen lesen zu können. Ich bin sprachlos und stehe wie angewurzelt und erstarrt einfach nur da. Damien, der gerade die dreckige Bratpfanne in der Spüle ablegt, dreht sich erwartungsvoll zu mir um. Irgendwann musste dieser Zeitpunkt ja kommen.

»Was ist? Ist dir nicht mehr nach einem Frühstück?«, fragt er besorgt, und in diesem Moment würde ich ihn am liebsten einfach nur in meine Arme schließen. Je besser ich ihn kennenlerne, desto mehr zerstört er das Bild eines klassischen Anzugträgers, welches sich jahrelang durch den Einfluss meiner Mutter und das Leben auf der Straße in meinem Kopf festgesetzt hat. Er ist nicht wie die anderen.

»Ich denke, ich muss dir etwas beichten.« Als ich zu ihm aufschaue, erwarte ich ein Stirnrunzeln, aber zu sehen bekomme ich lediglich einen aufmerksamen, eindringlichen Blick, der meine Knie weich werden lässt. Er verängstigt mich nicht, sondern gibt mir den nötigen Mut, mein größtes Geheimnis zu offenbaren.

»Ich glaube, ich habe das noch nie zu dir gesagt, aber: Du kannst mir alles sagen, was auch immer du willst, Birdie. So wie letzte Nacht ...«

Ich bekomme eine angenehme Gänsehaut, als seine Finger auf der Kante der Küchentheke meine berühren und er sie schließlich mit seiner ganzen Hand bedeckt.

»Ich kann weder lesen noch schreiben«, gebe ich zu und suche mir einen anderen Punkt im Raum, an dem sich meine Augen festhalten können, damit sie auf gar keinen Fall in seine schauen müssen. Auch meine Hand ziehe ich weg. Ich fühle mich schlecht. Schuldig. Damien ist die ganze Nacht bei mir geblieben, um sicherzugehen, dass ich nicht noch einmal von einem meiner schlechten Träume heimgesucht werde. Um mit mir – ohne ein Wort über die Lippen zu bringen – einfach nur dazuliegen und die langweilige Decke zu betrachten, die wir im dunklen Gästezimmer sowieso nicht erkennen konnten. Aber trotz allem war es die schönste Nacht meines Lebens. Nichts ist schlimmer, als zu wissen, dass Damien dies wahrscheinlich nicht einmal weiß. Er mag ein wunderbares Frühstück für uns zaubern und mir diese gewisse, unvergleichliche Geborgenheit geben ... Aber weiß er denn überhaupt, was all die kleinen Gesten in mir auslösen? Ich denke nicht. Und nun stehe ich hier und gebe zu, dass ich ihm die ganze Zeit etwas verheimlicht habe. »Sag bitte etwas«, flehe ich ihn an und starre weiterhin den Boden zwischen unseren nackten Füßen an.

»Lass mich erst mal Luft holen, Birdie.« Er tritt einen Schritt auf mich zu und legt seine Hand auf meinen Hinterkopf, um mich gegen seine warme Brust zu lehnen. Ich schließe meine Augen und nehme einen tiefen Atemzug, während mich das schnelle Schlagen seines Herzens einen Moment lang fasziniert.

»Du wusstest es, oder?« Die Frage, die ich mir in meinen Gedanken gestellt habe, ist nun doch gestellt worden, und ich schäme mich für mein voreiliges Urteil, obwohl es sehr danach aussieht, dass ich richtigliege.

»Na ja ... so, wie du beim Frühstück auf all die Verpackungen geachtet hast und dir die kleinen Bildchen auf den Teebeuteln zweimal anschauen musstest, konnte ich mir so was schon denken.« Ich trete zurück, denn obwohl die Nähe zu ihm wohl eines der angenehmsten Gefühle auf der Welt sein mag, fühle ich mich unwohl in meiner Haut. »Hey ... keine Sorge. Das ist doch nicht schlimm. Man kann es dir ja immer noch beibringen.« Damien verschränkt seine Arme und betrachtet mich mit nachdenklichem Blick. Da ist es wieder, das berühmte Stirnrunzeln. Und so langsam finde ich, dass ihm das eigentlich sehr gut steht. Vor allem, wenn er es mit einem leichten Schmunzeln kombiniert.

»Rosa hat mir beigebracht, wie man meinen Namen schreibt – oder sollte ich lieber sagen, dass sie denkt, er würde so geschrieben werden. Ich habe ja keine Ahnung, ob ich überhaupt so geschrieben werde.«

»Ja, die Zettel habe ich im Mülleimer gefunden. Dafür, dass du das Schreiben gerade erst erlernst, hast du eine wunderschöne Schrift.«

Damien Hamilton ist der erste Mensch in meinem Leben, der sich nach dem Tod meiner Familie eine bedeutende Rolle in meinem Leben erspielt hat. Seine Worte schmeicheln mir.

»Du bist nicht sauer, dass ich es dir verheimlicht habe?«, frage ich vorsichtig nach, um auch die letzte Ungewissheit loszuwerden.

»Warum sollte ich sauer auf dich sein? Ich habe dich ja auch nie gezielt danach gefragt, ob du lesen oder schreiben kannst.« Er greift nach der linken Toastbrotverpackung und irgendwie beruhigt es mich, dass er keine große Sache daraus macht. »Ich bin mir sicher, dass du es schnell lernen wirst. Hier ...« Er reicht mir die Verpackung und deutet auf den ersten Buchstaben des fett gedruckten Wortes. »Das ist ein G für ›glutenfrei‹, und hier haben wir ein B, wie Birdie, für ›Brot‹.«

Der Vergleich mit meinem Namen löst ein Kichern in mir aus. Er scheint sich wirklich Mühe zu geben, mir es so einfach wie möglich zu erklären.

»Du kannst schon mal zur Couch gehen. Ich habe an meinem freien Tag mal Lust, so gemütlich wie möglich zu frühstücken. Ich bringe das Toastbrot sofort nach«, fügt er noch hinzu, und ich nicke, bevor ich mich einen Augenblick später auf die weiche Couch setze und unsere vollen Teller auf dem kleinen Tisch abstelle. Beim Anblick der Teller bekomme ich ein schlechtes Gewissen. Werden wir das alles überhaupt schaffen? Ist so viel Essen für zwei Personen denn überhaupt nötig?

»Hier kommt die letzte Zutat für ein perfektes Frühstück.«

Sosehr ich Damiens Bemühungen mit meiner Dankbarkeit belohnen will, fällt es mir schwer, nicht an mein Leben auf der Straße zu denken. Immer wieder erinnert mich mein Gewissen daran, dass sich so viele andere Menschen noch dort befinden, wo ich vor einigen Wochen festsaß. Wenn du stundenlang nichts zu essen bekommst – und daran gewöhnt bist, ohne Frühstück aufzuwachen und ohne Abendbrot einzuschlafen –, vergisst du schnell, was es heißt, keinen Hunger mehr zu haben. Es reicht selbst der kleinste Krümel, um das brummende Rockkonzert in deinem Magen zumindest für wenige Minuten zu beruhigen.

Ist es wirklich nötig, sich vollzustopfen?

So viel Essen liegt auf meinem Teller, dass man mit nur dieser einzigen Portion jeden Obdachlosen in der Oxford Street für einige Stunden zufriedenstellen oder ihm gar das Leben retten könnte.

»Ich weiß nicht, ob ich all das in meinen kleinen Magen bekommen werde ...«

Damien steckt sich ein Stück Wurst in den Mund und schaltet den Fernseher ein. »Du musst kräftiger werden, Birdie.«

»Ja, und andere Menschen auf der Straße müssen überleben.«

Er verharrt für einen Moment, hört sogar auf zu kauen. »Iss wenigstens das Spiegelei oder das Toastbrot«, schlägt er mir daraufhin vor.

Er versteht nicht, was ich ihm eigentlich sagen möchte. »Und wo landet das Essen, das übrig geblieben ist?«, ist meine dringende Frage, die ich mir auch selbst beantworten kann.

»Na ja ... im Müll?«

Ich wusste es, warum habe ich überhaupt gefragt. »Es wird einfach so weggeworfen?«

»Mhm«, brummt er, nachdem er in die eine Ecke des Toastbrotes gebissen hat. »Das wird ja kalt. Wer soll das dann schon noch essen wollen? Außerdem haben wir es angefasst und teilweise mit unseren Mündern berührt ... Das kann man dann nicht einfach so fremden Menschen geben.«

Während er nun mit dem Löffel die Bohnen in der roten Soße nimmt, widert mich sein Kauen an. Wie kann er das nur so kalt und herzlos behaupten? Wer ist dieser Mann neben mir? Wo hat er den Damien gelassen, der mich von der Straße geholt hat? Ohne eine Sekunde lang zu zögern, nehme ich mir den vollen Teller und springe von der Couch auf.

»Wo willst du hin?«, ruft Damien mir nach, aber ich antworte ihm nicht. »Birdie! Rede bitte mit mir! Wo möchtest du hin?«

»Ich gehe sicher, dass das Essen noch warm ist, wenn ich es den Menschen bringe, die es wirklich nötig haben.«

Hastig schlüpfe ich in die braunen Ballerinas, bevor sich die Fahrstuhltüren öffnen und ich zusehe, wie Damien wenige Augenblicke später ebenfalls von der Couch aufsteht, um mir hinterherzueilen. Die Türen schließen sich jedoch zu schnell, sodass er es nicht mehr hineinschafft. So ist es mir recht. Er hätte mich nur aufhalten wollen. So habe ich wenigstens einen Vorsprung.

Ich lehne mich gegen die kühle Wand und betrachte mich im Spiegel an der Decke. Mein Körper hat sich verändert. Aber dünn bin ich nach wie vor. Nur sticht mein Schlüsselbein nicht mehr so sehr hervor, und die Wangen sind auch runder geworden.

Der Geruch des liebevoll hergerichteten Essens erfüllt den kleinen Raum. Ich bekomme neben der Lust auf ein Spiegelei ein schlechtes Gewissen. Damien hat sich so viel Mühe gegeben, dieses wundervolle Frühstück zu kreieren. Und nicht einmal ein kleiner Happen wird davon in meinem Mund landen. Ich versuche, mich auf das zu konzentrieren, weswegen ich überhaupt in diesem Fahrstuhl festsitze. Ich hätte die Treppe nehmen sollen, da bleibt einem nicht so viel Zeit zum Nachdenken.

Als sich die Türen öffnen, blicke ich in das große Foyer. Hier bin ich noch nie gewesen. Zum Glück ist der Ausgang des Gebäudes direkt gegenüber von mir, und ich muss mich nicht allein nach einem Fluchtweg umschauen.

Ich laufe los und befinde mich kurz darauf ganz in der Nähe des Chinawhite-Cafés. Ich kenne diese Gegend. Nur wenige Straßen weiter gibt es eine kleine, unauffällige Gasse, in der sich oft einige Straßenkinder und Obdachlose versammeln, um ihr Essen zu teilen. Ich selbst bin dort einige Male gewesen. Aus meiner Kindheit weiß ich, dass man dort nicht immer jemanden antrifft, der es nur gut mit einem meint. Also muss ich vorsichtig sein. Wer weiß, ich bin lange nicht mehr dort gewesen, vielleicht existiert diese Ecke auch gar nicht mehr so, wie ich sie noch kenne.

»Birdie! Warte!« Ich drehe mich um und sehe Damien, der mir nach draußen gefolgt ist. In nur wenigen Sekunden hat er mich eingeholt. Aber ich lasse nicht mit mir reden. Wenn er unbedingt wissen möchte, was ich vorhabe, dann soll er es mit eigenen Augen sehen. »Bitte rede mit mir!«

Als wir unmittelbar vor der einsamen Gasse, ein paar Häuserblocks von Hamiltons Apartment entfernt, stehen, mache ich das erste Mal wieder meinen Mund auf. »Glaube mir. Diese Menschen würden sich auch nur über ein kleines Stück von der Wurst, das kalte Spiegelei oder den letzten Krümel des Toastbrotes freuen.« Der kalte Wind weht mir die Haare ins Gesicht. Ich zittere bei der Kälte, die alte Erinnerungen in mir weckt. Dann betreten wir die enge, dunkle Gasse. Hier scheint nie die Sonne.

Ich höre ein leises Summen, dem ich zu folgen versuche. Es ist leerer, als ich es in Erinnerung hatte. Früher tummelten sich hier die Kinder von Londons Straßen. Am Ende, kurz vor der Papiermülltonne, sehe ich eine Mutter in eine alte Decke eingehüllt. Neben ihr sitzt ein junges Mädchen, nicht älter als zwei. Das Summen verstummt, und die Mutter schaut uns mit weiten Augen an. Das Kind bekommt von alldem nichts mit. Es schläft tief und fest.

»Guten Appetit! Teilt es euch gut ein«, sage ich und knie mich zu ihnen hinunter, um den Teller auf dem Schoß der Mutter zu platzieren. Die Lust auf das Spiegelei ist mir vergangen. Ich bin froh, dass ich auf meinen Verstand gehört habe. Und auch Damien scheint zu begreifen, was ich ihm die ganze Zeit sagen wollte, als ich ihn dabei erwische, wie er mit fassungslosem Gesichtsausdruck auf die Menschen herabsieht, denen ich gerade mit seinem liebevoll zusammengestellten Essen den Tag gerettet habe. Vielleicht mag er noch nicht verstehen, wie viel diese kleine Geste bewirkt. Aber ich bin mir sicher, dass er heute etwas sehr Wichtiges dazugelernt hat. Genau wie ich. Auch Anzugträger haben ein Herz, selbst wenn sie dies nicht immer gern zugeben. Aber in seinen Augen sehe ich noch etwas anderes: Nicht nur die Einsicht funkelt in ihnen, sondern auch der pure Schmerz, den ich noch nie zuvor so intensiv habe hervorblitzen sehen.

Kapitel 24

Mit meinen Knien an der Brust, umschlungen von meinen Armen, sitze ich vor der riesigen Fensterfront und starre in den dunklen Himmel. Ich habe es aufgegeben, die Sterne zu zählen. Mit jedem Atemzug beschlägt die kühle Scheibe, an die ich meinen dröhnenden Kopf lehne. Ich kann an nichts anderes denken als an heute Morgen. Der Schmerz in seinen Augen verfolgt mich seither, ohne mich auch nur eine Sekunde in Ruhe zu lassen. War ich zu hart zu ihm? Es muss für jeden ein großer Schock sein, die schattige Seite von London zu sehen. Die dunkle Gasse, die niemand wahrnehmen möchte …

»Er wird es überleben«, flüstere ich, als ich verzweifelt versuche, meine verschwommene Sicht und mein Gewissen zu bereinigen. Ich versuche aufzustehen, aber stattdessen höre ich nur das Klirren der leeren Flasche, die sich von mir mit einem lauten Rollen verabschiedet. Ich seufze und schließe aus Verzweiflung meine Augen. Als ich die rote Spur, welche der Wein wie Fußstapfen im Schnee auf dem Marmorboden hinterlässt, mit den Augen verfolge, wird mir schummerig. Ich befinde mich in einem Zwiespalt aus »Oh, das ist aber gar nicht so, wie ich es mir vorgestellt habe« und »Oh, das ist genau, was ich jetzt brauche«. Doch mit diesen Optionen schleicht sich auch immer wieder das Schuldgefühl in meinen Kopf, während meine Augen versuchen, sich auf die Weinflasche zu fokussieren.

Als Damien von der Arbeit wiederkommt, ist es kurz vor Mitternacht. »Birdie?«, höre ich ihn flüstern, während er seine Aktentasche auf den Boden fallen lässt und auf mich zueilt. »Birdie, spinnst du!«, schimpft er mit mir und hebt die Flasche vom glänzenden Boden auf. »Du kannst doch in deinem Zustand keinen Alkohol trinken!«

Ich schüttle den Kopf. Ich habe seine Befehle satt! Ich kann tun und lassen, was ich möchte! Mit einem lauten Knall stellt er die Flasche auf den Küchentresen.

»Lassss michhhh!«, sage ich zu ihm, aber es ist nur ein verzweifeltes Lallen.

Er schaut mit düsterem Blick auf mich herab, bevor er mich unter den Armen packt und nach oben zieht. Jedoch kippe ich nach wenigen Sekunden zur Seite. Mir ist schwindlig. Und schlecht. Außerdem tut mein Rücken weh, weil ich ihn so lange gegen die harte, kalte Fensterscheibe gelehnt habe.

Auch wenn ich nicht mehr klar denken kann, bemerke ich, was für einen Unsinn ich rede, und wie unangemessen ich mich verhalte. Dieser Punkt stört mich beinahe mehr als das Verlangen, mich übergeben zu wollen.

»Und dann ist es auch noch der teuerste Wein, den ich habe.« Er fängt mich auf, umgreift meine Schulter mit seinem starken Herkules-Arm und führt mich in den Flur. Habe ich ihn gerade als Herkules bezeichnet?

»Ich bin mir sicher, du kannst dir ... Tausende von diesen Flaschen kaufen!« Ich verdrehe meine Augen und bekomme einen Schluckauf. Erst als wir an der

Treppe zu seinem Schlafzimmer angekommen sind, antwortet er mir. Ich versuche, mir selbst einzureden, dass dies nicht an meiner Unbeholfenheit liegen kann.

»Eine Flasche kostet knapp vierzehntausend Pfund, verdammt!«, flucht er und zwingt mich die Treppe hinauf. Aber ich schaffe es nicht mehr. Meine Beine wollen nicht das tun, was mein Gehirn ihnen lallend und verzögert zu sagen versucht. Also trägt er mich die Treppe hinauf in sein Schlafzimmer. Vierzehntausend Pfund befinden sich gerade in meinem Magen? O Gott! Das ist scheiße viel Geld!

Mir wird wieder schlecht. Aber ich werde mich nicht übergeben!

»Wir reden morgen darüber. Das Geld ist mir egal. Du musst jetzt erst einmal deinen Rausch ausschlafen!« Warum bringt er mich denn nicht ins Gästezimmer? Das wäre doch viel näher gewesen.

»Welcher Idiot gibt so viel Geld für eine Weinflasche aus?«, flüstere ich, als er mich auf das seidige Bett legt und ich zu kichern anfange. Die Welt dreht sich mit einer rasanten Geschwindigkeit, und ich bin so benebelt, dass der Filter in meinem Kopf nicht mehr existiert.

»Der Idiot, der dich heute Nacht in seinem Bett schlafen lässt«, haucht er wütend in mein linkes Ohr, und ich erschaudere. Meine Mutter sagte immer, wenn mein Vater sie angesehen hat, hat sie Schmetterlinge im Bauch bekommen, die wild umhertanzten. Genau so fühlt sich mein Bauch gerade an. Aber ich weiß nicht, ob Damien oder der vierzehntausend Pfund teure Wein schuld daran ist.

»Gute Nacht ...«, nuschle ich in das Kopfkissen, welches nach Damien und seinem unwiderstehlichen Aftershave riecht. Selbst im Liegen fühle ich mich, als würde ich in einer Achterbahn sitzen, obwohl ich dieses Gefühl nur von Erzählungen kenne. Aber genau so stelle ich es mir vor. Ein unvorhersehbares Rauf und Runter, bei dem sich einem der Magen umdreht.

Ich könnte mich jeden Moment übergeben, auf seine teuren Bezüge sabbern, und doch lässt er mich hier – bei sich und in seinem privaten Reich – übernachten. Ich könnte ja noch einmal die Socken für ihn sortieren ... Bei dem Gedanken kichere ich wieder, und bevor ich es bemerke, setze ich mich auf.

»Ich habe etwas gutzumachen«, sage ich entschlossen, doch als ich meine eigenen Worte höre, ist es, als wäre es ein Chaos aus einzelnen Buchstaben, die ich wild umherwerfe. Aber Damien versteht mich. Er versteht jedes Wort.

Dann spüre ich seine warme Hand an meiner Schulter, und er braucht sich nicht einmal viel Mühe zu geben, um mich wieder zum Liegen zu bringen. Mit nur einer kleinen Berührung trifft mein Kopf wieder auf das weiche, seidige Kissen seines Bettes.

»Das Einzige, was du jetzt machen wirst, ist auszuschlafen.« Er verschwindet im angrenzenden Badezimmer, aber dies bekomme ich nur noch halb mit. Während ich an die schwarze Zimmerdecke starre, wirkt sie überraschend beruhigend auf mich. Vielleicht aus Gewohnheit ... Schließlich bin ich immer unter dem dunklen Nachthimmel eingeschlafen.

Mir kommt es vor wie einige Sekunden, aber nach wenigen Minuten ist Damien wieder neben mir auf dem Bett. Er schaltet das Licht auf dem Nachttisch aus, und wir versinken in der Dunkelheit. »Gute Nacht, Birdie!« Die angenehme Kälte der Seidenkissen kühlt meinen Brummschädel, jedoch ist dies nicht von Dauer. Damiens heiße Lippen geben mir einen zarten Kuss auf die Schläfe und lassen meine Wangen mit den Worten »Ich glaube, der Idiot kann es sich immer noch nicht erklären, warum er sich so zu dir hingezogen fühlt« zum Glühen bringen.

»Das ist aber wirklich ein Idiot …«, murmle ich und muss dämlich grinsen. Zum Glück kann er mich im Dunkeln nicht sehen. Er sagt nichts mehr und gibt auch sonst keine Geräusche mehr von sich. Doch als ich kurz davor bin, in einen angenehmen Tiefschlaf zu entfliehen, senkt sich die Matratze, und eine Hitze breitet sich unter der Bettdecke aus, bevor seine nackte Haut meine berührt und ich erschrocken nach Luft schnappen muss.

Tausend kleine Ameisen krabbeln über meine Haut, als sein Knie meinen Oberschenkel streift. Ich schlucke die Nervosität herunter. Du spinnst doch! Womit hast du gerechnet? Dass er für dich auf dem Boden schläft? Träum weiter. Es ist nicht umsonst sein Bett. Sein Reich. Ich schließe meine Augen wieder und tue so, als hätte ich nichts davon mitbekommen, gefangen in den Tiefen meiner Träume. Aber ich bin hellwach. Und ich kann an nichts anderes mehr denken.

»Birdie …?«, höre ich ihn vorsichtig fragen.

Ich antworte nicht, schwebe immer noch in dem Rausch des ekligen Weins, und obwohl ich doch so müde war, kann ich nicht einschlafen. Nicht jetzt. Nicht so. Die Matratze bewegt sich ein weiteres Mal. Er dreht sich mit dem Gesicht zu mir. Ich spüre seinen heißen Atem auf meiner Haut. Aber mit all meiner Kraft kneife ich meine Augen zusammen und hoffe, dass er von meinen Anstrengungen, ihn zu ignorieren, nichts mitbekommt. »Ich …« Er holt tief Luft, als ob er wüsste, dass ich ihn hören kann. *Mist, weiß er, dass ich hellwach bin?*

O Gott, bitte nicht! Nichts ist schlimmer, als auf frischer Tat ertappt zu werden. »Ich sorge mich wirklich um dich. Ich mag das vielleicht nicht immer offen zeigen, aber es ist so. Du gehst mir nicht mehr aus dem Kopf.« Erschrocken öffne ich meine Augen, und ich würde lügen, wenn ich bestritte, dass er mindestens genauso sehr erschrocken ist. Mein Blick wandert über seine Gesichtszüge, soweit ich sie im trüben Licht erkennen kann. »So ist es«, fügt er hinzu, als wollte er es mir noch einmal beweisen. »... und ich kann rein gar nichts dagegen tun.«

»Rein gar nichts?« Mir fällt nichts Besseres ein, und mit meiner durchaus dummen Antwort folgt die pure Scham. Dieser Alkohol ist Gift für mein Mundwerk und meine kaum zu stillende Neugierde.

»Ich habe bereits alles versucht«, gibt er zu und stützt seinen Ellbogen auf, um den Kopf auf die Hand zu legen und mich todernst zu mustern.

Das Blut wird durch meine Adern gepumpt. Die Ameisen erreichen jeden Millimeter meiner Haut. Innerlich bin ich am Brodeln. Mein Herz pocht wie wild, als ich mich zu ihm lehne und ihn küssen möchte. Doch er weicht mir aus.

»Nein!«, brummt er mit einer rauen Stimme. In seinen Augen erkenne ich denselben Schmerz wie gestern Morgen. »Nicht, wenn du betrunken bist.«

Ich falle zurück auf das Bett und lasse die angestaute Luft aus meiner Lunge entweichen. Ich spüre die Wärme, die er ausstrahlt. Am liebsten würde ich noch ein Stückchen näher zu ihm rücken.

Werde doch mal wieder klar im Kopf!

Die Wärme wird zu einer unerträglichen Hitze, als er sich über mich lehnt und mir einen Kuss auf die Stirn gibt. »Gute Nacht! Schlaf dich erst einmal aus. Morgen reden wir über alles.«

In diesem Moment bereue ich es wirklich, mich an seiner Bar bedient zu haben.

Kapitel 25

Am nächsten Morgen ist es dunkel. Zu dunkel für meinen Geschmack. Ich richte mich auf und verspüre die Leere in meinem Magen und das unerträgliche Verlangen nach einem Glas Wasser. Mein Mund fühlt sich trocken an – jedoch kann ich mich glücklich schätzen, dass ich keine Kopfschmerzen habe. Mir wurde erzählt, dass man auf jeden Fall welche bekommen würde, wenn man zum ersten Mal Alkohol getrunken hat – oder zu viel davon.

Die Tür öffnet sich, und als Rosa hereinplatzt, erschrickt sie. Ich schaue sie verwirrt an, bis ich realisiere, dass ich immer noch in Damiens Bett liege. Das muss ein Traum sein. O Gott, bitte kneif mich! Bitte lass es nur einen Traum sein.

»Birdie?« Sie legt ihre Stirn in Falten, während sie den Korb gefüllt mit Socken auf den Teppichboden abstellt. »W-Was hab ich denn verpasst?«, fragt sie mich, und ich fange an, panisch zu meiner Linken zu schauen. Damiens Seite vom Bett ist bereits bis auf die kleinste Falte glatt gestrichen.

»I-Ich …«, stottere ich, bevor wir das Klingeln des Fahrstuhls hören und unsere Augen sich weiten. Nur wenige Sekunden später steht Damien im Türrahmen. Er trägt eine dunkle Jeans und ein schlichtes weißes Shirt, über dem sich ein graues Jackett perfekt seinem

Körper anschmiegt. So bekommt man ihn nicht oft zu sehen. Auch das Grübchen auf seiner Wange begrüßt mich, bevor sein Blick wieder ernst wird.

»Geht es dir besser?«, fragt er mich besorgt, und Rosas verwirrter Gesichtsausdruck spricht Bände. Mir geht es nicht anders. Es ist das erste Mal, dass er mich vor Rosa mit dem vertrauten Du anspricht. Ich muss jedoch grinsen. In vielen Dingen mag ich ein offenes Buch sein, aber manchmal, da weiß ich selbst kaum, was ich eigentlich will. Ich befinde mich in einer Zwickmühle. Ihr vor ihm zu erklären, dass ich einen Fehler gemacht habe, weil ich mich am Alkohol vergriffen habe, würde nur zu mehr Fragen führen. Was soll ich bloß tun? Eigentlich ist die Situation sowieso schon peinlich genug. Nicht, weil ich in seinem Bett geschlafen habe ... sondern weil ich in diesem Zustand in seinem Bett geschlafen habe.

»Ja, danke, mir geht es besser«, antworte ich und schlüpfe mit meinen Beinen unter der seidigen Bettdecke hervor, um mich aus dem weichen Bett zu erheben. Rosa steht weiterhin unbeholfen neben ihrem Boss und weiß offensichtlich nicht, ob sie etwas sagen soll oder lieber nicht.

»Mr Hamilton, ich habe Ihnen die Hemden für nächste Woche gewaschen und gebügelt. Sie hängen im Ankleidezimmer. Möchten Sie die Socken schon in den Koffer gelegt bekommen, oder soll ich sie erst einmal in den Schrank einsortieren?«

Koffer? Was für ein Koffer? Möchte Damien verreisen?

»Ja, bitte kümmern Sie sich erst einmal um die Vollständigkeit meines Koffers, bevor Sie die restlichen Paare in den Schrank sortieren. Danke!«

Rosa nickt überrascht und sieht noch ein letztes Mal mit einem Blick zu mir, der mir sagt, dass ich ihr eine Erklärung schuldig bin, bevor sie die Treppen hinunter verschwindet. Aber ich bin viel zu sehr mit dem Gedanken beschäftigt, dass Damien sich gerade zum ersten Mal in meiner Anwesenheit bei Rosa bedankt hat. Ich hätte nicht damit gerechnet, dass ich diesen Tag jemals erleben würde. Er schließt die Doppeltür hinter sich und zieht das graue Jackett aus. Es landet auf der sauberen, gemachten Seite des Bettes. Wenn Rosa mich jetzt erst in seinem Bett entdeckt hat, dann bedeutet das ja, dass Damien seine Seite des Bettes ganz allein gemacht hat. Rosa übernimmt ja schließlich beinahe alles für ihn. Es überrascht mich fast so sehr, wie sein Danke von vor wenigen Sekunden, aber diesen Moment kann glaube ich nichts mehr toppen. Ich muss mir einfach selber eingestehen, dass ich ihn falsch eingeschätzt habe.

Ich atme wieder sein Aftershave ein. Der mittlerweile vertraute Geruch umgibt mich, hat sich in meinen Haaren verfangen, die ich ungeduldig mit den Fingern zu bändigen versuche. Ich sehe bestimmt wie eine wilde Vogelscheuche aus. Damiens lange Atemzüge machen mich ganz verrückt. Er atmet tief ein, dann wieder aus. Ein und aus. Dann räuspert er sich plötzlich.

»So ... und jetzt möchte ich mit dir über letzte Nacht reden.«

Vom Herzen bis in die Fingerspitzen spüre ich die Anspannung in der Luft. Es fühlt sich an, als würde der Alkohol von letzter Nacht erneut durch meinen Körper fließen. Damiens Anwesenheit betäubt mich. Seine plötzliche Neugierde macht mich nervös.

»Warum betrinkst du dich?«, fragt er mich mit eindringlichem Blick.

»Ich wusste nicht, dass der Wein so viel wert war«, gebe ich zu. »Das wollte ich wirklich nicht.«

»Ach, Quatsch! Mir geht es doch nicht um den Wert dieser blöden Weinflasche. Viel mehr würde mich interessieren, warum du nach ihr gegriffen hast!?« Er stützt sich mit den Armen auf dem Fußende des Bettrahmens ab. Ich stehe auf und möchte lieber gehen, als mich ihm zu stellen. Aber er greift sanft nach meinem Arm, sodass ich mich wieder hinsetze. »Ist es denn so schwer, mir nur diese eine Frage zu beantworten?«

Warum habe ich es getan? Ich befürchte, dass ich mir diese Frage nicht einmal selbst beantworten kann. Ich wünschte, ich könnte letzte Nacht ungeschehen machen.

Ich schaue zu ihm auf, in seine klaren Augen, die mich erwartungsvoll mustern. Ich fühle mich wie einer seiner Geschäftsdeals, den er entweder ablehnen oder annehmen wird. Dieser zögerliche, unsichere Blick wirkt wie einer, der noch nicht aus voller Überzeugung entstanden ist. Ich bin mir jedoch nicht sicher, wie ich ihn genau deuten soll. Nimmt er das Risiko in Kauf, oder lässt er mich im nächsten Moment wieder fallen?

»Ich denke, ich gehe lieber. Ich gehöre nicht hierher. Ich ... Es tut mir leid wegen der Weinflasche. Das war einfach nur unhöflich von mir. Ich denke, du wirst verstehen, dass ich dir den Wein aber nicht zurückzahlen kann.« Damiens Griff liegt immer noch um meine Schulter, und er wird fester, aber er tut mir nicht weh.

»Aber mir geht es nicht um das Geld!«

»Mir aber!« Er lässt auf der Stelle meinen Arm los. »Du weißt nicht, wie ich mich hier wirklich fühle. Einerseits erlebe ich die beste Zeit meines Lebens, andererseits hab ich jeden weiteren Tag, den ich in deinem

Apartment verbringe, Angst. Ich traue mich nicht, die Dinge anzufassen, weil ich Angst habe, ich könnte sie zerbrechen. Ich traue mich nicht, im Flur an den Medaillen vorbeizugehen, weil ich Angst habe, ich könnte sie umwerfen.« Erst jetzt wird mir bewusst, wie sehr mich meine verwirrten Gefühle wirklich beeinflussen – jetzt, wo es endlich ausgesprochen wurde. »Ja, selbst vor dir habe ich Angst. Du bist ein Anzugträger ... und ich nur eine Obdachlose, die nicht einmal lesen oder schreiben kann. Ich bereue es, dass ich diesen teuren Wein getrunken habe, denn ich weiß, dass ich meine Schulden niemals begleichen kann. Und nun ist mir ein Fehler passiert ... und ich ... und ich habe alles vermasselt.« Ich spüre die warme Nässe auf meinen Wangen und blicke vor Scham auf den Boden. Jetzt ist es raus. Irgendwann musste ich es mir eingestehen und ehrlich zu ihm sein.

Damien steht verdutzt vor mir, ohne es auch nur zu wagen, ein Wort zu sagen. Wir schweigen uns an, und er lässt von meiner Schulter ab. Die Wärme seiner Berührung verschwindet binnen Sekunden, und ich muss mir eingestehen, dass es ein schlimmes Gefühl ist.

»Beantworte mir nur eine einzige Frage: Warum hast du mir wirklich das Leben gerettet?« Die Tränen in meinen Augen blockieren meine Sicht. Ich kann mir aber vorstellen, wie sehr ich ihn mit dieser Frage überrascht haben muss.

Er ist still, und er fixiert seinen Blick auf eine wahllose Stelle der Bettdecke neben mir. Dann schüttelt er seinen Kopf. »Birdie ...« Er nimmt das graue Jackett und zieht es wieder über. »Das kann ich dir nicht sagen«, erklärt er und dreht sich vom Bett weg und nähert sich der Tür, bevor er nach dem Türgriff greift.

Ich springe vom Bett auf und folge ihm. Er verharrt, als er seinen Kopf wieder zu mir neigt und ich meine Hand auf seine lege. Als meine Sicht wieder klarer wird und ich seinen Gesichtsausdruck zu deuten versuche, weicht er meinem Blick wieder aus.

»Anscheinend hat jeder hier so seine Geheimnisse«, ist seine Antwort, bevor er die Tür öffnet und die Treppen hinunter verschwindet. »Du hast den Wein nicht einmal genießen können«, höre ich ihn noch flüstern, dann höre ich Rosas Stimme, welche erschrocken Damien anspricht. Doch er zieht an ihr vorbei, ohne sie dabei anzusehen.

»Ich gehe zurück ins Büro«, sagt Damien in Eile zu ihr, und als ich ihm hinterhergehe, schaffe ich es kaum, sein Tempo zu halten. Die Fahrstuhltüren öffnen sich gerade, und Rosa greift nach meinem Arm.

»Lass ihn lieber gehen, Darling«, rät sie mir mit einer Mischung aus Sorge und Empörung. Sie blickt erschrocken zu mir auf und schaut mich mit mitleidigem Blick an. Erst dann bemerke ich die Nässe auf meinen Wangen.

Ich wollte nicht mehr so neugierig sein, und nun habe ich Damien mit meiner Frage erdrückt.

»Mir geht es gut«, will ich ihr versichern, als sie mich fragt, was los ist. Aber sie glaubt mir kein Wort.

Kapitel 26

»Ich durfte die Flasche nicht mal mit meinem Staubwedel berühren.« Rosa stellt mir eine Tasse heiße Schokolade auf den Tresen – genau das, was ich jetzt brauche. »Nicht einmal, wenn er frisch aus der Verpackung war.« Dann setzt sie sich auf den Barhocker neben mir.

»Danke, da fühlt man sich doch schon gleich besser!«, antworte ich mit einem sarkastischen Unterton in meiner gereizten Stimme.

»Nein, ich meine das nicht so, wie du denkst«, entgegnet sie mir, bevor sie an ihrer Tasse Tee schlürft. »Wenn ich die Flasche nicht einmal anfassen durfte – du sie aber leer trinken darfst, ohne irgendwelche Konsequenzen davontragen zu müssen, dann kannst du dir sicher sein, dass da mehr dahintersteckt.«

»Wo steckt was mehr dahinter?«, will ich wissen.

»Ich hätte nie gedacht, dass der Tag einmal kommen würde, aber ich glaube, Mr Hamilton liegt etwas an dir, und er scheint dich ja ganz schön in Schutz zu nehmen. Außerdem habe ich gehört, dass er dich jetzt auch mit Du anspricht.« Sie zwinkert frech.

»Das hat doch nichts zu bedeuten!« Viel zu schnell setzen meine Lippen an der Tasse an, und ich verbrühe mich. Rosas Kichern hallt von Wand zu Wand, während der heiße Kakao aus meinem Mund wieder in der Tasse landet. Ich beiße mir vor Schmerzen auf die Innenseiten meiner Wangen. »Hamilton könnte sich Hunderte dieser Flaschen kaufen. Ich denke nicht, dass das so ein großes Problem für ihn wäre, wenn du diejenige gewesen wärst, die sich an seiner Bar bedient hätte«, versuche ich mir einzureden, aber mich plagt immer noch das schlechte Gewissen.

»O doch! Aus irgendeinem Grund pflegt er diese Weinflasche wie sein eigenes Kind.« Ich blicke zum Weinregal, welches links neben der Bar steht, und erspähe den leeren Platz in der kleinen Glasvitrine. »Es hätte nur noch gefehlt, dass er sie abends ins Bett mitnehmen würde.« Rosa versucht, mich aufzumuntern, aber es funktioniert nicht wie erhofft.

»Ich fühle mich schlecht«, gebe ich zu und lasse mein Gesicht in meine Hände fallen, um es hinter ihnen zu verstecken.

»Hast du einen Hangover, oder wie?« Rosa lacht, und ihre weißen Zähne blitzen zwischen ihren tiefroten Lippen hervor. Mich fasziniert ihre Liebe zu dieser Farbe, denn sie erinnert mich an Chaplins dunkelrote Decke. Aber in diesem Moment versuche ich nur, einen Grund zu finden, nicht an meinen Fehler von letzter Nacht zu denken.

»Nein! Ich meinte, dass ich einfach nur sauer auf mich selbst bin, dass ich mich überhaupt an der Flasche vergriffen habe.« Ich hätte es nicht probieren sollen. Ich hätte einfach weiter mein Leben leben sollen, ohne zu wissen, wie Wein schmeckt und welche Auswirkungen er haben kann. Oder ich hätte einfach auf den richtigen Moment warten sollen. *So schwer kann das doch nicht sein, oder, Birdie?* Ich glaube, meine Neugierde wird mich bis zum Ende meiner Tage begleiten. Anscheinend kann ich sie nicht einfach so abstellen, wie ich es mir erhofft habe.

Rosa starrt mich wortlos an. Langsam macht sie kreisende Bewegungen mit ihrem Löffel in der Tasse, aus der sie ihren Tee trinkt. Ihre Geduld macht mich ungeduldig. Nun sag doch was, bitte!

»Warum habe ich bloß das Gefühl, dass wir hier nicht von der Weinflasche sprechen?«

Wie bitte? Ich lege meine Stirn in Falten und verrühre den braunen Teppich, der sich in meiner Tasse gebildet hat, wieder mit der Milch. Es ist dieselbe Milch, die ich vor wenigen Tagen im Supermarkt geholt habe. Für einen kurzen Moment sehe ich wieder das Bild der alten Dame vor meinen Augen, und ich muss schlucken. Ich kann die verwirrenden Gedanken, die mich innerlich auffressen, weder beschreiben noch mich ihnen gegenüberstellen. Verdammt! Ich hätte den Wein nicht trinken sollen. Das hat alles viel schlimmer gemacht. »Tut mir leid, aber deine Worte sind wahre Rätsel für mein Hirn!«, gebe ich zu und gebe dem Kakao eine neue Chance. Der bittersüße Schokoladengeschmack macht die Situation wenigstens vorübergehend aushaltbar.

»Kann es sein, dass wir hier nicht doch eher über Mr Hamilton reden?« Ich verschlucke mich beinahe. Dann schüttle ich den Kopf. Nein. »Warum hast du überhaupt den Wein getrunken? Gibt es etwas, worüber du reden möchtest?«

»Nein. Darf man denn nicht einfach einen Wein trinken wollen?«, schnaube ich sie an und würde es am liebsten sofort wieder zurücknehmen. Ich möchte es mir nicht eingestehen, aber sie hat einen wunden Punkt getroffen.

»Doch, natürlich darf man das – nur keine ganze Flasche! Außerdem musst du erst mal wieder zu Kräften kommen.« Rosas besorgter Blick macht mich unsicher.

»W-Warum ...?« Denkt eigentlich jeder, dass es mir so schlecht gehen würde? Ich meine ja, okay, ich meide gern mein Spiegelbild, und vielleicht hatte ich nicht viel zum Essen in den letzten Monaten allein auf der Straße, aber ich bin doch nicht todkrank! Dr. Jackson meinte doch, bei mir sei alles in Ordnung. Und die Halsschmerzen sind auch Schnee von gestern. Dennoch weiß ich irgendwo tief in mir, dass Rosa sehr wahrscheinlich recht hat und ich wirklich erst wieder kräftiger werden muss, bevor ich mich auf eine ganze Weinflasche stürze. »Ach, du hast ja recht«, seufze ich und schaue sie entschuldigend an. Ich habe ja kaum genug Kraft für eine Diskussion wie diese.

Rosas Lippen bilden eine rote, schmale Linie, als sie mir ein kleines Lächeln schenkt. Doch dann springt sie von ihrem Barhocker auf und wandert um die Küchentheke zum Kühlschrank.

»Hast du schon gefrühstückt?«, fragt sie mich, worauf ich mit »Nein, noch nicht« antworte.

»Dann werde ich uns mal etwas Schönes zaubern. Ich habe nämlich auch noch nichts im Magen.« Ihr warmes Lächeln ist ansteckend, und ich bin froh, dass wir zu einem neuen Thema gewechselt sind.

»Wirst du denn mit mir hier frühstücken?« Ich erinnere mich daran, wie sie mir mal gesagt hat, dass sie für gewöhnlich auf ihrem Zimmer isst.

Rosa nickt. »Aber erzähl es nicht Mr Hamilton.«

»Kann ich dir bei etwas helfen?«

»Nein. Lassen Sie sich überraschen«, antwortet Rosa mit einem aufgesetzten Akzent, den ich nicht zuordnen kann. »Du kannst währenddessen schon mal das Alphabet auf einen dieser Zettel schreiben.« Sie zeigt auf einen Papierblock, der auf der Theke liegt.

Ich bin so froh, dass ich Rosa kennengelernt habe. Sie ist wunderbar. Meine erste richtige Freundin.

Breit grinsend vergesse ich das Weindilemma und reiße mir einen Zettel vom Papierblock ab.

Kapitel 27

»Man schmeckt definitiv die Butter«, scherze ich, nachdem Rosa mir nach stundenlangen Rateversuchen meinerseits verraten hat, dass es ein Butter-Croissant ist. Ich habe sogar schon mal davon gehört und es auch beim Bäcker gesehen, es aber noch nie probiert.

»Morgen dann ein Käse-Schinken-Croissant?« Rosa strahlt vor Freude. Mein breites Lächeln verwandelt sich in ein unsicheres Schmunzeln, bis ich mit dem Kauen aufhöre. »Was ist?«, fragt sie mich.

Du gehörst nicht hierher!, schreit eine Stimme in mir, die sich nun wie meine Mutter anhört. Mum liebte Bäckereien. Sie hat Lucas und mich jahrelang mitgenommen, wenn sie die Brötchen holen ging. Wir besuchten viele Bäckereien, bis wir auf die in der Oxford Street stießen. Meine Mum war schockverliebt und konnte sich ab diesem Tag nicht mehr vorstellen, diesen Ort ihrer Freude mit einer anderen Bäckerei zu betrügen.

Nun schreit sie in mein Ohr, dass ich nicht an den Ort gehöre, an dem ich mich doch eigentlich so geborgen fühle.

»Wenn ich dann morgen noch hier bin.« Der Satz hat viel mehr Bedeutung, als Rosa es wahrscheinlich ahnt. Es ist nicht nur die Angst, die aus mir spricht. Es waren die letzten Worte, die mein Bruder zu mir sagte. Es war der Satz, der mich monatelang allein auf den Straßen von London verfolgt hat. Morgen werde ich in die Oxford Street gehen. Wenn ich dann morgen noch hier bin. Morgen werde ich mir eine volle Tüte mit Mittagsbrötchen kaufen. Wenn ich dann morgen noch hier bin. Morgen werde ich genug Geld zusammenschnorren. Wenn ich dann morgen noch hier bin.

»Wie meinst du das? Mr Hamilton wird dich doch wohl nicht rausschmeißen wollen, oder?« Ein eiskalter Schauer macht sich auf meinem Rücken breit. »Er wird doch nicht einen auf Helden machen, um dich dann wie ein herzloser Schurke so eiskalt rauswerfen zu wollen?« Rosas schwarzes Haar ist in einem strammen Zopf nach hinten gebunden. »Dann bekommt er es mit mir zu tun.« Sie hebt ihre Faust in einer drohenden Geste, und ich muss schmunzeln. Sie ist wirklich meine erste richtige Freundin, und das genieße ich in vollen Zügen.

Doch zurzeit ist das Bewundern ihrer sorgfältigen Frisur die einzige Ablenkung, die mich nicht an Damien erinnert. Aber da er ja sowieso Gesprächsthema Nummer eins ist, ist jegliche Ablenkung ein Fehlversuch. »Birdie, ich werde es nicht zulassen, dass er dich gehen lässt!«, schnaubt sie entsetzt. »Hat er das etwa angedeutet?«

Mein Kopfschütteln beruhigt sie. »Nein, aber vielleicht wäre es das Beste für mich«, krächze ich und greife nach dem kalten Kakao, in der Hoffnung, meine Sorgen damit hinunterschlucken und die Stimmen in meinem Kopf ausschalten zu können. Aber auch dieser Versuch scheitert.

»Du willst mir gerade doch nicht einreden, dass du die Straße dem hier vorziehst, oder?«

Ich mag es nicht, wie sie einige Worte betont. Ja, das Apartment ist wirklich hübsch und groß, aber ich würde mich auch in einem kleineren Apartment wohlfühlen können. Wahrscheinlich meint sie es nicht einmal so, wie ich es interpretiert habe, und ich denke wieder zu viel über die Dinge nach. Trotzdem weiß ich tief in mir, dass ich hier einfach nicht reinpasse.

»Ich hatte mein ganzes Leben lang keine andere Wahl, also warum sollte es mir jetzt etwas ausmachen?« Bei den grausamen Erinnerungen, die ich auf der verdreckten, nassen, harten, kalten Straße sammeln musste, erstarrt mein Körper.

»Birdie, hör auf, dir selbst so einen Mist einzureden! Das hier kann dein neues Zuhause sein, wenn du es nur annehmen würdest. Ich glaube nicht, dass Mr Hamilton dich in naher Zukunft loswerden will, so, wie der dich ansieht!«

»Ich ... gehöre ... nicht hierher.« Ich merke es kaum, aber ich stottere und mache viel zu lange Pausen zwischen den Wörtern, und ich überlege. Wieder und wieder verfange ich mich in wirren Gedankengängen meiner Selbstzweifel.

»Ah.« Rosa mustert mich mit nachdenklichem Blick. »Ich denke, ich weiß, wo die Wurzeln deines Problems liegen.«

»Ich höre?« Vielleicht kann ich die Wurzeln dann endlich herausreißen, damit sie ja nicht größer werden.

»Du weißt selbst nicht, was du willst, habe ich recht?« Zögernd nicke ich, warte darauf, dass sie ihre Rede fortführt. »Und ich denke, du hast Angst. Du hast Angst vor Enttäuschung, nicht wahr?« Ich nicke ein weiteres Mal, während Rosas Worte ihre Spuren in mir hinterlassen. Wenn ich Rosa eine Gabe zuordnen müsste, die sie beschreibt, dann wäre es die Gabe, dass sie so ziemlich immer weiß, was ein Mensch gerade durchmacht oder wie er sich fühlt. Und dazu kommt diese ruhige Ader in ihr, die immerzu weiß, was sie wann tun muss, um mir das Gefühl zu geben, dass jemand für mich da ist. Sie beeindruckt mich immer wieder aufs Neue.

»Wir haben uns geküsst. Zweimal«, kommt es wie aus der Pistole aus mir herausgeschossen. Dann presse ich meine Hände auf den Mund. Mist! Das wollte ich nicht sagen!

Rosas Augen weiten sich, doch dann fängt sie schließlich an zu schmunzeln. »Das hätte ich mir doch denken müssen. So, wie er dir immerzu hinterherschaut. Die Blicke, die ihr gegenseitig austauscht. Das sind alles Beweise dafür, dass du uns nicht so schnell loswerden wirst. Mr Hamilton und mich, meine ich natürlich.«

Ich kann nicht anders, als ebenfalls blöd zu grinsen, während meine Wangen glühen. Wie schaut er mich denn an? Eigentlich kenne ich die Antwort, ich wusste nur nicht, dass andere dies auch bemerken würden. »Du bist ja verrückt«, lache ich, und meine Hände wandern zu meiner heißen Stirn. Ist es wirklich so offensichtlich?

Rosa lehnt sich gegen die Küchentheke und stützt dabei ihre Hände auf dem Stein des dunkeln Materials ab. »Nicht, dass es mich interessieren würde, aber wie war es denn so?« Das Grinsen auf ihren Lippen scheint lang anhaltend zu wirken, und ihr aufgeregtes Flüstern steckt mich mit ihrer Begeisterung an. Ihr Mund glitzert von dem Lippenstift, und ich denke daran, wie genau an der Stelle, wo sie gerade steht, Damien und ich uns das erste Mal geküsst haben.

»Minzig ... So gar nicht, wie ich mir meinen ersten Kuss vorgestellt habe«, gebe ich zu und stütze meinen Kopf auf meinen Handflächen ab. Ich schäme mich so. Wie kann ich bloß so reden? Das bin so gar nicht ich! Mir war es immer peinlich, mit meinen zwanzig Jahren noch niemanden geküsst zu haben, aber mir fällt es auf einmal nicht mehr schwer, Rosa davon zu erzählen, jetzt, wo das Eis gebrochen ist. Man hätte es sich ja auch denken können, dass ich unerfahren in Sachen Liebe bin, weil ich in meinen vergangenen Jahren einfach andere Probleme hatte.

Bevor sie zu Wort kommen kann, hören wir das Klingeln der Fahrstuhltüren, und wir drehen uns schlagartig um. Doch bei Damiens Anblick bleibt mir die Spucke im Hals stecken. Seine Hose ist dreckverschmiert, genau wie sein Gesicht. Die blutunterlaufenen Augen finden meine, sobald er den ersten Schritt ins Wohnzimmer macht. Das Jackett in seinen Händen fällt zu Boden, bevor er sich mit beiden Händen verzweifelt durch die Haare fährt und kräftig an ihnen zieht.

Kapitel 28

Ich bin genauso sprachlos wie Rosa, als wir Damien vor uns stehen sehen. Der Dreck an seinen Wangen sieht nach Erde aus. Verschmiert durch die bereits getrockneten Tränen. Ich sitze stumm auf dem Barhocker gegenüber von Rosa und vergesse beinahe zu atmen.

Rosa räuspert sich unbeholfen. »Mr Hamilton, kann ich etwas für Sie tun?« Dann geht sie um die Theke und stellt sich neben mich, und ich bin erleichtert, dass sie als Erste den Mund aufgemacht hat. Aber Damien scheint gerade keinen Nerv für so etwas zu haben. Er schüttelt den Kopf und starrt Löcher in die Luft. Ein Bild, das keiner von uns erwartet hat. Ein Bild, das unzählige Fragen aufwirft.

»Ich gebe Ihnen für heute frei«, brummt er mit rauer Stimme. Schon wieder?

Bevor Rosa geht, nickt sie mit dem Kopf und stellt mir den Teller mit einem kleinen Frühstück auf die Theke. Der Geruch des Kirschjoghurts steigt mir in die Nase, aber ich kann mich nicht dazu bringen, meinen Blick von Damien abzuwenden. Schließlich verlässt Rosa den Wohnbereich, greift vorher nach ihren Autoschlüsseln und der Jacke an der Garderobe neben dem Fahrstuhl und lässt mich mit Damien allein zurück.

Die Nervosität prickelt abermals auf meiner Haut. Ich weiß nicht, auf was ich mich vorbereiten muss. Verdammt, ich weiß nicht einmal, ob ich überhaupt noch Zeit habe, mich auf irgendetwas vorzubereiten.

Ich höre seine großen, unsicheren Schritte, bis er sich auf der Couch niederlässt. Instinktiv stehe ich von dem Barhocker auf, gehe an dem langen Esstisch vorbei und geselle mich zu ihm. Ich setze mich neben ihn, nehme mir eines der Kissen und lege es vor meinen Bauch, um mich daran festzukrallen. Doch als seine Hand danach greift, rutscht der raue Stoff wie Butter aus meinen Fingern.

»Hör zu …«, haucht er. »Ich glaube, ich habe dir nicht so ganz die Wahrheit gesagt.« Aufmerksam höre ich ihm zu, aber die Anspannung in meinem Körper lässt mich nicht mehr los. »Es gibt einen guten Grund, dass ich wissen wollte, warum du den Wein getrunken hast. Es hatte rein gar nichts mit dem materiellen Wert zu tun.« Er wischt sich mit der schmutzigen Hand über die geschwollenen Augen.

»Nicht!« Ich nehme seine Hand. Was will er mir bloß sagen? »Deine Augen entzünden sich sonst noch«, sage ich und halte mich an seinen Fingern fest. Wo bist du bloß gewesen?

»Der wahre Wert der Flasche ist unersetzbar.« Mein Herz brennt vor Schmerz. Damien so gebrochen zu sehen, ist etwas, womit ich nicht gerechnet habe. »Kein Geld der Welt könnte ihn jemals ersetzen.« Ich muss schlucken. Ich kann ihn so nicht sehen. Ich stelle ihn mir in einem von Rosa glatt gebügelten Hemd und seinem grauen Jackett vor und ohne all den Schmutz, der sich auf seinem ganzen Körper ausgebreitet hat. Dies wäre das vertraute Bild, an das ich mich gewöhnt habe. Aber er malt gerade neue Facetten dazu, die ich erst noch verdauen muss. »Der Wein ... er ist von meiner Schwester.«

»Deiner Schwester?«, spreche ich ihm nach, während ich versuche, mich daran zu erinnern, ob er jemals eine Schwester erwähnt hat. Nein, definitiv nicht.

»Kyra ...«, erzählt er mir, als seine Stimme bricht und Tränen über seine Wangen laufen. Das eisige Blau ist stärker denn je – die Pupillen sind nur kleine Kreise, verloren in der Kälte. »Sie hat mir diesen Wein geschenkt. Den Wein, den sie zuletzt getrunken hat, bevor sie ...«

Mein Herz sinkt mir in die Hose. »Stopp! Hör damit auf!«, unterbreche ich ihn, und er schaut mich erschrocken an. »Bitte nicht«, hauche ich, und der Kloß in meinem Hals droht mich zu ersticken. Überfordert versuche ich, meine eigenen Tränen zurückzuhalten. *Stark. Stark bleiben, Birdie!* »Es tut mir leid.« Es tut mir leid, dass ich dich unterbrochen habe. Es tut mir leid, dass ich nicht stark genug bin, mir deine Geschichte anzuhören. Es tut mir leid, dass ich dir nicht helfen kann und dass ich es nicht einmal schaffe, dir das jetzt und hier zu sagen.

Sein starrer Blick wandert zur Fensterfront. Der Himmel ist bewölkt. »Bitte verlass mich nicht auch.«

Ich muss erneut schlucken. Er hat Angst, dass ich ihn verlasse, jetzt, wo ich ihm die wahrscheinlich letzte greifbare Erinnerung an seine Schwester genommen habe. So langsam verstehe ich, wo er gewesen ist. Damien hat Angst, dass ich ihn verlasse. Und in diesem Moment wird mir bewusst, dass wir von den gleichen dunklen Gedanken verfolgt werden.

Auch ich habe Angst, dass ich morgen nicht mehr bin. Auch ich habe Angst, die Personen zu verlieren, die mir etwas bedeuten. Und da ich meine Familie bereits verloren habe, bleiben mir nur noch Damien und Rosa. Und ja, obwohl ich es mir niemals hätte vorstellen können, sie bedeuten mir inzwischen verdammt viel. Ich hätte nie gedacht, dass nach dem Tod meiner Eltern und meines Bruders jemals wieder jemand die Plätze in der ersten Reihe einnehmen könnte.

Als ich näher an ihn heranrutsche, um seine Nähe zu spüren und ihm meine zu geben, schaut er zu mir herab. Es ist ein flehender Blick, gejagt von den Gedanken, die ihm den Schlaf rauben. Wir haben mehr gemeinsam, als wir dachten. Er wusste dies bereits, aber nun verstehe ich, warum er es mir vor einigen Tagen nicht sagen konnte.

Ich lehne mich vor und küsse seine stoppelige Wange, die einzige Stelle, die vom Schmutz und getrockneten Tränen verschont geblieben ist. Aber selbst wenn sie das nicht wäre, hätte ich ihn genau dort geküsst – dort, wo in glücklichen Momenten sein Grübchen zu sehen ist. Er schenkt mir daraufhin zwar ein kleines Lächeln, es reicht aber nicht aus, um meinen Vorstellungen gerecht zu werden. Das Grübchen versteckt sich hinter seiner gebrochenen Fassade.

»Brauchst du mich wirklich?«, flüstere ich mit unsicherer Stimme, und ich spüre das Hämmern des Herzens in meinem Brustkorb. Ich sehe ihn aufmerksam an. Die helle Fensterfront spiegelt sich in seinen immer noch geröteten Augen. »Als mein Bruder gestorben ist, da hatte ich niemanden, der mir das Gefühl gegeben hat, gebraucht zu werden. Ich war kurz davor, zu akzeptieren, dass genau so mein Leben enden würde ... bis ich auf dich traf.« Inmitten des Satzes zerbricht meine Stimme in ein leises Flüstern.

Damien öffnet seinen Mund, während er mich mustert, als wollte er sichergehen, dass ich ihn nicht anlügen könnte. Sein Blick wandert von meinen Augen zu meinen Lippen und als Nächstes zu der Strähne, die er mir wieder hinters Ohr streicht.

»Ich brauche dich.« Seine Worte sind sicher und eindeutig. Bisher war ich immer diejenige, die auf die Hilfe anderer angewiesen war, und nun bin es tatsächlich ich, die gebraucht wird. Er braucht mich. Damien braucht mich. »Sehr sogar.« Er lehnt sich vor und küsst meine Stirn.

Meine Hände können seine Finger einfach nicht loslassen. Ich möchte von ihm gebraucht werden. Ich möchte ihm helfen. Als ich seine Hand liebevoll drücke, schenke ich ihm ein kleines Lächeln.

»Ich mag dein Lächeln«, haucht er, und seine Augen funkeln mich an. »Dabei zucken immer deine Augenbrauen – so ganz leicht und kaum merklich. Aber irgendwie ist es mir sofort aufgefallen.« Seine Worte lassen meine Wangen erröten, und mein Lächeln noch größer werden, bis ich auch das Grübchen auf seiner Wange herauskitzeln kann.

Kapitel 29

Als ich meine Augen öffne, liege ich in Damiens Armen auf der Couch. Draußen ist es dunkel. Wir haben den ganzen Tag verschlafen nach unserem Gespräch heute Morgen. Die getrockneten Tränen werden für immer in meiner Erinnerung gefangen sein. Aber auch seine Worte, die er an mich gerichtet hat. Immer wieder gehen sie mir durch den Kopf, während ich zu ihm aufsehe und ihn einfach nur dabei beobachte, wie er friedlich schläft. Damiens Gesicht ist nach wie vor schmutzig, also beschließe ich, in die Küche zu gehen, um ein Tuch zu holen und ihn von den Spuren seiner Trauer zu befreien.

Ich will von der Couch aufstehen, aber dann bemerke ich das Blatt Papier und den Kugelschreiber auf dem Glastisch. Ich zähle sechzehn Buchstaben, die in zittrigen Linien auf dem Papier geschrieben sind. Ich habe in all dem Durcheinander völlig vergessen, das Alphabet zu beenden. Damien hat seine Augen noch geschlossen, aber ich sehe, wie sie sich nun unter den Lidern hektisch hin und her bewegen. Er schläft immer noch tief und fest. Ich bleibe also noch einen kurzen Moment sitzen und greife nach dem Kugelschreiber, um mich erneut an die Aufgabe zu wagen.

Denk nach, Birdie, welcher Buchstabe kommt als Nächstes? Aber meine Anstrengungen sind sinnlos. Mir will es einfach nicht mehr einfallen. Frustriert und enttäuscht von meinen mangelnden Fähigkeiten mache ich mich dann doch auf den Weg in die Küche, obwohl ich viel lieber das Alphabet beendet hätte, zumindest solange Damien sowieso noch im Land der Träume verweilt. Ich will das wirklich. Ich will lesen und schreiben lernen. Vieles, wenn nicht sogar alles, wäre so viel einfacher, vor allem weil ich nicht mehr so sehr auf andere Menschen angewiesen wäre.

»Wo finde ich ein Tuch?«, murmle ich vor mir her, während ich mich umsehe. Unter der Spüle werde ich schließlich fündig.

Nachdem ich den Stoff in Wasser und Seife getränkt habe, gehe ich zurück zur Couch. Vorsichtig setze ich mich zu Damien und tupfe mit dem Lappen den Schmutz von seinem Kinn, der Stirn und Nase. Als ich damit fertig bin, will ich dem Alphabet eine zweite Chance geben. Verwirrt sehe ich auf das Blatt Papier vor mir. Sechsundzwanzig Buchstaben stehen schwarz auf weiß darauf geschrieben, und mir fällt die Kinnlade runter. Ich muss verrückt sein. Ich muss träumen. Mit einem unsicheren Stirnrunzeln mustere ich Damien, der immer noch so tut, als würde er tief und fest schlafen. Aber ich falle nicht länger auf sein Spiel rein.

»Ich weiß, dass du wach bist«, sage ich und schmeiße das feuchte Tuch auf seine Brust. Er verzieht sein Gesicht, bevor sich seine Augen öffnen und er zu mir blickt. Ich erwarte, dass er das Tuch zurückschmeißen würde, aber das tut er nicht. Stattdessen grinst er mich verschmitzt an. »Danke für die Katzenwäsche. Aber ich könnte doch eher eine Dusche vertragen. Was meinst du?« Die blauen Augen funkeln wieder. Nur diesmal ist es eine andere Art von Funkeln. Es ist ein lüsternes

Flimmern, und ich spüre, wie das Adrenalin durch meine Adern schießt. Das letzte Mal, als er eine Dusche genommen hat und wir allein in seinem Apartment waren, haben wir uns zum ersten Mal geküsst. Wer weiß, was heute passieren würde. Ich will gar nicht erst darüber nachdenken.

»Nein danke«, antworte ich. Doch irgendwie ist das gelogen. Ich könnte auch eine frische Dusche brauchen, vor allem nach letzter Nacht, aber nicht mit ihm. Nicht zusammen.

»Oder ein Bad?«, führt Damien sein Angebot fort, aber ich schüttle augenblicklich den Kopf, und er merkt sofort, dass er bei diesem Thema bei mir gegen eine Wand läuft. »Ich habe ein zweites Bad, in dem du duschen kannst, wenn du willst. Ich werde dich zu nichts zwingen.« Das Funkeln verschwindet, aber er schaut mich nach wie vor aufmerksam grinsend an.

»Rieche ich etwa unangenehm?« Mit diesem Satz bringe ich ein Lachen aus Damien hervor. Das erste laute, teilweise entsetzte Lachen, welches tatsächlich von Herzen kommt.

»Nein«, sagt er und setzt sich auf, sodass er wieder auf mich herabschaut. »Das würde ich niemals sagen.« Seltsamerweise genieße ich seinen musternden Blick. »Wir könnten genau so den ganzen Tag lang sitzen. Es würde mich nicht ein bisschen stören.«

Einen ganzen Tag dreckig auf der Couch? Mit ihm? Einer von uns riecht nach Erde, und der andere hat bestimmt noch eine leichte Alkoholfahne. Die mittlerweile bekannte Gänsehaut breitet sich von meinem Hinterkopf bis zu meinen Zehenspitzen aus, und ich beiße meine Zähne zusammen.

»Wo finde ich denn das zweite Badezimmer?«, frage ich und stelle mich auf meine wackeligen Beine.

»Ich habe mein eigenes Badezimmer.« Damien steht ebenfalls von der Couch auf und sieht mir in die Augen. Und wieder genieße ich seinen Blick, der mich zu studieren scheint. »Aber die Dusche funktioniert nicht mehr, und der Klempner kommt erst in zwei Tagen.«

Ich erinnere mich an seinen Körper, mit nur einem kleinen Handtuch um die Hüften. Ich erinnere mich daran, wie er mich im Spiegel betrachtet hat – mir einreden wollte, dass ich wunderschön sei. Aber spätestens jetzt bin ich mir sicher, dass kein Wesen der Welt so ästhetisch aussehen kann wie Damien Hamilton. Nichts und niemand könnte es mit ihm aufnehmen. »Also entweder teilen wir uns ein Badezimmer, oder du zwingst mich dazu, so lange zu warten, bis du mit dem Duschen fertig bist.«

»Ich kann auch warten und nach dir ins Bad«, schlage ich vor.

»Ist es immer noch dasselbe Problem?«, fragt er mich daraufhin zögernd und macht eine kleine Anspielung auf unsere letzte Badbegegnung.

»Nein ... ich ...« Wenn ich genau überlege, ist exakt das mein Problem. Einerseits schäme ich mich immer noch für meinen Körper, andererseits schäme ich mich dafür, dass er weiß, dass ich mich dafür schäme. Das mag verwirrend klingen, aber es ist die Wahrheit. Ich kann mich auch nicht dazu überwinden, einzuwilligen, mir ein Badezimmer mit ihm zu teilen, da ja immer die Möglichkeit bestehen würde, dass er mich trotzdem in irgendeinem Moment nackt zu sehen bekäme.

»Ich hätte nichts dagegen, es zu versuchen. Du kannst mir vertrauen. Sobald du dich auf irgendeine Art unwohl fühlst, bin ich weg.« Er lehnt sich zu mir runter und küsst vorsichtig meine Stirn. Sein Blick ist ernst, als könnte sich meine Angst an ihm festhalten. Als gäbe er mir Halt. »Aber du musst nicht.« Er lächelt mich an.

»Du hast das Alphabet beendet, nicht wahr?«, lenke ich vom Thema ab, als meine Wangen zu glühen beginnen.

»So wahr wie das Versprechen, das ich dir gerade gegeben habe.« Er will einfach nicht loslassen und geht nicht darauf ein, als ich versuche, das Thema zu wechseln. Schmunzelnd richte ich meinen Blick auf den Boden, bis sein Zeigefinger mein Kinn hebt. »Das war mein voller Ernst.« Ich schaue ihm in die Augen, die mich fokussieren, und ich sehe das Versprechen in ihnen, welches er mir gerade gegeben hat.

»Okay«, hauche ich und bereue es im nächsten Moment, als die Möglichkeiten unzähliger Situationen, die ich mit Damien erleben könnte, durch meine Gedanken rasen. Ich kann aber nicht leugnen, dass ich natürlich eine gewisse Neugierde verspüre.

Wahrscheinlich hätte ich noch Monate damit gewartet, wenn wir uns überhaupt schon so lange gekannt hätten, aber ich weiß auch, dass es Damien war, bei dem ich Hilfe suchte, als mich Dr. Jackson oberkörperfrei untersuchen wollte. Er war derjenige, bei dem ich Schutz suchte und der sich sofort dafür entschied, mir zuliebe die Untersuchung zu verschieben. Und heute Morgen, da hat er mir quasi sein größtes Geheimnis erzählt, obwohl wir uns erst seit nicht mal einem Monat kennen. Aber die Stimme in meinem Kopf – meine eigene Stimme – sagt mir, dass Zeit nur ein Maßstab des Verstandes ist, um sicherzugehen, dass wir nichts überstürzen. Um unsere eigenen Ängste zu besänftigen.

Wenn man jedoch eine Basis des Vertrauens schafft, kann man nichts überstürzen.

»Okay?« Seine Augenbrauen klettern zum Haaransatz.

»Ja, lass es uns versuchen.« Und in diesem Moment sehe ich alles andere als nur einen Anzugträger vor mir. Der Anzugträger hat einen Namen. Er besitzt ein Herz und eine Geschichte, die es geformt hat.

Er ist wie ich – nur anders.

Kapitel 30

Damien

Der Dreck unter meinen Fingernägeln erinnert mich an den nassen Boden des Friedhofs. Der Regen und Birdies Versuche, ihn zu entfernen, sind erfolglos geblieben. Je höher das Wasser der Badewanne steigt, desto nervöser wird Birdies Gesichtsausdruck. Ich spüre eine gewisse Leere in meiner Brust. Eine schmerzende Leere ... und diesen unerträglichen Druck.

»Wir müssen das nicht tun. Ich will nicht, dass du dich unwohl fühlst«, sage ich schließlich und fühle mich, als wären wir Teenager. Die Röte ihrer Wangen zeigt die Scham, die sie verspüren muss. »Ich kann auch warten und später allein duschen.« Ich wäre ein verdammter Egoist, wenn ich nur an meine Wünsche denken würde und wenn ich Birdies Ängste dabei außer Acht ließe.

»Nein, bitte. Ich möchte das doch auch versuchen«, antwortet sie mit zittriger Stimme, und ich ziehe meine Augenbrauen hoch. Jedes Wort aus ihrem Mund ist eine Qual. »Jetzt schau mich doch nicht so an!«, scherzt sie, und ich muss schmunzeln, während ihre Augen mir die Luft abschnüren. Und da ist es wieder, das unauffällige Zucken ihrer Augenbrauen. Ihr Gesicht wirft mich in eine andere Dimension. Verflucht! Weiß sie, dass sie wunderschön ist? »Es ist nur …«

»Was?«, unterbreche ich sie verwirrt.

»Das ist das erste Mal, dass …«

Ich brauche mir das Ende ihres Satzes nicht anhören, denn ich weiß, was ihr Problem ist. Ich wusste es die ganze Zeit. Ich erinnere mich an den Moment, als wir vor dem Spiegel standen und ich ihr beweisen wollte, dass sie sich nicht zu verstecken braucht. Ganz und gar nicht. »Du musst keine Angst haben. Ich werde auch nicht gucken.« Meinen Scherz scheint sie nicht zu begreifen. Aber genau das liebe ich an ihr. Sie ist einfach auf eine einzigartige Art und Weise einzigartig. Sie blickt zu mir auf, bevor sie zu dem Handtuch auf dem Waschbecken greift. Aber ich lege meine Hand auf ihre.

»Können wir …?«

»Nein!«, sage ich. Die Härte meiner Worte verängstigt sie. Es ist das Letzte, was ich damit erreichen wollte. »Wir schaffen es ohne das Handtuch. Gemeinsam.« Ihr Blick wandert zu unseren Händen, bevor die angestaute Luft aus ihrer Lunge entweicht. Und auch ich atme erleichtert auf.

»Ich möchte nicht, dass du dich umdrehst, okay?« Die Entschlossenheit in ihrer Stimme überrascht mich. Bei Birdie ist alles irgendwie anders. Ich sehe verdutzt zu ihr herab. Am liebsten würde ich sie wieder küssen, nur weiß ich, dass es in diesem Moment einfach nicht fair wäre. Ich möchte ihr meine Anerkennung zeigen, nicht das bloße, gierige Verlangen. Sie verdient das Gute in mir. Sie verdient das Beste der Welt. Und ich bin mir sicher, dass nur ich es ihr geben kann.

»Wenn ich mich entscheiden muss, dann bist du der bessere Spiegel«, sagt sie und zieht das dünne Oberteil über ihren Kopf. Überraschenderweise trägt sie keinen BH. Der Anblick der verheilten Narben auf ihrer blassen Haut lässt mich schwer schlucken. Wer oder was auch immer ihr diese Verletzungen zugefügt haben mag, soll in der Hölle schmoren. »So muss ich mich nicht betrachten, aber ich kann dir geben, was du verdienst.« Was?

»Was verdiene ich?«

Birdie wird nun auch ihre Hose los, sodass sie nur in Unterhose vor mir steht.

»Du verdienst es, dass man ehrlich zu dir ist.« Da ist es wieder, das Stechen in meiner Brust. Während sie sich wortwörtlich mir gegenüber entblößt, plagen mich die Schuldgefühle. Sollte ich auch ehrlich zu ihr sein? »Du verdienst es, zu sehen, wer ich wirklich bin«, haucht sie.

Ich möchte sie wissen lassen, dass sie mir nicht durch ihre Nacktheit zeigt, wer sie wirklich ist. Denn schon bevor ich sie nackt gesehen habe, wusste ich, wer diese Person ist. Das wahrscheinlich Beste, was mir passieren konnte. Selbst vor wenigen Wochen, als ich sie von der Straße geholt und ihr das Leben gerettet habe, nur um mich einmal wie ein Held fühlen zu dürfen, wusste ich, dass sie etwas ganz Besonderes sein muss. Mit einer Heldentat ist dies jedoch in keiner Weise zu vergleichen. Es fühlt sich zwar richtig an, aber die Vergangenheit wird immer da sein, mich weiterhin jagen. Ich werde die Albträume nie loswerden – und da frage ich mich wieder: Sollte ich auch in dieser Hinsicht ehrlich zu ihr sein?

»Die Narben, Kratzer und Flecken sind ein Teil von mir, den ich nicht vor mir und erst recht nicht vor dir verstecken kann.«

Ich nähere mich ihr, obwohl ich dies eigentlich nicht tun wollte. Sie schreckt leicht zurück, und es ist genau die Reaktion, die ich zu vermeiden versuchte. Aber dann halte ich sie in meinen Armen. Normalerweise würde unser nächstes Ziel mein Bett sein, aber gerade in diesem Moment könnte ich den ganzen restlichen Tag in dieser Umarmung verweilen.

»Der Spiegel sagt, dass es Zeit für ein erholsames Bad ist«, schmunzle ich, in der Hoffnung, dass es die Anspannung in ihrem Körper ein wenig auflockern würde.

»Ach ja? Und was sagt der Spiegel noch?«

Die Vibration ihres Kicherns erwärmt meine Brust. Ich muss es ihr einfach sagen. »Außerdem sagt der Spiegel, dass du wunderschön bist, weißt du das eigentlich?« Jetzt, wo das eine gesagt ist, fühle ich mich schon ein wenig besser. Aber innerlich quält mich weiterhin die Unsicherheit, die mich daran hindert, die halbe Wahrheit in eine ganze zu verwandeln.

Kapitel 31

Während ich das steigende Wasser beobachte, bemerke ich, dass ich es nicht so gern mag, wenn auf dem Wasser keine Rosenblätter verteilt sind. Ich möchte mich wohl nur von der Tatsache ablenken, dass ich gerade nackt vor Damien stehe. Die Gänsehaut breitet sich auf jedem Zentimeter meines Körpers aus. Plötzlich ist mir ganz kalt, obwohl mein Kopf ganz heiß ist.

Es hat mich unheimlich viel Mut gekostet, mich vor Damien zu enthüllen. Ich möchte nicht, dass er meine Narben und Verletzungen die ganze Zeit anstarren kann. Aber es war mir wichtig, sie ihm zu offenbaren. Einige davon sind zwar noch von Silvester, andere jedoch aus meiner Vergangenheit, wo ich ihn nicht gekannt habe.

Bevor Damien sich auszieht, will ich schon mal in die Badewanne steigen, drehe mich von ihm weg, verliere aber vor Aufregung mein Gleichgewicht und rutsche von dem Rand der Wanne ab, als ich mich daran festhalten will. Doch Damien fängt mich auf. Für einen kurzen Moment spüre ich seine heiße Haut an meiner, bevor ich ein »Hoppla, danke« kichere und einen Fuß in das Wasser setze, nachdem wir uns flüchtig angelächelt haben.

»Hier, das kannst du ins Wasser geben«, sagt Damien und reicht mir eine violette Flasche.

Ich nicke und versuche, mich auf die Flasche zu konzentrieren, als ich sie aus seiner Hand nehme, denn ich möchte ihn so nicht sehen. So ganz entblößt. Ich vermute, dass es das Zeug ist, welches Rosa immer ins Badewasser gibt, aber als ich daran rieche, riecht es so ganz und gar nicht nach Rosenblättern. Mir gefällt der Duft trotzdem, und ich gebe es in die Wanne, während ich mich hinsetze und beobachte, wie sich der violette Schaum langsam auf der Wasseroberfläche ausbreitet und mir die Sicht auf meinen Körper nimmt, der nun vollkommen unter Wasser ist. Als ich zu Damien hochschaue, hat er immer noch seine schwarze Boxershorts an, und ich erröte, obwohl ich nicht denke, dass man da noch eine Schippe draufpacken könnte, so rot, wie ich wahrscheinlich schon bin. Er grinst mich an, dann den violetten Schaum. Ich spiele mit dem Schaum, während ich aus dem Augenwinkel beobachten kann, wie Damien sich die Boxershorts über die Beine streift. Es folgt ein Bein in die Wanne, dann das nächste. Das Wasser steigt mir nun bis kurz unter die Schultern. Dann sitzt er vor mir, wir sehen uns in die Augen. Seine Lippen formen eine schmale Linie, während er still über etwas nachdenkt.

»Ich weiß so wenig von dir, erzähl mir mehr über dich.«

Ich bin froh, dass kein Schweigen zwischen uns herrscht, aber was soll ich auf seine Frage schon antworten? An meinen schlimmsten Tagen dachte ich immer, ich sei so uninteressant wie der Dreck auf dem Asphalt. Zumindest wurde ich so immer behandelt. Über mich gibt es nicht viel zu erzählen.

»Ich bin wie jeder andere Obdachlose – ziemlich uninteressant.« Ich beiße mir auf die Innenseiten meiner

Wangen. Das wollte ich nicht sagen! Zumindest nicht so.

»Ich möchte nicht, dass du dich hinter diesem Image versteckst.«

»'tschuldigung. Ich ...« Ich muss nach Luft schnappen. »Ich glaube einfach, dass ich als jemand von der Straße nicht so viel über mich erzählen kann. Nichts Interessantes zumindest.«

»Dann erzähl mir etwas Uninteressantes. Ich höre dir aufmerksam zu und entscheide dann, ob es wirklich so uninteressant ist, wie du behauptest. Aber bitte versteck dich nicht vor mir.«

Verstecke ich mich? Ich schaue an mir hinunter. Na ja, bis auf meinen Körper glaube ich nicht, dass ich mich verstecke. Ganz im Gegenteil. Ich glaube, ich war noch nie jemandem so nah wie Damien in diesem Moment. Alfie ist der einzige Mensch seit dem Tod meines Bruders, mit dem ich mehr als zwei Sätze gewechselt habe, bevor ich Rosa und Damien kennengelernt habe. Aber so etwas hier, das habe ich noch nie getan.

»Also ... Ich bin kein Fan von Rotwein.« Ich sehe in seine blauen Augen, und ich registriere sein kleines Schmunzeln. »Ich liebe heißen Kakao und Musik von Straßenkünstlern. Ich bin zwanzig Jahre alt und wurde im Winter geboren, aber feiere meinen Geburtstag nicht.« Meiner Mutter war es damals immer sehr wichtig, dass wir etwas Schönes an meinem Geburtstag oder dem meines Bruders unternehmen würden. Lucas' Geburtstag ist im Frühling. Ich erinnere mich daran, wie wir eines Tages in einen Bonbonladen gegangen sind, damit er sich die Lakritzbonbons kaufen konnte, die er sich jahrelang gewünscht hat. Ich möchte nicht wieder vor Damien weinen und schlucke den Schmerz meiner

Erinnerungen herunter. »Du kennst bereits alles andere, was es über mich zu erzählen gibt.«

»Du magst also Musik?« Er greift schmunzelnd nach einer durchsichtigen Flasche mit einer blauen Flüssigkeit und seift sich die Ober- und Unterarme damit ein. Der Duft ist derselbe wie vor wenigen Tagen, als ich von dem Dampf der heißen Dusche umgeben war und Damien nur mit einem Handtuch um die Hüften vor mir stand.

»Mag sein.« Ich nehme die Flasche in meine Hände, doch Damien nimmt sie mir sofort wieder weg.

»Hier, nimm die«, sagt er und reicht mir eine andere Flasche.

Das rosarote Gel gleitet über meine Unterarme und riecht nach Rosenblüten. Ich liebe diesen Duft.

»Das Shampoo war eigentlich für deine Haare gedacht.« Er grinst verwirrt.

»Oh«, murmle ich perplex. Während ich den Rosenduft also auf meinen Haaren verteile, drehe ich den Spieß um. »Und nun erzähl mir von dir.«

Erschrocken hebt er seinen Blick. »Was möchtest du denn über mich wissen?« Mit dem Duschkopf der Wanne spült er langsam den Schaum von seiner Haut. Wir sind uns so nahe. Es dürfte nun kein Problem mehr für ihn sein, sich mir zu öffnen. Schließlich habe ich ihm bereits mehr über mich erzählt als jemals einer anderen Person zuvor.

»Also ... bist du wegen mir auf den Friedhof gegangen?«, frage ich ihn, und seine weit aufgerissenen Augen jagen mir einen Schauer den Rücken herunter. »Ich wollte dir wirklich keine Angst einjagen, als ich den Wein getrunken habe. Es tut mir unglaublich leid, dass ich dir ein Déjà-vu bereitet habe.«

Damien greift nach meinen Händen. »Ja«, lautet seine Antwort. Mein Herz hört fast auf zu schlagen. »Ja, ich habe das Grabmal meiner Schwester besucht, weil du mich an sie erinnerst. Und ja, als du den Wein getrunken hast, hat mir das einen gehörigen Schrecken eingejagt. Aber nein, es ist nicht deine Schuld. Es ist meine Schuld.« Er holt tief Luft. »Es ist meine Schuld, dass sie gestorben ist. Es ist allein meine Schuld.« Seine Worte sind nur noch ein leises, kaum hörbares Flüstern.

Vorsichtig entgleiten meine Hände seinem Griff. »W-Was redest du da?«

Seine Augen fixieren unsere Hände, als würden Tausende Gedanken durch seinen Kopf schwirren. Hektisch atmet er ein und dann wieder aus. »Wusstest du, dass ich deinem Freund von der Straße nur deinetwegen geholfen habe? Ich habe mir vorgestellt, dass du meine Schwester wärst und Alfie ihr Freund, wegen dem sie uns verlassen hatte. Ich hätte ihm auch nur ihretwegen geholfen. Nicht seinetwegen.« Ich weiß, dass Damien gerade Dinge sagt, die mich normalerweise abschrecken würden, aber er will auf etwas hinaus, und ich möchte wissen, was das ist. »Aber ich möchte, dass du weißt, dass, solange du bei mir wohnst, du nicht obdachlos bist.« Sein Blick ist starr, die Augen leblos und das Gesicht ausdruckslos. Was ist bloß los mit ihm? Doch dann schließt er seine Augen, und beim Aufschlag seiner Lider flimmern sie mich an. »Birdie ... ich wollte dein Held sein. Ich wollte der Held sein, der ich für meine Schwester nie sein konnte.« Mein Herz macht einen Satz. Ich bin sprachlos. Er fasst meine Hände ein weiteres Mal. Ich bin so überfordert, dass ich gar nicht mehr so wirklich weiß, worüber wir gerade reden. »Bitte, ich brauche dich. Du musst mir nur beweisen, dass auch ich gebraucht werde.« Zögernd lasse ich die Berührung zu. Wie konnten wir von Musik und Shampoo wieder zum Tod seiner Schwester gelangen? Ich kann die Unsicherheit in meinen Fingerspitzen spüren. Bin ich nur hier, um seine Schwester zu ersetzen?, ist eine der herausstechenden Fragen, die mir durch den Kopf gehen. Warum gibt er sich die Schuld am Tod seiner Schwester?

»Damien ... was ist mit deiner Schwester passiert?«

Kapitel 32

Im Keller des Backsteingebäudes finden wir schließlich die Bar, von der Rosas Freundin so geschwärmt hat. Ich muss mir das Tuch vor die Nase halten, als uns der Qualm der Zigaretten umgibt, um nicht vor Ekel zu husten und mir heimlich etwas Lipgloss abzuwischen, welches meine Lippen verklebt. Ich bewundere die Steinwände, die mit Fackeln bestückt sind. Obwohl mir unwohl sein sollte, fühle ich mich aus irgendeinem Grund sehr gut.

»Mag nicht der beste Schuppen in London sein, aber er ist gut, um sich kennenzulernen. Und der Weißwein ist einfach nur himmlisch!« Daisys dunkelblaues Kleid mit den weißen Punkten tanzt zu ihren schnellen Schritten, während sie uns zu einem Tisch in der hintersten Ecke führt.

Daisy hat rotblondes, gelocktes Haar und ist ungefähr so groß wie ich, obwohl ihre High Heels ihr einen deutlichen Vorteil bieten. Wenn sie lächelt, dann steht der linke Schneidezahn ein wenig vor, aber das passt ziemlich gut zu ihrem verrückten Charakter. Was ich bisher von ihr sagen kann, ist, dass ich sie sehr sympathisch finde.

»Ganz schön heiß hier«, stelle ich fest, bevor ich Rosas Cardigan, den sie mir für den Abend geliehen hat, loswerde und über die Stuhllehne lege.

»Wow! Ich liebe deine Bluse!« Daisys haselnussbraune Augen strahlen. »Woher hast du die?« Ich bedanke mich bei ihr, bevor Rosa die Frage für mich beantwortet.

»Die habe ich ihr gekauft.« Rosa grinst stolz, und ich nicke.

»Dein Geschmack ist wirklich bloody amazing, Darling.« Nun funkeln ihre begeisterten Augen Rosa an, die ihre Hand auf den Tisch gelegt hat und mich unsicher mustert. Doch dann legt sie sie auf Rosas, deren erschrockener Blick ihre Unsicherheit verrät.

Meine Lippen formen ein O. »Du bist die Freundin?«, frage ich vorsichtig, aber ich möchte nicht, dass meine Frage falsch auf der anderen Seite des Tisches ankommt, also grinse ich freundlich.

»Mhm«, antwortet Daisy ebenfalls grinsend. Ich hoffe, ihr ist das Ganze nicht peinlich. Ich möchte auf gar keinen Fall, dass sie sich unwohl fühlt. Aber am meisten bedrückt mich der Gedanke, dass sie vielleicht eine andere Reaktion von mir erwartet hätte. »Wollen wir uns nun endlich einen Weißwein bestellen?«, fragt sie schließlich ungeduldig.

»Ich bevorzuge einen Rotwein. Wie sieht's mit dir aus, Birdie?«

Nein. Nie wieder. Der Geschmack eines Rotweins würde mich nur an den Schmerz erinnern. Auf gar keinen Fall werde ich jemals wieder Rotwein trinken.

»I-Ich schließe mich Daisy an«, antworte ich und schaue mir die Bilder der Tischkarten an.

»Die gefällt mir!« Rosa wirft ihrer Freundin einen genervten Blick zu.

»Und ich dachte, ich müsste mir Sorgen machen, dass du eifersüchtig wirst«, lacht sie.

Ich erröte bei Rosas Worten, weil es mir ein wenig unangenehm ist, dass man mich ungewollt zwischen sie und Rosa stellt – wenn auch ironisch. Niemals würde ich Rosas Glück zerstören wollen.

»Na ja, ihr wisst, was ich möchte. Ich muss mal für kleine Mädchen«, fährt sie fort und lässt mich mit Daisy allein zurück.

Während mein Blick durch die Bar wandert, sehe ich einen Mann am Tresen sitzen. Die Lederjacke legt sich um die breiten Schultern wie eine zweite Haut. Neben ihm befindet sich eine kleine Frau mit hochgesteckten Haaren und gefährlich aussehenden roten High Heels. Ich kann es mir immer noch nicht erklären, wie man auf diesen Teilen gerade laufen soll.

Der Mann und die Frau scheinen sich nahezustehen. Sie hat ihre Hand auf seinem muskulösen Unterarm platziert, der reglos auf dem Tresen liegt. Sie kommt mir irgendwie bekannt vor. Ich bin mir sicher, dass wir uns schon einmal über den Weg gelaufen sind. Doch bevor ich ihr einen Namen zuordnen kann, stellt sich ein junger Kellner zwischen uns. Meine Augen folgen dem eng zugeknöpften weißen Hemd bis zu der schwarzen Fliege. Diese Eleganz passt meiner Meinung nach nicht in diesen Schuppen. Freundlich grinsend schaut er zu mir herab, und mir wird ein wenig unwohl. Ich sehe zu Daisy hinüber, die ihren Blick von der Tischkarte hebt und auf den Kellner richtet. Es hat den Anschein, als würden sich die beiden schon kennen, also muss Daisy wohl wirklich oft in diese Bar gehen.

»Sie wünschen?« Der Junge sieht nicht älter als achtzehn Jahre aus.

»Wir hätten gern eine Flasche Rotwein, Château, bitte. Und eine Flasche Weißwein, und zwar The Ned, wie üblich.« Ich bin erleichtert, dass Daisy und ich uns eine Flasche teilen, während ich immer noch darüber grüble, woher ich diese Frau an der Bar kenne.

Der Junge nickt eifrig und schreibt die Bestellung auf einen kleinen Notizblock. Mein Blick senkt sich wieder. Es ist verdammt peinlich, in einer Welt zu leben, in der man so ziemlich die einzige Person ist, die in meinem Alter weder lesen noch schreiben kann. Immerhin kann ich dank Rosa mittlerweile meinen Namen und einige wenige Wörter lesen und buchstabieren. Ich würde mir aber trotzdem nichts mehr wünschen als einen Job, mit dem ich mein eigenes Geld verdienen kann.

»Wie viele Gläser wünschen Sie?«

Ich zwinge mich dazu, den Kellner höflich anzulächeln, bevor mir eine gewisse Ähnlichkeit zu Damien in seinen Gesichtszügen auffällt. Natürlich hat der Junge noch nicht denselben kantigen Kiefer oder die Stoppeln eines vollen Bartes, aber was noch nicht ist, das kann ja noch werden. Dann sähe er Damien erschreckend ähnlich. Ich hatte gehofft, mich für einige Stunden von Damien ablenken zu können, aber anscheinend verfolgt er mich jetzt auf Schritt und Tritt, selbst wenn er nicht einmal anwesend ist.

Nachdem uns Daisy drei Gläser bestellt hat, verschwindet der junge Damien-Doppelgänger-Kellner von der Bildfläche, und jemand anders leistet uns überraschend Gesellschaft. Es ist die Frau vom Tresen, und hinter ihr türmt sich der breite, muskelbepackte Mann auf. Ihr zorniger, wuterfüllter Gesichtsausdruck jagt mir einen Schrecken ein, den ich jedoch hinter einem schiefen Lächeln zu verbergen versuche. Der Mann hat die Ärmel seiner Lederjacke hochgerollt, und seine Unterarme zieren zahlreiche Tattoos, von denen einige nach den Jahren mittlerweile grün geworden sind. Ich muss mich dazu zwingen, nicht die Nase zu rümpfen. Wenn ich den Typen mit einem Wort beschreiben müsste, dann wäre dies auf jeden Fall nicht »sympathisch«. Bis jetzt hat er noch kein Wort mit mir geredet, sondern scheint eher seiner Begleitung Rückendeckung zu geben.

»Nun.« Die aufgebrachte Frau sieht mich eindringlich an. »Ist also doch noch etwas aus Ihnen geworden? Ballerinas von Chloé – nicht schlecht!« Die hochgezogene Augenbraue löst viele kleine Fältchen auf ihrer gebräunten Stirn aus. Das Solarium ist wohl ihr bester Freund und Helfer. Vielleicht ist sie aber auch einfach nur gerade aus dem Urlaub wiedergekommen. »Dann können Sie mir doch sicherlich Chaplins Decke wiederbringen. Ich kann es nicht glauben, dass meine Tochter sie Ihnen einfach so gegeben hat, obwohl ich es ihr ausdrücklich verboten hatte.« Ich wusste es. Ich wusste, dass ich dieses Biest irgendwoher kennen würde. Es ist die Eisdielenbesitzerin – Jamies Mutter. Ich hatte gehofft, dass ich sie nie wiedersehen müsste, aber bekanntlich geht nicht jeder Wunsch im Leben auch in Erfüllung. Das Tier im Hintergrund, welches symbolisch mit seinen Zähnen fletscht, steht ihr weiterhin treu zur Seite. Ich blinzle, in der Hoffnung, dass sie nicht real ist. Dann schaue ich zu Daisy, deren verwirrter Blick zwischen dem Biest und mir hin- und herschweift, und im nächsten Moment will ich etwas sagen, doch dann kommt Rosa von der Toilette zurück.

»Diese verdammten automatischen Wasserhähne! Ich habe die schon immer gehasst …« Als sie unseren Tisch erreicht, verstummt sie. Ihr beiges Shirt ist mit kleinen Wasserspritzern bedeckt.

»Gibt es ein Problem?«, fragt sie stirnrunzelnd und lenkt dabei die Aufmerksamkeit auf sich. Und dann geschieht das Unfassbare, als sich Rosas besorgter Blick in ein überraschtes Lächeln verwandelt. »Juleya?« Aufs Wort treffen sich Daisys und meine Blicke. Zuerst scheint Jamies Mutter genauso verwirrt zu sein, wie Daisy und ich es sind, bis sie Rosa in ihrem angefeuchteten Shirt sieht. Das Biest hat also einen Namen ... Juleya. Aber viel schlimmer ist, dass Rosa das Biest namens Juleya auch noch kennt.

»Rosa? Wie lange haben wir uns nicht mehr gesehen!«, ruft Juleya erstaunt, und ihr Zorn ist vergessen. Ich kann meinen Ohren nicht trauen, während sie sich immer und immer wieder gegenseitig ihre Namen nennen, als könnten sie es nicht glauben, dass der andere ihn noch in Erinnerung behalten hat. Und dann umarmen die zwei sich auch noch innig. Ich bin sprachlos.

In all dem Chaos kommt der junge Kellner wieder zum Tisch, um uns unsere Weinflaschen und die drei Gläser zu bringen. »Cheers«, sagt er halbherzig lächelnd, und ich muss nervös schlucken.

Warum fühle ich mich gerade so, als würde meine ganze Welt einstürzen?

Kapitel 33

Vor der Bar umgibt uns die frische Abendluft, sodass ich mir meinen Cardigan wieder anziehe. »Ich kenne sie nicht, aber ich glaube, ich habe da so eine Ahnung, wer sie sein könnte«, flüstert mir Daisy mit angewiderter Stimme zu.

Die Kälte, die sich um meine Beine schlingt, versetzt mich in alte Zeiten zurück. Alte Zeiten, die nicht einmal lange her sind. Alte Zeiten, die in nur einem einzigen Blinzeln wieder zum Alltag werden könnten. »Da läuft schon seit Jahren nichts mehr, aber sie ist die Verflossene.« Ich sehe ihrem Gesicht an, wie sie sich dazu zwingen muss, nicht zu Rosa und Juleya zu schauen.

Verwirrt sehe ich sie an. »Was?«

Der Lippenstift umrandet nur noch ihre schmalen Lippen, der Rest klebt wahrscheinlich noch am Weinglas. »Na ... sie ist Rosas Ex«, antwortet sie, als hätte ich es wissen müssen, während ein Taxi neben uns hält, in das zwei betrunkene Mädels einsteigen.

Daisys Worte wiederholen sich in meinem Kopf. Rosa und diese Eisdielenbesitzerin hatten mal was miteinander? Damit hätte ich nun wirklich nicht gerechnet. Verdutzt starre ich Daisy an, die sich nun auch noch die restliche Farbe nervös von den Lippen wischt.

»Ich kenne diese Frau ... flüchtig, aber gut genug, um zu wissen, dass diese Art Mensch nicht zu Rosa passt.«

Ich schüttle entsetzt den Kopf. Es fällt mir schwer, diese Story zu glauben, obwohl ich es direkt vor mir sehe. »Warum würde sie sich auf so jemanden einlassen?« Ich verschränke meine Arme vor der Brust, um den dünnen Cardigan festzuhalten. Der kühle Wind fegt durch die dunkle Straße.

»Ich kann dir sagen, warum – Juleya hatte Rosa damals den Job als Hausmädchen besorgt.«

Wie bitte? Ich muss mich verhört haben. Genervt schwingt sie sich den weißen Mantel über die Schultern.

»Wenn das stimmt, dann macht es alles noch viel komplizierter, als es sowieso schon ist.« Juleya und Damien kennen sich?

Einige Meter von uns entfernt steht Rosa wie angewurzelt bei Jamies Mutter und gibt ihr zum Abschied einen kleinen Kuss auf die Wange, um daraufhin die Arme um sie zu schlingen. Leider erwische ich mich dabei, wie ich über Juleyas und Damiens Beziehung zueinander philosophiere. Ich sollte jetzt nicht darüber nachdenken, aber es fällt mir ausgesprochen schwer, meine Gedanken von diesem Thema abzuwenden.

Daisy ist still. Wahrscheinlich ist sie genauso sprachlos und verwirrt, wie ich es bin, als sie sieht, wie vertraut Juleya und ihre Freundin miteinander umgehen. Wir befinden uns in einer ähnlichen Situation – beide ein wenig perplex, dass Juleya und Rosa nun seit beinahe zehn Minuten ein langes Gespräch unter vier Augen und fernab von uns führen. Am Blick des Muskelprotzes, der lässig mit seinem prallen Trizeps gegen einen Baum lehnt und darauf wartet, dass Juleya sich von ihrer Ex verabschiedet, erkenne ich, dass auch er sich mittlerweile fehl am Platz fühlt. Doch als mein Blick wieder bei Daisy ankommt, steht ihr die Unsicherheit ins Gesicht geschrieben. Die zuvor so lebendigen Augen der Frau schmückt nun ein Ausdruck der Besorgnis.

»Weißt du, Damien – ich meine Rosas Boss, Mr Hamilton ... er meinte, ich erinnere ihn manchmal an jemanden. Eine Person, die ihm viel bedeutet hat.«

Daisys leerer Blick durchlöchert mich, und als sie wieder zu Juleya schaut, schüttle ich den Kopf. Ich rede nicht von *ihr*.

»Diese Person ist nicht mehr unter uns ... und er gibt sich die Schuld daran.« Ich hole tief Luft und unterdrücke den Klumpen in meinem Hals. Das ist alles so verwirrend, ich stehe kurz vor der Verzweiflung. »Ich möchte nicht zu sehr ins Detail gehen, aber ...«

»Das brauchst du auch gar nicht. Ich verstehe schon.« Plötzlich habe ich nun ihre volle Aufmerksamkeit. »Das ist wahrscheinlich so ein ... Schlechtes-Karma-begleichen-Ding, oder?«, möchte sie wissen, aber ich zucke nur mit den Schultern.

»Zuerst zögert man, den Menschen seine wahren Gefühle zu offenbaren, bis es zu spät ist. Wahrscheinlich möchte er es bei dir besser machen ... den Fehler nicht wiederholen.« Meine Augen schießen zu Daisy, sodass ich beinahe die Worte überhöre, die sie danach haucht. »Aber diesen Fehler begehen wir alle einmal.« Was hat sie da gerade gesagt? »Oder nicht?«

Plötzlich tritt sie ein wenig näher auf mich zu. Augenblicklich schaue ich zu Rosa hinüber und treffe auf ihren neugierigen Blick, während mich Daisys kalte Hand auf meiner Schulter erstarren lässt. Ich kann mir vorstellen, was in Rosas Kopf herumschwirren muss. Sie hat ja keine Ahnung von all dem, worüber ich mir gerade Gedanken mache. Sie kennt Juleyas und meine

Vergangenheit nicht, und sie hört nicht, worüber Daisy und ich uns unterhalten.

»Nein ... du verstehst es nicht«, sage ich und denke über meine Worte nach. Eigentlich versteht sie es schon, aber es ist dennoch nicht so einfach, wie sie denkt.

»Diese Person, die ihm viel bedeutet hat ... sie war obdachlos – wie ich.«

Kapitel 34

Rosa greift in ihre Handtasche, bevor sie mit dem Schlüssel die Tür zu Damiens Apartment aufschließt. »Du wolltest mir noch was sagen?«, erinnert sie mich an meine Bitte, später noch mit ihr reden zu können. Doch Daisy ging es plötzlich so schlecht, dass Rosa sich um ihre Freundin hatte kümmern müssen. Es war nicht der richtige Zeitpunkt gewesen.

»Ja, ich ...«, setze ich an, aber ich werde von dem Klingeln von Rosas Handy unterbrochen.

»Shit, Daisy hat sich im Taxi übergeben.« Sie flucht in einigen Worten, die ich nicht verstehe. Daisy sollte im Taxi warten, während Rosa mich ins Apartment lässt, und weil ihr der Wein nicht gut bekommen ist. »Du weißt, wo du alles findest?«, fragt sie mich, und ich würde am liebsten den Kopf schütteln, damit sie mich vielleicht doch mit zu sich und Daisy nimmt. Ich bin auch ein wenig angetrunken, und mir wird selbst etwas übel, weil es mich an vorgestern erinnert. »Wir reden ein anderes Mal in Ruhe, okay?« Mir wäre es lieber, wenn sie in Rosas Zimmer übernachten würden und mich ins Apartment begleiten ... aber ich will ihre Pläne nicht durchkreuzen.

»Abgemacht. Habt noch einen schönen Abend«, sage ich, bevor wir uns in den Arm nehmen und sie mir einen Schmatzer auf die Wange drückt, sodass ich die

Reste ihres Lipglosses auf meiner Haut spüre und mir die Alkoholfahne des Weins in die Nase strömt. Überraschenderweise fand ich den Weißwein köstlich. Ich hoffe nur, Daisy wird Rosa nichts von unserem Gespräch erzählen. Sie hat es mir versprochen, dass die Verantwortung dafür in meinen Händen liegt. Ich würde wirklich gern erfahren, wie diese ganze Juleya-Situation zustande gekommen ist. »Nun geh schon.«

»Bye-bye«, haucht Rosa, bevor die Tür ins Schloss fällt und ich mich allein in Damiens riesigem Apartment wiederfinde.

Er sitzt wahrscheinlich in diesem Moment in seinem Flieger nach Holland. Rosa erzählte mir, es sei eine Geschäftsreise, aber irgendetwas sagt mir, dass das nur die halbe Wahrheit ist. Er wirkte so aufgewühlt nach unserem Gespräch. Ich hoffe, er flieht nicht vor mir – jetzt, wo ich die Wahrheit über seine Schwester kenne. Nach dem vertrauten gemeinsamen Bad bezweifle ich dies jedoch ... außer ich bin wirklich schlecht darin, Menschen zu lesen.

Während ich mich auf die Couch setze, sehe ich wieder das Alphabet auf dem Zettel, welches nach wie vor auf dem Couchtisch liegt. Das Bild von Damiens blutunterlaufenen Augen schleicht sich mir in den Sinn.

Kyra Hamilton war obdachlos und auf die Straße geflohen, weil sie es bei ihrer reichen Adoptivfamilie nicht mehr ausgehalten hat. Ich hätte sie gern kennengelernt. Ich würde ihr so viele Fragen stellen wollen. Über sie, ihre Familie und vor allem über Damien. Warum sie wohl ein Leben im Luxus für ein Leben auf der dreckigen Straße eingetauscht hat. Hätte ich sie jemals kennengelernt, dann wäre dies sicher eine der ersten Fragen gewesen, und danach würde ich sie fragen, warum sie ihre College-Ersparnisse für eine Vierzehntausend-Pfund-Weinflasche für Damien ausgegeben hat, wenn sie das Geld auf der Straße hätte brauchen können. Ich glaube, ich weiß noch längst nicht so viel über Kyra und den Hamilton-Clan, dass ich ihr Verhalten nachvollziehen könnte. Da ist sicher mehr, was es zu erzählen gibt. In letzter Zeit scheinen mich die Überraschungen zu verfolgen. Wer weiß, wann mir die nächste über den Weg läuft? Was mich wieder zu Rosa zurückbringt. Ich hätte nie gedacht, dass Rosa an Menschen, wie Jamies Mutter, interessiert sein würde. Die liebe, unschuldige Rosa und das Biest?

Ich erinnere mich immerzu an die ersten Worte, die mir Juleya an den Kopf geworfen hat. »Siehst du hier irgendwo ein Schild, das es dir erlauben würde, deinen dreckigen Hintern vor meine Tür zu setzen?«, hallt ihre selbstbewusste, starke Stimme durch meinen Kopf.

Obwohl ich verwirrt bin, kann ich Rosa nicht böse sein. Ich meine, sie ist auch nur ein Mensch. Menschen machen Fehler, was wohl auch der Grund gewesen sein muss, dass sie sich schließlich wieder getrennt haben. Es wundert mich nur, dass sie sich anscheinend immer noch so gut verstehen.

Ich lehne mich gegen die Marmorsäule im Wohnbereich und blicke durch die Fensterfront hindurch in die düstere Nacht über London. Es kommt mir vor, als würden heute Nacht weniger Sterne am Himmel leuchten. Ich hoffe, Damien ist sicher gelandet. Ich halte das alles nicht mehr aus.

Damien wird mich doch nicht wirklich nur von der Straße geholt haben, um sich ein reines Gewissen zu verschaffen, oder? Es wundert mich, dass mir eine Antwort auf diese Frage so viel bedeutet. Ich habe Angst, dass meine Vermutung bestätigt wird. Und ich habe Angst, dass alle Bemühungen, die Damien getätigt hat, um mir zu helfen, eigentlich nur Versuche waren, sich selbst zu helfen. Was ist bloß mit mir geschehen? Ich bin längst nicht mehr der Mensch, der ich auf der Straße war. Man hat mich verändert. Ein Anzugträger hat zugegeben, mich belogen zu haben – sich selbst belogen zu haben –, und nicht einmal ihm kann ich böse sein. Die einzige Freundin, die ich vielleicht jemals haben werde, treibt sich mit meiner Erzfeindin herum – und ich bin ihr nicht böse.

Ich bin enttäuscht – enttäuscht von mir, dass ich es so weit habe kommen lassen. Die Birdie, die ich vor wenigen Wochen war, die hätte das alles nicht mitgemacht. Die alte Birdie hätte dem Anzugträger aus Hass den Mittelfinger gezeigt, bevor sie ihn für immer verlassen hätte. Die alte Birdie hätte Rosa zur Rede gestellt und all die Dinge hinterfragt, um Antworten auf ihre Fragen zu bekommen. Aber die alte Birdie kannte diese Menschen nicht. Sie wusste nicht, wie verletzlich dieser fremde, arrogante Anzugträger ist und wie liebevoll Rosa sich um sie kümmern würde. Ich möchte nicht behaupten, dass ich Rosa und Damien bis auf jede Faser ihres Körpers und ihrer Seele kennen würde, aber ich weiß, dass ich mehr weiß als die Birdie, die bisher nur die Vorurteile ihrer Mutter im Kopf gehabt hat.

Ich frage mich, was mit meinem Leben passiert wäre, wenn Damien mich nicht bei sich aufgenommen hätte. Ich hätte wahrscheinlich darauf gewartet, dass Alfie aus dem Krankenhaus entlassen wird, um mich ihm anzuschließen. Aber wenn ich genau darüber nachdenke, dann komme ich zu dem Entschluss, dass ich wohl eher allein geendet hätte, da Alfie bestimmt in ein Heim gekommen wäre. Vielleicht wäre ich sogar inzwischen tot ... Diese Möglichkeit bestand auf der Straße immer.

»Meine Zukunft ist von den bösen Göttern vorherbestimmt«, denke ich und zitiere meinen Bruder. »Wenn ich mir selbst treu bleiben möchte, dann werde ich dies nur allein schaffen, aber woher weiß ich schon, dass ich überhaupt ich bin?«, flüstere ich die Frage meines Bruders von damals und kralle mich wieder an einem der Kissen fest.

Du bist du, ist damals meine Antwort gewesen.

»Das sagst du mir ... aber wenn ich allein wäre, wer würde mir dann sagen, dass ich auch wirklich ich bin?«, hat mir Lucas darauf entgegnet. Bei diesem Satz habe ich gelacht, obwohl ich damals schon gewusst habe, dass Lucas recht hatte, ich aber nicht wusste, was ich ihm antworten sollte, weil ich selbst keine Antwort darauf hatte. Auf jeden Fall weiß ich jetzt, dass ich damals nicht ich selbst gewesen bin. Die alte Birdie wurde lediglich von den Gedanken und Erfahrungen ihrer Mutter im Leben gelenkt.

Erst seitdem ich Damien und Rosa kennengelernt habe, wurde ich wirklich ich. Zumindest denke ich, dass es so ist. Im Moment bin ich allein, und niemand kann mir sagen, ob ich auch wirklich ich bin. Das Einzige, was ich weiß, ist, dass es sich viel besser anfühlt, die Menschen erst richtig kennenzulernen, anstatt sie zu verurteilen, bevor man ein einziges Wort mit ihnen gewechselt hat. Sicherlich gibt es arrogante Anzugträger, die sich als etwas Besseres sehen als die Menschen um sich herum. Aber ich glaube, jeder von ihnen hat eine Geschichte zu erzählen. Vielleicht sogar eine, die der von Damien ähnelt.

Ich beiße meine Zähne so sehr zusammen, dass ich davon Kopfschmerzen bekomme. Meine Hände sind in meinen zerzausten Haaren verfangen, während ich mich nun auch an ihnen festkralle und tief nach Luft ringe.

Ich habe Angst, dass mich diese neue Birdie enttäuscht.

Du bist nicht du! Die Stimme in meinem Kopf ähnelt wieder der meiner Mutter, aber sie ist schwach.

»Hör auf!«, kreische ich und halte mir die Ohren zu, obwohl ich weiß, dass es nichts bringen wird.

Das Mädchen von der Straße.

Das Mädchen, das seine Familie verloren hat.

Die hoffnungslose Analphabetin.

Das Mädchen, auf das die Leute herabschauen.

Das Schlimmste ist: Es sind die Titel, die ich mir selbst aufgezwungen habe. Denn als ich dies tat, war ich davon überzeugt, dass sie mich am besten beschreiben würden.

Das bist du.

Doch mir wird gerade bewusst, dass diese Titel nicht definieren, wer ich wirklich bin. Und während ich die Tränen der Verzweiflung von meinen Wangen wische und zum Himmel hinaufschaue, wird mir klar, dass Damien und Rosa die einzigen Menschen sind, die mir zeigen können, wer ich sein kann und wer ich sein will.

Ich muss Rosa von dem Gespräch zwischen mir und Damien erzählen, und sobald Damien wieder da ist, werde ich auch ihn um ein weiteres Gespräch bitten. Ich muss einfach wissen, wie er fühlt, denn ich bereue es, nach den Worten, die er mir gesagt hat, aus dem Apartment geflohen zu sein. Das hat er nicht verdient. Ich war überfordert. Ich wusste zu dem Zeitpunkt nicht, was ich tun sollte. Damiens Vergangenheit sagt genauso wenig darüber aus, wer er ist, wie meine Vergangenheit mich definiert. Ich bin nicht einfach nur das Mädchen von der Straße, und er ist nicht einfach nur ein Anzugträger. An diesem Punkt war ich schon einmal. Vielleicht sollte ich endlich mal anfangen, für etwas zu kämpfen, das sich nicht nur um das Überleben auf der Straße dreht.

Kapitel 35

Auf allen vieren krieche ich durch Damiens Schlafzimmer. Irgendwo hier muss sie sein. Die ganze Nacht lang habe ich nach der dunkelroten Decke gesucht. Ich bin so müde, dass ich mich am liebsten gleich hier auf dem Teppichboden zu einem kurzen Nickerchen hinlegen würde.

Rosas Stimme reißt mich aus dem Schlaf, und ich starre sie erschrocken an. Daraufhin erkunde ich mein Umfeld. Ich muss wohl wirklich auf dem Boden eingeschlafen sein. Die Taschenlampe, die ich in Damiens Arbeitszimmer gefunden habe, liegt eingeschaltet neben mir, und in der Nacht muss ich nach der seidigen Bettdecke gegriffen haben, die nun zur Hälfte meine Beine bedeckt. Damiens Geruch schwebt in der Luft, aber er ist nicht da. Er kommt erst Montagabend wieder. Zwei Tage muss ich es noch ohne ihn aushalten. Noch zwei Tage, ohne mit ihm sprechen zu können.

»Da lässt man dich ein einziges Mal allein!«, lacht Rosa, die sich zu mir herunterbeugt und Damiens Decke zurück auf das Bett legt. »Was hast du denn die ganze Nacht über gemacht?«, fragt sie mich daraufhin und bemerkt das schwache Licht der Taschenlampe. Ich schalte sie aus und setze mich auf.

»Sag mal, weißt du, wo meine dunkelrote Decke ist?«

Rosa schüttelt den Kopf, und ich atme scharf ein. Ich hätte nicht gedacht, dass ich sie so schnell vergessen würde und, kaum ist Damien weg, sie so schnell wieder vermissen würde. Ich vermisse es, mich in den weichen Stoff einzukuscheln, sodass das Fleece meine Wangen streichelt und ich sicher in den Schlaf entfliehen kann. Es überrascht mich, dass ich es so lange ohne sie ausgehalten habe.

»Vielleicht solltest du Mr Hamilton fragen, wenn er zurück ist. Ich erinnere mich daran, ihn vor Kurzem mit einer roten Decke gesehen zu haben«, sagt sie schließlich und hilft mir auf. »Wie ist euer Gespräch eigentlich ausgegangen?« Wir gehen die Treppen hinunter und ins Wohnzimmer.

Ich blicke aus dem Fenster. Es regnet, und der bedeckte Himmel wirft einen Schatten auf London. Ich habe Rosa noch nicht erzählt, was Damien genau in unserem kurzen Gespräch gesagt hat – zumindest noch nicht alle Details. Anfangs hat es sich falsch angefühlt, mit ihr über so etwas Persönliches zu reden, vor allem weil es in erster Linie ja nicht einmal um mich geht. Aber nachdem ich Daisy von Kyra erzählt und dabei bemerkt habe, wie gut es sich angefühlt hat, mit jemand anders darüber zu sprechen, hat es einen Schalter in mir umgelegt. Ich weiß, dass ich Rosa vertrauen kann. Sie ist eine gute Zuhörerin, und vielleicht hat sie ja sogar einen Rat für mich.

»Genau darüber wollte ich mit dir reden.«

Wir setzen uns auf die Couch. Rosa schaut mich besorgt an, und in diesem Moment bin ich mir noch sicherer, dass es die richtige Entscheidung ist, mich mit ihr darüber zu unterhalten.

»Ich hoffe, du bist nicht sauer, dass ich bereits mit Daisy darüber gesprochen habe. Ich möchte nur, dass du das weißt.«

Sie schüttelt den Kopf. Nachdem sie mich einige Male gefragt hat, ob es mir gut geht, muss ich mir schließlich auf die Lippe beißen, um nicht zu weinen. Ich will nicht weinen. Nicht jetzt. »Er hat es mir gesagt.« Ich denke an seine schwache, gebrochene Stimme. An die Unsicherheit, die ich noch nie zuvor so sehr bei ihm gespürt habe. Ich denke an die blutunterlaufenen, von den Tränen gereizten Augen zurück, die mich aufmerksam musterten. *Raus damit, Birdie!* Ich kann mich nun nicht mehr davor drücken. »Damien hatte eine Schwester. Sie war obdachlos.«

Das stumpfe Geräusch, welches aus Rosas Mund kommt, ist eine Mischung aus einem Räuspern und einem erschrockenen Aufstöhnen. »Das erklärt so einiges«, lautet ihre Antwort, und ich merke die Tränen in meinen Augen, die nur darauf warten, meine Wangen zu befeuchten, als ich in Gedanken meinen nächsten Satz formuliere.

»Warte! Habe ich das richtig verstanden? Mr Hamiltons Schwester war obdachlos?« Das letzte Wort ihrer Frage betont sie, als wäre es der größte Schock ihres Lebens, und als wäre es nahezu unmöglich. Aber ich nehme es ihr nicht übel, denn ich habe ähnlich wie sie reagiert, als ich es zum ersten Mal gehört habe. Rosas Augenbrauen klettern zu ihrem dunklen, makellosen Haaransatz, während ich nicke.

»Sie ist tot.« Nun weiten sich ihre Augen. »Und er macht sich selbst für ihren Tod verantwortlich.« Seit ihrer Frage ist sie verstummt. »Ich bin nur hier, weil er seine Fehler begleichen will«, presse ich hervor und muss gezwungenermaßen den Kloß in meinem Hals herunterschlucken.

Dann spüre ich Rosas warme Hand auf meinem Oberschenkel. Den Blick hat sie auf die Marmorfliesen gerichtet. Das ist kein gutes Zeichen. Bestimmt glaubt sie mir nicht, oder ich mache mir zu viele Gedanken. Vielleicht braucht sie einfach nur Zeit, um erst einmal tief Luft zu holen.

Wenige Augenblicke später steht Rosa von der Couch auf und lässt mich allein zurück. Sie verlässt das Wohnzimmer, während ich ihr nachschaue und schließlich die warmen Tränen auf meiner Haut kullern spüre.

Nein. Das darf nicht sein.

Ich bin mir doch so sicher gewesen, dass es die richtige Entscheidung war, ihr davon zu erzählen. Vielleicht hätte ich sie doch eher auf Juleya ansprechen sollen, bevor ich sie mit diesem Thema konfrontiere. Wahrscheinlich hat Juleya ihr nur lauter Lügen über mich erzählt. Das würde ich ihr zutrauen. Das wird es gewesen sein, oder? Das wäre das Letzte, was ich jetzt brauchen könnte. Ich überlege, warum das Vertrauen zu ihr für mich inzwischen so selbstverständlich ist. Von Tag eins an im Hamilton-Apartment hat sie sich um mich gekümmert. Sie ist immer für mich da gewesen. Ich konnte mich auf sie voll und ganz verlassen. Und als sie genau in diesem Augenblick das Wohnzimmer betritt und ich in ihrer Hand das entdecke, was ich die ganze Zeit gesucht habe, macht mein Herz einen Satz. Die dunkelrote Decke.

»Ich wusste doch, dass er sie dort versteckt haben muss«, sagt sie und tritt wieder näher zu mir, um mir den weichen Stoff auf den Schoß zu legen.

Ich atme erleichtert auf. Die schwarzen, verkohlten Löcher sind immer noch an Ort und Stelle. Ich erkenne sogar einige getrocknete Blutspritzer, die nach all der Zeit braun geworden sind. »Er wollte nicht, dass ich sie für dich wasche.« Die Luft, welche in meine Lungen strömt, gibt mir die nötige Kraft, für Klarheit zu sorgen.

»Glaubst du mir?«, frage ich ängstlich und wische meine Wangen mit dem Ärmel der Bluse trocken.

»Wäre Mr Hamilton nicht gewesen, dann hätte ich sie wahrscheinlich weggeschmissen.« Erschrocken schaue ich zu Rosa auf. Sie hätte mich also nicht einmal gefragt? »Ich komme mir nun wirklich blöd vor.« Doch dann denke ich an Juleya und kann sie nicht mehr ansehen. Nicht, wenn ich noch nicht mir ihr über meine Erfahrungen mit Juleya gesprochen habe.

»Wo hast du sie gefunden?«, frage ich sie, während der Anblick der Decke all meine Erinnerungen auffrischt. Ich denke an die eisige Kälte, die Böller ... und dann kam das weiche Bett in Damiens Gästezimmer. Rosas Kakao, der mich von dem pochenden Schmerz meines Kopfes abgelenkt hat. Von Anfang an hat Rosa sich um mich gekümmert.

»Woher kennst du Juleya?«, platzt es aus mir heraus.

Mit einem verwirrten Stirnrunzeln schaut sie mich einen Moment lang an, bevor sie mir antwortet. »Ich hatte eine Zeit lang in der Oxford Street einen Arbeitgeber, um dessen Büros ich mich gekümmert habe. In den Pausen bin ich öfter mal ein Eis essen gegangen. In der Eisdiele habe ich dann Juleya kennengelernt.«

Das ist zumindest keine Lüge. Aber sie hat mir immer noch nicht das gesagt, was ich eigentlich hören wollte. »Und was ist dann passiert?«

»Na ja, wir haben uns irgendwann näher kennengelernt, wenn es das ist, was du hören wolltest?« Ein bitterer Unterton lauert in ihrer Stimme. »Warum fragst du?«

»Und dann seid ihr zusammengekommen?« Ich ignoriere ihre Frage.

Rosa zuckt mit den Schultern. »Ja, aber für sie war das Ganze nur ein Spaß, nichts Ernstes.« Nervös spielt sie mit ihrer schwarzen Schürze. »Sag mal, Birdie, willst du mir irgendetwas sagen?«

»Hat sie jemals etwas über eine Obdachlose vor ihrer Eisdiele erzählt, die jeden Winter in der Nische ihres Ladens, eingewickelt in die rote Decke ihres Hundes, verbringt?« Als ich die Worte in den Raum hauche, entfache ich eine Stille zwischen uns. Rosa scheint nun zu begreifen, als sie die Decke in meinen Händen anstarrt und danach mich.

»Birdie ... ich ...« Sie verstummt, und als ich sie mustere, sehe ich, wie sie in Gedanken versunken ist. Ich spiele nervös mit meinen Fingern und kaue auf den Innenseiten meiner Wangen. »Tatsächlich hat sie sich mal darüber aufgeregt, dass Obdachlose den Winter über vor ihrem Laden hausen. Aber es war nur eine kleine Bemerkung am Rande, und ich meinte damals schon zu ihr, dass es ihr das Geschäft schon nicht kaputtmachen würde«, verteidigt sie sich, und ich spüre eine Welle der Erleichterung in mir, die jedoch wieder verblasst, als ich an Daisys Worte denke.

»Sie hat dir diesen Job besorgt, nicht wahr?« Mist! Das hätte ich nicht sagen dürfen. Nun weiß sie, dass ich mit Daisy nicht nur über Damien und mich gesprochen habe, sondern auch über sie und Juleya. »D-Daisy hat es mir erzählt.« Ich kann aber nicht lügen. Ich bin schlecht darin. »Sie hat mir gesagt, dass Juleya dich damals an Hamilton vermittelt hat, weil ich neugierig war«, fahre ich fort und würde mich am liebsten dafür bestrafen, dass ich Daisy so auflaufen lasse. Sie ist diejenige, die am wenigsten damit zu tun hat.

»Ja, Juleya hat mir den Job hier besorgt. Aber was ist so schlimm daran? Das ist lange her.« Rosa zuckt abermals mit den Schultern.

»Ich hätte einfach nicht gedacht, dass du dich mit Menschen wie Juleya umgeben würdest«, gebe ich zu und schüttle den Kopf.

In ihren Augen sehe ich ihre Verwirrung, aber dann lächelt sie mich an. »Birdie, es gab einen guten Grund, warum ich mir mit ihr keine Zukunft vorstellen konnte. Wir haben nicht zueinandergepasst, und schließlich war es einfach nur eine Affäre, nichts weiter. Aber irgendwas ist doch mit dir. Raus mit der Sprache.« Sie setzt sich nun neben mich und greift nach meiner Hand. Etwas in ihrer Berührung fühlt sich so vertraut an, und ich vergesse für einen Moment meine Zweifel. Doch Rosa hat recht. Ich sollte ihr meine Zweifel einfach mitteilen und sie nicht verschweigen.

»Juleya hat mir und meiner Familie das Leben schwer gemacht«, sage ich ihr, und sie drückt liebevoll meine Hand, was mich für einen Moment an Damien erinnert. »Im Herbst, immer wenn mein Bruder und ich in die Oxford Street gekommen sind, hat sie uns verjagt und beschimpft, sodass wir uns dafür entschieden haben, nur noch im Winter dorthin zurückzukehren.« Während ich rede, starre ich die Fingerabdrücke auf dem Glastisch an. »Du weißt ja ... Mr Hamilton ... Damien ... hat mich vor Juleyas Eisdiele gefunden, als ich von einer Horde Jugendlicher mit Böllern beschmissen wurde.

Ihrer Tochter hat sie verboten, mir die Decke vor die Tür zu legen, damit ich nicht erfrieren würde.« Als ich den letzten Satz ausspreche, breitet sich eine dunkle Wolke in mir aus, die ich nur mit Hass vergleichen kann.

»Dass sie dir das angetan hat, das wusste ich nicht, Birdie.« Ich schaue zu ihr auf, und sie sieht aus, als hätte sie einen Geist gesehen. »Das tut mir leid.« Wir sind still und lauschen dem Wind, der wild gegen die Fensterfront hämmert. »Verdammt, ich bin wirklich wütend. Wenn Juleya mir jemals wieder unter die Nase tritt, dann werd ich ihr aber gehörig meine Meinung sagen müssen!«, platzt es auf einmal aus Rosas Mund heraus, und ich schaue sie erschrocken an.

»Nein!« Ich werde unabsichtlich lauter. »Es reicht schon, dass sie mir in der Bar gedroht hat, dass ich ihr die Decke zurückgeben soll. Ich hoffe, dass sie es bereits wieder vergessen hat, weil ich nicht wollen würde, dass Jamie deswegen die Schuld bekommt. Vor Jahren hatte Juleya es ihrer Tochter schon verboten, aber Jamie legte mir trotzdem heimlich die Decke ihres Hundes Chaplins in die Nische ... Möglicherweise vermutet sie es schon, doch wenn Juleya erfährt, dass ihre Tochter dies jeden Winter tat ...« Ich verstumme und möchte nicht daran schuld sein, wenn Jamie erneut dafür bestraft wird, dass sie im Gegensatz zu ihrer Mutter ein Herz besitzt.

»Okay, ich werde kein Wort über die Decke verlieren. Das bedeutet aber nicht, dass ich ihr nicht meine Meinung darüber sagen darf, was ich von ihrem Verhalten gegenüber dir und deiner Familie halte. Die Oxford Street gehört nicht ihr, obwohl sie gern so denkt in ihrer kleinen Traumwelt.«

»Ich möchte nicht, dass daraus so ein großes Ding gemacht wird«, grüble ich und beiße abermals fest auf die Innenseiten meiner Wangen, sodass sich kurz darauf ein metallischer Geschmack in meinem Mund verteilt.

»Lass das mal meine Sorge sein«, erwidert Rosa kopfschüttelnd. »Verdammt!«, ruft sie, als könnte ich sie nicht hören. »Ich wünschte, ich hätte es früher gewusst, dann hätte ich sie in der Bar einfach ignoriert.« Nun ist sie verzweifelt. Ich drücke sanft ihre Hand, so, wie sie es bei mir gemacht hat. »Ich möchte, dass du eines weißt, ich bin nicht wie sie.« Nein. Das ist Rosa ganz und gar nicht.

»Du bist viel mehr, Rosa.« Nun findet auch meine zweite Hand ihre, und wir schauen uns an, wobei ich ihr wieder ein Grinsen ins Gesicht zaubern kann. »Von deinem leckeren Essen, und den Rosenbädern ... bis zu dem Unterricht mit dir und Gesprächen wie diesen bist du vor allem meine erste richtige Freundin.« Ich ärgere mich, dass ich sie jemals infrage gestellt habe. »Ich denke, jeder Mensch macht im Leben mal Fehler.«

»Ach, Birdie. Das ist das Schönste, was je jemand zu mir gesagt hat.« Ihre roten Lippen bilden einen Schmollmund, bevor sie mich in einer festen Umarmung beinahe erdrückt. Doch ich genieße den Moment. Mir entwischt ein leises Schmunzeln, mit dem ich Rosa im nächsten Moment anstecke, obwohl sich ihres mehr wie ein erleichtertes Schnauben anhört.

»Ich wollte deinen schönen Abend nicht ruinieren«, gebe ich zu.

»Was?«

»Na, in der Bar. Als du Juleya wiedergesehen hast, da wollte ich dir nicht den Abend mit meinen Problemen ruinieren. Und dann ging es Daisy so schlecht …«

»Hör zu: Du, Birdie, bist mir viel wichtiger als irgendeine Juleya. Klar, in dem Moment habe ich mich gefreut, sie nach einigen Jahren wiederzusehen, aber wenn ich mich recht erinnere, dann habe ich mir mal geschworen, diesem Menschen nie wieder unter die Augen zu treten.« Rosa schaut mich an und überlegt kurz. »Du hast recht. Jeder Mensch macht mal Fehler. Juleya war definitiv ein großer Fehler.« Angewidert verdreht sie ihre Augen. Doch als ich abermals das Blatt mit den sechsundzwanzig Buchstaben auf dem Couchtisch erspähe, dreht es mir den Magen um.

»Meinst du eigentlich, dass Juleya auch mal eine Affäre mit Mr Hamilton hatte? Oder woher kennen sie sich?« Als ich dies ausspreche, wird mir meine Unsicherheit bewusst. Niemals in meinem Leben hätte ich gedacht, dass ich mal an diesem Punkt ankommen würde. Bei der Vorstellung, dass Damien und Juleya etwas miteinander hatten, stellen sich mir die Nackenhaare auf. Ich mag gar nicht daran denken.

Rosa lehnt sich zurück gegen die Couch und stützt dabei einen Ellenbogen auf der Kopflehne ab, während ihre Hand ihren Kopf hält. Strähne für Strähne fallen ihre Haare aus dem einst strengen Zopf, und sie schüttelt den Kopf.

»Juleya ist bisexuell, ja. Der Muskelberg in der Bar war bestimmt ihr neuer Fang. Aber der einzige Grund, der es für mich möglich macht, dass Juleya was mit Mr Hamilton angefangen hätte, wäre sein Geld.« Ich lehne mich ebenfalls gegen die Couch und ziehe die Beine zu meiner Brust. »Aber seine Firma hat ja erst seit nicht mal einem Jahr ihren Sitz in London ... wenn überhaupt, dann war es sicherlich nichts Ernstes, Birdie. Ich habe ihn wie gesagt noch nie in meinem Leben eine Frau so anschauen sehen, wie er dich ansieht.«

Mein Herz flattert, und ich denke an Damiens Blick. An seine eisblauen Augen und das Grübchen, welches ich aus ihm herauskitzeln kann, und fange an, seine Gegenwart zu vermissen.

Kapitel 36

Während ich vorsichtig den Kakao schlürfe, sehe ich Rosa dabei zu, wie sie den Kühlschrank mit neuen Lebensmitteln füllt. »Und hast du Fynn und Leo wiedergetroffen?«, frage ich und breche damit das Schweigen. Ich hoffe, dass sie die regnerischen Tage in London gut überstanden haben. Es ist schon drei Wochen her, dass ich sie zuletzt getroffen habe.

Seit dem Gespräch vor zwei Tagen gab es einige Schwierigkeiten, eine Unterhaltung zu beginnen, die sich nicht um Damien drehte. Ich konnte ihr all meine Sorgen erzählen, aber auch all meine Gefühle, aus denen ich immer noch nicht so ganz schlau geworden bin.

»Denkst du schon wieder an Damien?«

»Ich kann es irgendwie kaum erwarten, mich mit ihm auszusprechen …«, gebe ich zu, und Rosa nickt nur, während sie die Mandelmilch in die Seitenfächer des Kühlschranks einsortiert. »Kann ich dir irgendwie helfen?«, lautet meine nächste Frage, aber nun schüttelt sie den Kopf. Rosa wirkt plötzlich in sich gekehrt und ungewöhnlich still. Habe ich sie vielleicht zu sehr damit belästigt, wie sehr ich mich freue, Damien wiederzusehen? Gestern meinte sie noch, dass ich verliebt sei, weil dieses Gefühl, das ich beschreibe, nur verliebte Menschen spüren würden. Heute gibt sie jedoch keinen weiteren Kommentar ab.

»Wehe, er enttäuscht dich. Dann kann er sich eine neue Haushaltshilfe suchen«, äußert sie sich schließlich, und als ich zum Sprechen ansetze, erschreckt uns das Klingeln der Fahrstuhltüren.

»Wenn man vom Teufel spricht!«, murmelt Rosa mit einer alarmierenden Stimme und starrt mit weiten Augen auf die dunkelrote Decke, die schützend auf meinen Schultern liegt. Augenblicklich springe ich vom Barhocker auf und eile in das Gästezimmer, um die Decke in meinem Schrank zu verstauen. Aus der Ferne höre ich die schweren Fahrstuhltüren. Wo auch immer Rosa die Decke herhat – ich hoffe, Damien wird ihr Verschwinden nicht auffallen.

Als ich in das Wohnzimmer zurückkomme, sitzt Damien auf dem Barhocker, wo ich vor wenigen Sekunden noch gesessen habe. Zu seinen Füßen steht ein kleiner schwarzer Reisekoffer. Er trägt seinen grauen Anzug. Ich bin mir nicht sicher, wie ich mich fühlen soll. Einerseits freue ich mich, ihn wieder bei mir zu haben, aber wenn ich genauer darüber nachdenke, dann fällt mir wieder ein, dass wir nicht im Guten auseinandergegangen sind.

Mit unsicheren Schritten nähere ich mich der Bar. Rosas unschlüssiger Blick macht mich noch unsicherer, als ich es sowieso schon bin. In ihren Gesichtszügen lese ich die Worte »Komm keinen Schritt näher«, während ihre Augen mir mutig raten, es wenigstens zu versuchen. Also vertraue ich ihren ehrlichen Augen und suche in mir nach dem Mut, der sich für eine kurze Zeit in der letzten Ecke verkrochen hat.

In dem Moment, wo sich unsere Blicke treffen, lässt Damien den Brief in seiner Hand auf den Tresen fallen. Sein ausdrucksloses Starren errichtet eine unsichtbare

Wand zwischen uns. Die blauen Augen wandern zu meiner Schulter, und ich folge ihnen mit verwirrtem Stirnrunzeln.

Mist!

Als wäre nichts gewesen und als hätte ich gar nicht gesehen, dass er den roten Fussel auf meiner Bluse bemerkt hat, streiche ich ihn von meiner Kleidung und greife nach meiner Tasse Kakao, die sich nur wenige Zentimeter von seinen Händen entfernt auf dem Tresen befindet. Ich muss einfach etwas in der Hand haben, wenn ich vor ihm stehe. »Und? Wie ist der Trip gewesen?«, zwinge ich mich zu fragen, und ich sehe ihn angespannt schlucken.

»Gut«, antwortet er knapp, und ich nicke.

Bis zum letzten Schluck meines Bechers scheint es eine Ewigkeit zu dauern. Doch als der Zeitpunkt gekommen ist, ist Damien bereits im Flur verschwunden. Es ist also wirklich nicht alles gut zwischen uns. Das habe ich mir schon gedacht, auch wenn ich gehofft habe, dass es nicht so kommen würde. Rosa steht am Waschbecken und traut sich nicht, sich zu mir umzudrehen, also geselle ich mich zu ihr und spüle die Tasse mit dunklen, matschigen Kakaoresten unter dem Wasserhahn ab.

»Gib ihm Zeit«, beruhigt sie mich, aber ich werde den Gedanken nicht los, dass er ja bereits mehrere Tage Zeit hatte, um über das, was zwischen uns ist – oder auch eben nicht ist – nachzudenken. Es muss etwas anderes hinter seiner harten Fassade stecken. Mit einem aufgezwungenen Lächeln lasse ich Rosa an der Spüle zurück und mache mich auf den Weg in das Gästezimmer, bleibe jedoch am Küchentresen stehen. Der geöffnete Brief zieht meine Aufmerksamkeit auf sich.

»Der ist von seiner Mutter. Sie ist so ziemlich die einzige Geschäftsfrau, die heutzutage noch über Briefe kommuniziert.« Rosa muss mein plötzliches Verharren aufgefallen sein. Ich schaue zu ihr auf, bevor sie mir sagt, dass ich lieber zweimal darüber nachdenken sollte, den Brief aus dem Umschlag zu holen.

Eine Stimme in mir schreit, ob ich lebensmüde bin. Aber die Neugier siegt so gut wie immer im Kampf gegen meinen Verstand. Das ist wohl eine meiner größten Schwächen, an der ich unbedingt feilen muss – sobald ich weiß, was in diesem Brief steht. Ein kleiner Blick kann ja nicht schaden. Damiens Name steht in einer sauberen, geschwungenen Schrift auf dem grauen Umschlag. Dort steht nicht Birdie – und doch öffnen meine nervösen Finger den Brief.

Leg ihn wieder zurück!

Ich überhöre die warnende Stimme in mir, obwohl ich weiß, dass sie am Ende des Tages recht behalten wird.

Kapitel 37

»Bis bald! In Liebe, Mom.« Rosa faltet den Brief zusammen und steckt ihn zurück in den Umschlag. »Immerhin ist die gute Frau endlich in diesem Zeitalter angekommen«, flüstert sie, damit Damien uns nicht hören kann, falls er sich in unmittelbarer Nähe befindet. »Zu schade, dass der Account ihr anscheinend einen Strich durch die Rechnung macht.« Damiens Mutter hat ihm geschrieben, dass ihr E-Mail-Account gehackt wurde – ich habe keine Ahnung, was das bedeuten soll.

»Warum weiß eine Mutter nicht, wo ihr Kind wohnt?«, frage ich Rosa, die daraufhin nur den Kopf schüttelt und schließlich zugibt, dass sie Damiens Mutter bisher nur ein einziges Mal am Telefon gesprochen hat.

»Keine Ahnung. Er hat nie schlecht über seine Familie geredet, aber wer weiß, jede Familie hat so ihre Geheimnisse.« Ja, und mit einem von ihnen wurde ich bereits vertraut gemacht.

Die arme Frau hat ihr Kind verloren. Das muss schrecklich für sie gewesen sein. Ich mag es mir gar nicht vorstellen, wie schlimm das sein muss. Ich sehe, wie es Damien geht, und ich weiß, wie es mir nach dem Tod meiner Mutter und meines Bruders geht, aber ich werde wohl niemals nachvollziehen können, wie es ist, wenn einem das eigene Kind genommen wird.

Damien muss es kaum erwarten können, seine Mutter wiederzusehen, denke ich. Obwohl er vorhin noch den Eindruck machte, dass es ihm egal sei, bin ich tief in mir davon überzeugt, dass er sich darauf freut, seine Mutter wieder in die Arme schließen zu können. Ich habe ihn nie wirklich über seine Familie sprechen hören. Das Einzige, was mir sofort in den Kopf schießt, ist sein abfälliger Kommentar über seinen Vater. Alles, was ich über den Rest seiner Familie weiß, habe ich mit eigenen Augen gesehen, und das ist nicht besonders viel. Ich denke an die protzige Uhr seines Vaters, dann daran, was mir Damien über Kyra erzählt hat. Wobei ich auch nicht sonderlich viel über Kyra erfahren habe … Dennoch bin ich damit zufrieden, da ich verstehen kann, dass es für Damien ein sensibles Thema ist und er nicht viel über sie reden möchte. Der Gedanke daran, dass Kyra freiwillig ihre Familie verlassen hat, macht mir jedoch zu schaffen. Wie Rosa schon sagte: Jede Familie hat ihre Geheimnisse.

»Hast du die Decke gut versteckt?« In Rosas Gesicht bricht Panik aus, aber ich kann sie beruhigen, als ich ihr erzähle, wo ich sie verstaut habe. »Ich hoffe, er schaut nicht in seinem Bettkasten nach.« Ich nicke, bevor ich ihre Worte verarbeiten kann. Bettkasten?

»Er hat die Decke die ganze Zeit in seinem Bettkasten aufbewahrt?«

»Ja, zusammen mit einer Kette, die wohl seiner Schwester gehörte«, lautet ihre Antwort, und ich muss schlucken, als sie mir sagt, dass ihre Initialen darauf zu finden sind. »Beim Staubwischen habe ich die Kette zuerst immer auf den Nachttisch gelegt, weil ich dachte, sie wäre aus Versehen in den Bettkasten gerutscht, aber dann lag sie immer wieder an derselben Stelle, also habe ich irgendwann damit aufgehört. Deswegen ist es mir auch nie aufgefallen, dass später deine Decke ihr Gesellschaft leistete. Das Bett zu machen, habe ich irgendwann Mr Hamilton überlassen, und jetzt, wo ich durch dich weiß, dass er mal eine Schwester hatte, habe ich eins und eins zusammengezählt.«

Ich atme tief ein und wieder aus. Das waren so viele Informationen, die ich erst einmal verdauen muss. Das kann einige Minuten, Stunden oder Tage dauern. Aber so viel Zeit habe ich nicht, denn im nächsten Moment steht Damien in der Küche und lehnt sich mit einer Schulter an eine der Marmorsäulen. Er muss sich mit den Händen mehrmals durch die Haare gefahren haben, da ihm einige Strähnen auf die Stirn fallen und der chaotische Rest auf seinem Kopf das Ebenbild eines Vogelnests ergibt.

Er mustert mich mit eindringlichem Blick, der nichts Gutes bedeuten kann, und ich muss ein weiteres Mal schlucken, bevor ich meine Unterlippe aus den Zwängen meiner Zähne befreie. Ich habe gar nicht bemerkt, wie sehr ich meine Anspannung an meinem eigenen Körper ausgelassen habe, bis ich wieder das Blut geschmeckt habe.

»Können wir bitte reden?«, fragt er mich und schluckt schwer, als wäre sein Mund so trocken wie eine Wüste, und ich nicke, bevor ich ihm in sein Schlafzimmer folge.

Kapitel 38

Damiens schnelle, für seine Verhältnisse kurze Schritte bringen mich ganz aus dem Konzept. Ich gehe davon aus, dass er über das sprechen will, was ich ebenfalls mit ihm bereden wollte. Auf dem Weg ins Schlafzimmer wird er sein graues Jackett los und wirft es über das Geländer der Treppe. Mein Herz macht einen Satz. Ich hoffe instinktiv, dass er nicht das mit mir vorhat, was ich befürchte, und er es nur unter dem Deckmantel eines Gesprächs zu verbergen versucht. Aber nein, das würde er nicht tun. Die Nervosität breitet sich wie ein Feuer in meinem Körper aus. Es ist so heiß, dass ich das Gefühl habe, mich an meiner eigenen Haut zu verbrennen.

»Setz dich bitte«, fordert er mich auf und deutet auf sein Bett. Ich starre es kurz an und denke an das Versteck. Aber was versuche ich mir hier schon einzureden, wahrscheinlich weiß er sowieso, dass ich die dunkelrote Decke wiedergefunden habe, schließlich hat er ganz offensichtlich den roten Fussel auf meiner Bluse entdeckt. Damien ist nicht blöd – ganz und gar nicht blöd. Er wird es ahnen und wahrscheinlich auch genau darüber mit mir reden wollen. Aber es ist ja immer noch meine Decke.

Seine blauen Augen mustern mich, und mir wird schnell bewusst, dass es sich hierbei nicht um die Decke handeln kann. Ich möchte mich so sehr bei ihm dafür entschuldigen, dass ich bei unserem letzten Gespräch so unüberlegt und kindisch reagiert habe. Ich kann ihn schließlich nicht dafür verurteilen, dass er Parallelen zwischen mir und seiner verstorbenen Schwester sieht. Würde Damien mich an meinen Bruder erinnern, dann hätte ich dies bestimmt auch irgendwann mal erwähnt. Aber Damien ist nicht wie mein Bruder, weswegen ich ihn wohl auch anfangs nicht verstehen konnte. Jetzt bin ich mir zu hundert Prozent sicher: Ich will Damien. Ich will ihm helfen, über den Schmerz hinwegzukommen. Ich will das Gleiche für ihn tun können, was er für mich tut. Ich will für ihn da sein und ihn näher kennenlernen.

»Bitte setz dich«, wiederholt er. Ich schrecke aus meinen Gedanken auf, setze mich schließlich an das Kopfende des Bettes und ziehe meine Knie an die Brust.

Ich rieche sein Aftershave. Ich rieche es, als er sich neben mich setzt und die Matratze ein Stückchen nach unten sinkt, was mich dazu zwingt, näher an ihn heranzurutschen. Ich habe es vermisst. Unsere Oberschenkel berühren sich für einige lange Sekunden, bis er sein Bein in eine andere Position verlegt und die kalte Luft über die Stelle fegt, die er zuvor noch berührt hat.

Plötzlich wird mir kalt, als mir ein Schauer über den Rücken fegt. Die Gänsehaut überläuft jeden Zentimeter meines Körpers. Irgendetwas ist hier faul.

»Nach unserem letzten Gespräch ist mir einiges klar geworden.« Seine Stimme klingt unsicher – ein Zeichen dafür, dass mir das, was er mir gleich sagen wird, nicht gefallen wird. »Ich wollte dich auf keinen Fall damit verletzen. Ich wollte lediglich ehrlich mit dir sein.« Ich nicke ein bisschen ängstlich. »Aber nachdem du gegangen bist, wurde mir erst so richtig bewusst, dass ich gar nicht anders kann. Egal, was ich tue, es würde immer damit enden, dass ich dich verletze – und ich bin egoistisch und stur gewesen, dich mit all dem Schwachsinn zu belasten, mir einzureden, dass ich dich retten könnte. Denn das kann ich nicht. Ich kann dich genauso wenig retten, wie du mich.« In diesem Moment bleibt die Erde stehen. Ich erstarre. »Es tut mir leid, Birdie. Ich hatte gehofft, es wenigstens versuchen zu können und damit die Fehler meiner Vergangenheit ungeschehen zu machen, sodass ich endlich wieder aufschauen könnte.« Aus dem Augenwinkel sehe ich, wie er sich an die Stirn fasst, bevor seine Hand über seinen Mund fährt. »Aber ich lag falsch«, murmelt er. »Nichts und niemand kann das ausradieren, was geschehen ist.«

Wir holen beide tief Luft. Ich kann ihm nicht dabei zusehen, wie er den Deal ablehnt. Denn so fühle ich mich. Ich fühle mich wie ein Deal, mit dem seine Firma keinen Gewinn erzielen würde, wenn er sich auf mich einlässt. Ich möchte diesen Blick nicht sehen. Aber der Schmerz in meiner Brust ist nicht nur ein Haufen gefühlloser Papiere. Ich bin kein Deal. Ich bin ein Mensch.

»Ich werde niemals ein Held sein. Ich habe meine Chance verpasst«, flüstert er und neigt seinen Kopf von mir weg. Er traut sich nicht, mich dabei anzusehen. Sogar der harte Geschäftsmann findet in diesem Moment nicht seine Maske, die er sonst jederzeit griffbereit hat. Wir sitzen eine gefühlte Ewigkeit lang in seinem Schlafzimmer, ohne ein Wort zu sagen. »Bitte sag etwas«, fleht er.

Das Schlimmste ist, dass sich unsere Geschichte in Dauerschleife in meinen Gedanken abspielt. Immer und immer wieder sehe ich ihn, wie er aus seinem Büro auf mich herabstarrt. Ich sehe ihn im Rückspiegel seiner protzigen Karre, in der Fensterfront, bevor die Uhr zwölfmal schlägt und das neue Jahr begonnen hat. Ich sehe ihn im Rosenbad mir gegenübersitzend. Immer trafen seine Augen auf meine. Nur in diesem Moment, wo er mir versucht zu sagen, dass das mit uns nichts wird, kann er mich nicht ansehen. Die Stille erdrückt mich.

»Wann soll ich gehen?« Ich fühle mich einfach nur leer, als hätte er mir mit seinen Worten jegliche Gefühle entzogen. Das Einzige, was ich weiß, ist, dass er keine Antwort auf meine Frage hat oder sie mir nicht beantworten will. Also stehe ich vom Bett auf und verlasse sein Schlafzimmer.

Er folgt mir nicht, aber das würde auch gar nichts bringen. Ich habe bereits mein Ziel vor Augen, und dieses Ziel ist mit Sicherheit nicht mehr der Mann, der mir an jenem Abend das Leben gerettet hat, in der Hoffnung, dass ich ihn retten könnte. Einige Menschen kann man nicht einfach so retten. Einige Menschen wollen nicht gerettet werden. Vielleicht ist es auch die Gewissheit, dass ich von Anfang an wusste, dass ich ihm nicht helfen kann, weswegen ich auch dem Gespräch mit ihm entflohen bin und weswegen ich nun nicht einmal eine einzige Träne für ihn übrig habe. Ich wusste es die ganze Zeit. Ich wusste, dass die Stimme meiner Mutter mich nicht umsonst gejagt hat. Immer und immer wieder. Aber nun ist mein Kopf einfach nur leer. Ich will weinen, aber ich weiß, ich könnte es nicht. Ich wusste, dass ein Anzugträger nichts mit einer Obdachlosen anfangen kann.

Während ich den Flur entlang- und an der Küche vorbeigehe, denke ich an seine Worte: »Solange du bei mir wohnst, bist du nicht obdachlos.« Das bedeutet dann wohl wirklich, dass ich in der Tat wieder obdachlos bin. Rosa ist nicht mehr in der Küche, und ihr Autoschlüssel hängt nicht mehr an der Garderobe. Ich hätte mich gern von ihr verabschiedet …

Im Gästezimmer steuere ich direkt auf den Schrank zu, um nichts von dem, was mir noch übrig geblieben ist, zu vergessen. Die dunkelrote Decke schmiegt sich um meine Schultern wie ein Schutzschild, das mich vor den gefährlichen Einflüssen der Welt, in der ich mich noch befinde, bewahren soll. Ich weiß, ich werde ein Schutzschild wie dieses mehr als alles andere im Leben brauchen. Auf dem Weg nach draußen schaue ich in die Richtung des Bettes und erinnere mich an jenen Abend, wo ich darin aufgewacht bin und gedacht habe, ich sei im Himmel angekommen. Wie naiv ich doch gewesen bin. Dann fällt mir der Pappbecher von *Bolder's Gas Station* auf dem Nachtschrank auf. Einen Moment lang überlege ich, ihn mitzunehmen, aber ich zwinge mich dazu, ihn zurückzulassen.

Mit gesenktem Kopf trete ich aus dem Gästezimmer. Meine Tage hier sind gezählt. Ich werde es vermissen. Ich werde alles vermissen.

Als ich meinen Kopf hebe, sehe ich Damien mit verschränkten Armen an einer der Säulen stehen. Sein Blick hebt sich ebenfalls, und ich erkenne die Röte seiner Augen, bevor er die dunkelrote Decke betrachtet. Ich will den Knopf des Fahrstuhls drücken, und er versucht, mich aufzuhalten, aber es ist zu spät. Das blaue Leuchten des Knopfes signalisiert uns, dass es in wenigen Sekunden so weit sein wird. Das ist unser Abschied, den ich nicht mit voreiligen Worten zerstören möchte. Denn nichtsdestotrotz bin ich Damien immer noch dankbar, dass er mir die beste Zeit meines Lebens geschenkt hat. Das werde ich niemals begleichen können.

Er tritt vor mich und schaut mit seinen eindringlichen eisblauen Augen auf mich herab, während eine Träne über seine Wangen rollt. »Birdie ... ich wünschte, es wäre anders gekommen.« Seine Worte wirken gezwungen und unehrlich, aber ich kann sie ihm nicht mal übel nehmen. »Lass mich dir einen Schlafplatz besorgen, ich will nicht, dass du zurück ...« Ich blende seine Stimme aus, als ich einfach nur den Bewegungen seiner Lippen folge.

Es ist, wie es ist.

Vorsichtig nehme ich die Decke von meinen Schultern und stelle mich auf die Zehenspitzen, um sie ihm umzulegen. Das dunkelrote Cape lässt ihn tatsächlich wie einen Helden aussehen. Alles, was er jemals sein wollte.

»Ich bin nicht deine Schwester, und das hier wird sie auch nicht wieder lebendig machen. Aber am Ende des Tages wirst du immer mein Held sein«, sage ich, bevor ich das Klingeln des Fahrstuhls höre und ich meinem Helden wieder sein Cape entziehe.

Ich betrete den Innenraum des Fahrstuhls, wickle die Decke um meinen Körper, die nun nach Damien duftet, und drehe mich um, hebe jedoch nicht meinen Blick, um mir den Anblick eines gebrochenen Mannes zu ersparen.

Und als ich schließlich wieder aufschaue, sind das Einzige, was ich sehe, die Metalltüren, in denen sich mein gebrochenes Ich spiegelt.

Kapitel 39

Damien

Ein niederschmetterndes Gefühl macht sich in mir breit. Wie eine Seuche, die durch meinen Körper dringt und dabei keine Zelle ausspart. Zuerst unterdrücke ich das Verlangen, ein letztes Mal das wunderschöne Bild dieser Frau mit meinen Augen zu verschlingen, denn ich weiß, dass ich sie enttäuscht habe. Doch während ich über die Briefe meiner Mutter nachdenke und ihre Worte durch meinen Kopf strömen, sucht die verzweifelte Stimme in mir nach Hilfe. Aber Birdie würdigt mich keines Blickes ... so, wie ich es letztendlich verdient habe.

Es ist alles meine Schuld.

Wahrscheinlich wird es eine Weile dauern, bis ich darüber hinwegkomme, dass ich aufgegeben habe. Möglicherweise werde ich mir ein Leben lang wegen Birdie Vorwürfe machen – so, wie es bei Kyra der Fall ist. Aber lieber mache ich mir die Vorwürfe selbst, als mir die Belehrungen meiner Mutter anzuhören, sobald sie nach London zieht.

Wortlos sehe ich dabei zu, wie sich die Türen zwischen uns schließen, bis ihr Aufeinanderprallen durch die Leere in mir hallt. Da ist sie wieder, diese schmerzende Leere, gefolgt von dem unerträglichen Druck in meiner Brust.

Ich betrachte mein Spiegelbild im glänzenden Metall und sehe den größten Versager, der mir je unter die Augen getreten ist. Wahrscheinlich sehe ich das, was meine Mutter jahrelang in mir sah, und das Resultat eines Mannes, wie ihn mein Vater nie haben wollte. Ich sehe mich wohl zum ersten Mal als das, was ich wirklich bin.

Niemals würde ich so sein wollen wie die Menschen, die mich gezeugt haben. Denn wüssten sie, was ich gerade getan habe, wären sie wahrscheinlich auch noch stolz auf mich. Dennoch kann ich mich nicht so einfach von ihnen trennen. Ich bin nicht wie mein Vater, und ich bin auch nicht wie meine Mutter. Aber es ist schwer, ich zu sein, wenn man ein Leben lang nicht akzeptiert wurde und immer in das perfekte Bild der Familie passen musste. Dabei habe ich früh gemerkt, dass ich heraussteche und von Grund auf anders bin als sie. Ich habe nie geplant, so für Birdie zu empfinden, was auch der Grund ist, warum es mir so schwerfällt, sie loszulassen. Sie könnte sich niemals in diese Familie eingliedern. Meine Eltern würden sie niemals akzeptieren. Und ich würde nicht wollen, dass sie unter dem Druck leiden müsste, den ich von Geburt an ertragen musste. Der Druck, der einen Keil zwischen meine Schwester und meine Familie trieb. Mein Großvater sagte immer, dass man die Menschen manchmal weiterziehen lassen muss, um das Richtige zu tun.

Tue ich denn gerade das Richtige, indem ich sie gehen lasse?

Während ich mich in den Türen mustere, finden meine Augen einen dunkelroten Fussel auf meinem

Hemd. Er liegt direkt auf meiner linken Brust. Für den Bruchteil einer Sekunde spüre ich das Phantom des Capes auf meinen Schultern ruhen und werde daran erinnert, dass ich gerade die Frau gehen lassen muss, die mich so sah, wie ich immer sein wollte. Instinktiv hebt sich meine Hand, um den Knopf des Fahrstuhls zu betätigen, aber im letzten Moment reiße ich mich zusammen. Ich lüge mir nichts vor, sondern gestehe mir ein, dass der Schmerz tief sitzt. Den Schmerzen standhalten zu müssen, obwohl es unerträglich ist, wurde mir jedoch von Kindesbeinen an beigebracht. Es ist möglich, dass dies der Grund ist, warum ich tief in mir noch daran glaube, dass meine Mutter stolz auf mich ist, sie es aber einfach nicht zeigen kann – nicht zeigen *will*. Es wäre doch möglich, dass ihre harte Erziehung aus Liebe entstand, oder?

Ich habe ihr versprochen, sie nicht wieder zu enttäuschen. Sosehr unsere Beziehung auch bröckelt, ich könnte ihren verurteilenden Blick nicht noch einmal ertragen. Die Erinnerung an die blanke Enttäuschung in ihren Augen verfolgte mich jahrelang bis in den Schlaf. Es fing mit einer schlechten Zensur in der Schule an, und nach Kyras Tod sollte es das letzte Mal gewesen sein, dass ich daran erinnert wurde, wie ich in ihren Augen immerzu versagt habe.

Aus unerklärlichen Gründen schleichen sich jedoch immer wieder Birdies funkelnde Augen in den Vordergrund meiner Gedanken. Sie gehen mir nicht mehr aus dem Kopf – und ich weiß bereits, dass sie mir auch nicht so schnell aus dem Kopf gehen werden.

Mein Großvater würde mich ermutigen, weil ich diese Frau mit meiner Entscheidung vor dem beschütze, was sie zerstört hätte, während meine Tante mich mit warnend erhobenem Finger zur Schnecke machen würde, weil ich gerade einen großen Fehler begehe. Es ist schwierig, wenn zwei der wenigen Menschen in meinem Leben, deren Meinungen mir wichtig sind, so unterschiedliche Ansichten haben.

Habe ich wirklich die richtige Entscheidung getroffen? Denn gerade fühlt es sich alles andere als richtig an.

Epilog

Die Regentropfen kullern über meine Wangen. Vielleicht weine ich mittlerweile auch – ich weiß es nicht. In allem bin ich mir unsicher. »Wie wird es nun mit dir weitergehen?«, lautet die Frage, die sich in meinem Kopf immer und immer wieder wiederholt. Die Antwort darauf steht in den Sternen.

Ich finde meinen Weg in die Oxford Street, dort, wo alles begann. Inmitten der Leute komme ich mir wieder so unbedeutend vor wie vor wenigen Wochen. Nur schreien die Blicke förmlich die Worte »Mädchen, warum hast du bei diesem Wetter nur eine so dünne Bluse an?« heraus. Ich trage die Kleidung, die mir Rosa von Damiens Geld gekauft hat. Wenn diese Menschen nur wüssten, wer und was ich wirklich bin. Vorurteile sind vielfältig, aber ich glaube, auf die Wahrheit kommt niemand so schnell.

Meine Mutter hat mir von klein auf eingeredet, die Menschen, denen es besser als mir geht, zu verurteilen und ihnen die Schuld an unserer misslichen Lage zu geben. Nie im Leben hätte sie die Worte in den Mund genommen, die mir Hoffnung gegeben hätten, dass es unter diesen Menschen doch noch Ausnahmefälle geben würde. Wahrscheinlich wollte sie mich nur vor falschen Versprechen schützen. Vielleicht wollte sie mich vor Menschen wie Damien schützen. Aber genau aus diesem Grund habe ich den Pappbecher zurückgelassen. Ich möchte nicht mehr, dass meine Mum mein Leben bestimmt. Ich möchte meine eigenen Entscheidungen treffen. Eine Entscheidung habe ich schon getroffen, und zwar, dass ich es Damien nicht übel nehmen werde, wie sehr seine Trauer und das Verlangen, seinc Fehler der Vergangenheit auszubügeln, ihn einnehmen.

Als ich unmittelbar vor dem hohen Firmengebäude von Hamilton & Sons Inc. stehe, erinnere ich mich an den Traum, in dem meine Mutter von dem Gebäude erschlagen wurde. Ich konnte sie auch nicht retten. Damien und ich sind eben doch nicht so verschieden, wie wir am Anfang dachten. Wir sind uns sogar ziemlich ähnlich.

Mein Blick wandert von den Höhen des Gebäudes auf den Asphalt. Die Obdachlosen-Spikes sind nicht mehr an Ort und Stelle, und ich bleibe erschrocken stehen. Da ich weiß, dass es nicht Damiens Vater gewesen sein kann, nehme ich mal an, dass Damien sich durchgesetzt haben muss, und dies zaubert mir zum ersten Mal an diesem Tag den Hauch eines Lächelns ins Gesicht.

Doch als ich von einer jungen Dame angerempelt werde, die sich darüber beschwert, dass ich den Weg blockiere, werde ich dazu gezwungen weiterzugehen. Mit gesenktem Kopf schlendere ich den Gehweg entlang, während mir der kalte Regen die Wärme entzieht.

Ich richte meinen Kopf zur kleinen Nische der Eisdiele. Irgendetwas in mir sagt mir, dass dies nicht wieder mein Zuhause werden kann. Ich werde mir etwas anderes suchen müssen. Ich könnte den Anblick meines Nachbarn nicht ertragen. Ich könnte ihn nicht jeden Tag sehen, ohne seine Stimme zu hören, ohne seinem Duft verfallen zu dürfen.

In meine Gedanken versunken und den Blick auf die andere Straßenseite gerichtet, schrecke ich plötzlich zusammen, als erneut jemand meinen Weg kreuzt. Es ist eine ältere Frau, die für einen kurzen Moment das Gleichgewicht zu verlieren droht, und auch ich kann mich gerade noch fangen, bevor ich mit dem Gesicht voraus auf den harten, nassen Asphalt geknallt wäre. »Haben Sie denn keine Augen im Kopf?«, höre ich eine männliche Stimme fauchen, und ich drehe mich zu meiner Linken, um ein bekanntes Gesicht begrüßen zu dürfen. Es ist Mr Hamilton senior – Damiens Vater.

Nein ... Das darf nicht wahr sein, oder?

»Max! Lass gut sein. Das hat die junge Dame bestimmt nicht mit Absicht getan«, sagt die Frau mit zarter Stimme und amerikanischem Akzent. Es muss Mrs Hamilton sein. Sie ist schon in London?

Ein junger Mann hilft ihr auf und schützt die Frau vor dem schlechten Londoner Wetter mit einem schwarzen Regenschirm. Er kann nicht älter als achtzehn Jahre sein – und in diesem Moment erkenne ich seine Gesichtszüge wieder: Es ist der Kellner aus der Bar, die Daisy Rosa und mir vorgestern gezeigt hat. Es ist die junge Version von Damien.

Ist er etwa Teil des Hamilton-Clans?

Ich kann mich nicht daran erinnern, dass Damien mir jemals gesagt hätte, dass er einen Bruder hat. Aber wann hat er mir schon etwas über seine Familie erzählt. Zum Glück scheint er mich nicht zu erkennen. Er sieht wahrscheinlich jeden Tag über hundert verschiedene Gesichter, da wird ihm meines nicht im Gedächtnis geblieben sein.

»Es tut mir unglaublich leid«, entschuldige ich mich, woraufhin sie mich nur anlächelt.

»Ist alles in Ordnung bei Ihnen?«, fragt sie mich besorgt. »Haben Sie denn keinen Regenschirm?« Ich schüttle den Kopf, der mittlerweile Schutz unter der Fleecedecke gefunden hat. Jedoch bringt dies nicht sehr viel, da meine Haare sowieso schon klitschnass sind.

»Hier, nehmen Sie meinen.« Mit einem breiten Lächeln übergibt mir Mrs Hamilton den schwarzen Regenschirm.

»Nein. Das kann ich nicht annehmen«, sage ich und trete einen Schritt zurück.

»Keine Angst. Wir haben zig davon! Nehmen Sie ihn schon. Sie können unmöglich diese teure Bluse im Regen versauen.« Meine Augen wandern zu meinem Oberteil. Da haben wir den Grund. Ihr ist die teure Kleidung an meinem Körper aufgefallen, die mir ihr Sohn gekauft hat, was sie jedoch nicht weiß. Ein bittersüßer Geschmack liegt mir auf der Zunge.

»Danke!« Ich nehme den Regenschirm mit dem Gedanken entgegen, dass dieser Ausbruch an Nächstenliebe höchstwahrscheinlich nicht zustande gekommen wäre, wenn ich nicht die teure Bluse getragen hätte. Würde ich in durchlöcherter Hose und blauen Stoffschuhen vor ihr stehen, dann hätte sie mit Sicherheit den Regenschirm für ihre frisierten Haare behalten.

Die Frau wünscht mir einen schönen Tag, während Mr Hamilton senior mit seinen Augen rollt. Am liebsten würde ich mich vor seinen Füßen übergeben, aber das ist dieser Mann nicht wert. Ich kann ihn so ganz und gar nicht leiden, und nun verstehe ich, warum Damien genauso denkt. »Unser Sohn wird nicht ewig auf uns warten, wir haben vieles zu besprechen«, murmelt er genervt, und ich realisiere, dass sie dorthin wollen, wo ich gerade herkomme.

Die Blutsverwandtschaft zieht im Trupp weiter zu ihrer protzigen Karre, und auch ich mache mich auf die Reise zu meinem Ziel. Ich will dorthin zurück, wo ich hingehöre. An einen Ort, wo ich mich geborgen, verstanden und einigermaßen sicher fühlen kann. So sicher, wie man sich eben auf der Straße fühlen kann.

Die Dämmerung breitet sich über London aus. In der Ferne leuchtet das grelle Schild. Ich nehme zwei Schatten wahr, die auf dem nassen Boden kauern. Je näher ich ihnen komme, desto besser kann ich ihre Gesichter erkennen.

Vorsichtig setze ich mich zu ihnen. Sobald ich den nassen, kalten Boden berühre, kommen all die Erinnerungen, die ich im Schutz der vier Wände zu vergessen versuchte, auf einmal zu mir zurück. Ich sehe mein Leben an mir vorbeiziehen, während Leo und Fynn mich erschrocken und zugleich erfreut mustern.

Sie haben es überlebt.

Danksagung

Schaue niemals auf jemanden herab, dem du nicht aufhilfst …

Ich möchte mich bei meinen Leser:innen auf Wattpad bedanken, die mich von Tag zu Tag mit ihrer Begeisterung für Birdies und Damiens Geschichte motiviert haben. Ich hätte niemals damit gerechnet, dass mein erster Liebesroman so viele aufmunternde, liebevolle Kommentare und Nachrichten auslösen würde. Vielen, vielen Dank für eure Liebe und Geduld, welche mir so viel Kraft gaben.

Aus diesem Grund spreche ich auch ein großes Dankeschön an Wattpad aus. An keinem Ort im Internet fühle ich mich wohler als auf dieser Plattform, bei der ich nun schon seit 2013 ein stolzes Mitglied sein darf. Dabei bedanke ich mich besonders bei Petra Zauner, die mir auf meinem Weg zum eigenen Buch immer zur Seite gestanden und mit mir gemeinsam an meinen Träumen gearbeitet hat – nicht zu vergessen das Wattpad Studios Team.

Ich bedanke mich herzlich bei dem Piper-Verlag, dass sie an mich glauben und mir meinen Traum erfüllen. Danke an Elke Hittinger für die helfende Hand auf dieser Reise und an Diana Napolitano für die große Hilfe beim Lektorat meines Romans. Danke an Felicitas von Lovenberg, Eliane Wurzer, Christiane Bauer, Janne Mika, Julia Peduzzi sowie dem gesamten Piper-Team, aber auch an Wattpad@Piper für die tatkräftige Unterstützung und Arbeit. Für das wunderschöne Buchcover bedanke ich mich mit großer Begeisterung beim FAVORITBUERO München – ich hätte mir kein schöneres Gesicht für meinen Debütroman vorstellen können.

Gesegnet sei Birdy, deren Lieder mich zu der Geschichte von Damien und Birdie inspiriert haben und die eine große Rolle spielte, als es um die Namensfindung meiner Protagonistin ging.

Alles Liebe an meine wundervolle Mama, die mich bei jedem Schritt des Prozesses von »Million Dollars Between Us« begleitet und die jahrelang jedes Kapitel zuerst von mir vorgelesen bekommen hat. Ohne dich wäre ich nicht in der Lage gewesen, meine Kreativität auszuleben, und deine Unterstützung bei allem, was ich tue, werde ich für immer wertschätzen. Vielen Dank an meine treuste Seele Saggy, die mir immer zur Seite steht und die Schwester ist, die ich nie haben durfte. Danke auch an meine ehemaligen Lehrer:innen und Dozent:innen, insbesondere Berit Röper, Burkhard Dierks, Frau Lau und Daniela Krieger, die mich einerseits tatkräftig ermutigt und unterstützt haben, aber andererseits auch dabei halfen, meinen Weg des Lebens und somit auch meine Inspiration zu finden.

Einen großen Dank an meine Familie und Freund:innen: Jule, Domi, Nini, Jessi, Luke, Lio, Jella und Junis, Andy, Daniela, Annika, Melina, Celina, Johanna, Johannes, Stina, Benni, Sascha, Michaela, Mathias, Gunnar, Nele, meine Großeltern und Familie Mielke sowie Nina Skov-Jensen, die nicht nur eine sehr gute Freundin für mich ist, sondern auch eine meiner größten Inspirationen im Leben.

Danke, Papa … ich werde auf ewig zu dir aufschauen.

Er versucht alles, um ihr Geheimnis zu lüften

*Cover- und Preisänderungen vorbehalten

Behind Me

Tessa & Dyan

Piper Taschenbuch, 480 Seiten
€ 13,00 [D], € 13,40 [A]*
ISBN 978-3-492-50481-2

Tessas Leben ist alles andere als ein Traum. Ihr Vater trinkt und ihre Stiefmutter scheint direkt aus Aschenputtel entsprungen. Trotzdem behält sie nach außen die perfekte Fassade aufrecht. Doch dann hilft sie der kleinen Schwester des Bad Boys an ihrer Schule, Dyan, der damit nach seinen Regeln in ihrer Schuld steht. Er setzt alles daran, hinter Tessas Maske zu schauen und seine Schuld zu begleichen. Und auch Tessa will das Geheimnis um Dyan lüften, der ihr gegenüber immer mehr Herz zeigt …

Leseproben, E-Books und mehr unter www.piper.de

Rebekka Derksen
wattpad LESER LIEBLING
Roman
Jack Carter ist unsterblich
wattpad

Werwölfe und eine starke junge Frau

*Cover- und Preisänderungen vorbehalten

The Bite: Jägerin der Nacht

Roman

Piper Taschenbuch, 208 Seiten
€ 13,00 [D], € 13,40 [A]*
ISBN 978-3-492-50532-1

Charlotte ist auf der Flucht vor ihrem alten Leben und bereit, ganz neu anzufangen. Aber dass sich durch eine einzige kleine Entscheidung ihre Zukunft derart ungewöhnlich entwickeln würde, hat sie dabei nicht erwartet. Zur falschen Zeit am falschen Ort, muss sie um ihr Leben kämpfen und wird in etwas verwandelt, das es nur in Sagen oder Horrorgeschichten geben dürfte. Dafür reicht ein Biss ...

PIPER

Leseproben, E-Books und mehr unter www.piper.de